CARA AL SOL

VICTORIA ROCH

© 2017 Victoria Roch
Reservados todos los derechos
ISBN: 9781520969879
Sello: Independently published

A quienes cantan en paz

1

Los pájaros andan alborotados, algunos juntos y otros como perdidos del resto, vuelan de un lado a otro buscando refugio. El cielo, azul hasta hace unos momentos, ha comenzado a removerse. Con el viento las nubes blancas van desapareciendo, en su lugar, otras muy oscuras avanzan cubriendo hasta donde alcanza la mirada. Vienen del mar muy cargadas, seguro que llueve y no poco. Esto ocurre en el condado de Pierce, del estado de Washington, al noroeste de los Estados Unidos, junto al Pacífico.

Una joven sale corriendo de casa desoyendo la advertencia de su madre que levanta la voz asomada a la ventana.

—¡Jenna coge el paraguas, está lloviendo!

Se ha girado la muchacha y responde también voceando, haciendo un gesto con la mano restando importancia.

—¡Son solo cuatro gotas, mamá!

—¡Esas nubes son de aguacero, por favor, no te vayas sin paraguas!

—¡No me cuesta nada llegar, hasta luego!

Apenas pasan unos minutos, cuando un enorme trueno la estremece, se detiene y mira hacia el cielo, de repente se vuelve todo muy oscuro y la lluvia comienza a caer torrencial, casi instantánea; echa a correr. Lleva una carpeta con dibujos y no duda en quitarse la chaqueta y envolverla. Se ha detenido para ello debajo de un árbol, a pesar de que sabe bien que no es el sitio adecuado cuando hay una tormenta, así se lo dijo su abuelo y lo recuerda en estos momentos. Pero sus dibujos importan más que su propia seguridad. Reanuda la marcha apresurada y sin mirar, cuando solo ha dado un paso en el camino oye una imprecación y un golpe. Un chico ha caído con su bicicleta al intentar esquivarla. Tal y como está en el suelo, con la bicicleta encima, la reprende.

—¡Eh!, ¿por qué andas sin mirar? ¡Maldita sea! Se ha salido la cadena, solo me faltaba esto, si tengo que ir a pie llegaré más tarde. ¡Qué desastre!

Contempla la bicicleta desolado. Jenna se acerca apretujando la carpeta contra su pecho y se acuclilla junto a él.

—Lo siento, perdona, ¿te has hecho daño?

Responde sin mirarla, está intentando colocar la cadena.

—Me escuece la rodilla y tengo el culo en un charco, pero supongo que podré andar. ¿Eres de por aquí?

—Sí. Tienes el pantalón roto, no sabes cómo lo lamento.

Se miran el uno al otro, a través de la lluvia cada vez más intensa, los dos ya empapados. Él sonríe y ella hace lo mismo al verlo.

—No te preocupes. Dime, ¿queda muy lejos el taller de Arnáez?

—No demasiado, aunque con lo que cae, sí. ¿A qué vas allí?

—Voy a ver si me dan trabajo, mandé una carta solicitando un empleo. Lo necesito con extrema urgencia.

Ella pregunta con un gesto un tanto divertido que reprime al instante.

—¿Con tanta urgencia por qué? Perdona, no pienses que me río, seguro que es por algo importante.

Él responde muy serio, desistiendo de poner la cadena, con las manos mojadas le resbala y no acierta a colocarla.

—Sí, lo es. Mi padre murió y los ahorros que teníamos se han acabado. Con lo que gana mi madre no es suficiente para pagar los estudios de mi hermano que está en una academia militar y tiene que seguir, eso es lo urgente, hay que pagar la academia o tendrá que dejarla. Ya tenía que haber llegado al taller, tengo una entrevista, pero me he perdido dos veces. Quizá no me den el empleo por llegar tan tarde, pensarán que soy un informal.

—¿No lo eres?

—No, por supuesto que no, pero no conozco la zona, vivo lejos.

—Veo que te sangra la rodilla, no puedes ir de esa manera, tan mojado y sucio. Eso también es motivo para que no te acepten, tu aspecto no me parece precisamente adecuado para una entrevista, por urgente que sea.

—Tienes razón, en cambio, a mí me encanta el tuyo.

Jenna se ruboriza, pero viendo la franca sonrisa que él esbozaba, le da por reír, al tiempo que se levanta. Su blusa blanca está pegaba a sus brazos y a su espalda. Por delante no, porque sigue apretando la carpeta envuelta con la chaqueta contra su pecho.

—Por qué no te pones la chaqueta, cogerás un buen resfriado.

—No quiero que se mojen mis dibujos.

Él, ya de pie, se limpia un poco las manos en la hierba, luego con el pañuelo y se quita la cazadora, se la pone sobre los hombros a ella. Jenna le mira encandilada y sorprendida por el gesto.

—Ahora serás tú el que cogerá el resfriado.

—Voy más abrigado que tú. Además, nunca me resfrío. ¿Seguimos andando? Me ha parecido que ibas en esa dirección.

—Sí, pero no, no voy a seguir y tú tampoco, no puedes ir así, mi casa está cerca, vamos y te curaré la rodilla, está sangrando mucho.

—Tengo que llegar al taller aunque sea tarde, es cuestión de vida o muerte.

—¿Crees en el destino?

—En cuál, en el que ha hecho que me perdiera, que esté lloviendo o...

—O en el que me conozcas a mí, en ese destino es en el que debes creer.

Los dos mirándose y amagando ambos la sonrisa en sus bocas, pero no en sus ojos que chispean. Ambos sueltan la risa como si se liberaran y Jenna comienza a caminar de vuelta a su casa y él duda en seguirla, pero ella le hace un gesto con la cabeza y la sigue poniéndose a su lado al cabo de un momento. De nuevo son sus ojos y sus sonrisas las que expresan que algo ha surgido entre los dos, como el trueno que ha sobresaltado a Jenna. Mirándose casi sin parar han llegado y al ver la casa, él se detiene.

—¿Vives ahí?

—Sí, ¿qué pasa?

—Oye..., no puedo, quizá a tu familia no le parezca bien que entre tal y como voy, además, no me conocen. Esperaré a la puerta del garaje a que pare un poco y mientras pondré la cadena, será lo mejor.

—No, de ninguna manera. Y puedes estar seguro de que serás bien recibido. Deja ahí la bici. ¡Vamos!

Él intranquilo y ella ejerciendo cierta autoridad lo empuja ligeramente. Al momento de entrar, Jenna llama a voces a su madre que aparece al instante echándose las manos a la cabeza.

—¡Ay, Dios! Jenna por qué eres tan cabezota, mira cómo vienes. Y a ti qué te ha pasado, estás sangrando, venga, tenéis que quitaros esa ropa de inmediato. Quitaos los zapatos y dejadlos ahí, ve a cambiarte Jenna y date una ducha bien caliente, dame esa chaqueta, ya me ocupo yo de... Cómo te llamas.

Jenna se apresura a subir corriendo, tras un guiño cómplice a su accidentado acompañante que muy nervioso responde.

—Ted, Ted Blocker, señora, no quiero ser una molestia, si...

—Calla, no sigas diciendo tonterías, te vas a poner enfermo y disgustarás a tu madre. Ven conmigo, eres muy alto y estás delgado, pero algo encontraré que te vaya más o menos bien. Pasa y date una ducha caliente, procura lavar bien la herida, luego te la desinfectaré, tienes un buen corte.

Dice esto al tiempo que mira a través del roto. Lo deja en el baño y poco después entra sin llamar cargada con la ropa. Ted sigue en la ducha y se pone de espaldas, aunque hay cortina se ruboriza pegado a la pared.

—Te vistes sin ponerte el pantalón, te dejo un albornoz, cuando termines ven a la cocina. Ah, no te preocupes por tu ropa, me la llevo y ya la lavaremos. No andes descalzo, ahí tienes unas pantuflas.

Cuando Ted entra en la cocina, todo cohibido, ella ya tiene preparado lo necesario para curarle. Lo manda sentar y poner la pierna sobre otra silla, mientras le pregunta qué le ha pasado y él lo cuenta. En ese momento llega Jenna.

—Deja mamá, ya lo curo yo.

—En ese caso os preparé la merienda. Espero, Jenna que esto te sirva de lección.

—Sí, mamá, te pido disculpas.

—No tienes que disculparte, cariño, solo ser un poco menos atolondrada. Sales sin hacerme caso y luego casi se mata el pobre chico por tu culpa.

Los deja solos en la cocina y Jenna, que sopla sobre la herida para que seque el desinfectante que él ha soportado sin quejarse, ríe quedo. Levanta los ojos y lo mira divertida. Él azorado, inquieto, pero también sonríe.

—¿Te parece que has sido bien recibido?

—Sí, claro, demasiado, es muy, muy amable tu madre.

Ella sigue mirándolo, encandilada en los ojos pardos de él. Lleva el pelo, que es castaño, corto y revuelto, su sonrisa muestra unos dientes perfectos en una boca grande, la barbilla casi cuadrada y barbilampiño. Él no puede apartar los ojos de ella, su cara de muchacha casi adolescente resulta muy bonita, adornada ahora con cierto rubor, muestra su amplia sonrisa entre unos labios carnosos y húmedos. Los dos se muestran serios al regresar la madre, que suspira echándoles una mirada de reojo y moviendo la cabeza.

—Tu padre no tardará en llegar, le he llamado para que lleve a Ted a su casa, con esta lluvia no puede ir con la bicicleta.

—Señora, no quiero molestar tanto.

—Me llamo Kate, y no quiero oírte decir otra vez nada de si molestas o no. Jenna no pongas tanto vendaje o no podrá doblar la rodilla, quita un poco, por favor. Os vendrá

bien un buen chocolate, ¿te gusta el chocolate Ted?
—Sí, mucho.
—Así que te llamas Ted, hola, Ted.
—Hola, Jenna, gracias.
—Ve a ponerte el pantalón, por favor.

Su madre la está mirando con un gesto de no entender. Ella retira de la mesa lo utilizado para la cura, se acerca y la besa. Chispeando sus ojos, mostrando su sonrisa, resoplando, y en voz baja.
—Es muy guapo, verdad, mamá.
—No diría tanto, más que guapo, gracioso. Creí que lo conocías.
—No, iba al taller, no sabe que es nuestro, se ha perdido dos veces y al final se ha caído.
—Me lo ha contado, pero no ha mencionado el taller, a qué iba.
—Por lo visto tenía una entrevista con papá.
—Ah, bueno, pues ahora la tendrá cuando venga.
—No le digas nada, mamá, por favor, se pondrá nervioso.
—¿Ya lo conoces tanto como para saber eso?

En un susurro a su oreja que provoca la risa de su madre.
—Creo que lo conozco desde siempre, me dan ganas de besarlo.

Ted ha vuelto ya sin el albornoz, los pantalones le vienen cortos y muy anchos. Jenna se echa a reír al verlo.

—Estás de foto, pero por lo menos seco. Siéntate, por favor.

Ha sido Kate la que ha estado hablando casi todo el tiempo y como tema principal del tiempo que hace que no llovía de esa manera, aunque la zona es de llover. Terminando de merendar están cuando entra Bill, el padre de Jenna.

—Vaya, espero que quede algo para mí, está cayendo una buena y ha refrescado, me vendrá bien. Hola, ¿no me presentas a tu amigo Jenna?

—Sí, claro, este señor es mi padre, se llama Bill. Él es Ted.

A lo que añade la madre.

—Ted Blocker, que por no atropellar a tu hija, se ha caído de la bicicleta y tiene un buen corte en la rodilla.

Bill le ha dado la mano a Ted, haciéndole un gesto para que se siente, ya que nada más verlo se ha levantado.

—Así que eres un héroe, bien, muchacho, muchas gracias. Jenna tienes que andar más despacio, siempre vas corriendo. ¿Es importante lo de la rodilla?

—No, señor, para nada, un rasguño.

—Tiene un corte grande, papá, ha sangrado mucho.

—Si crees necesario que lo lleve al doctor, lo haré de camino a su casa. ¿Dónde vives Ted?

—En Seattle, pero no es necesario que me lleve, cogeré el autobús; tampoco hay que ir a ningún médico, Jenna me ha curado muy bien.

Bill sorbe despacio el chocolate mirando a Ted, cabecea repetidas veces.

—He venido para llevarte y es lo que haré. Estoy intentando recordar de qué me suena tu nombre. ¿Conozco a tu padre o a tu familia?

—No, no señor, mi padre murió hace apenas un año, pero no creo que le conociera usted de nada. Esto no estaba en su ruta.

—Lo lamento, muchacho. Eres muy joven para que te falte ya tu padre. Pues, no sé, pero me suena mucho tu nombre.

Jenna se decide a resolver la duda de su padre.

—Papá, Ted tenía una entrevista de trabajo contigo esta tarde.

Ted se ha puesto rojo hasta las orejas y traga angustiado. Mientras que Bill se da un golpe en la frente.

—¡Caramba!, claro, eso es. Justo he estado releyendo la carta al ver que no venías, muy bien redactada por cierto. Pues nada, muchacho, podemos hacer esa entrevista ahora, si no tienes inconveniente.

Jenna interviene viendo el apuro que Ted no puede ocultar.

—Papá, necesita el empleo urgente. Para que su hermano pueda seguir estudiando, él tiene que trabajar.

Bill sonríe socarrón y coge la mano de Jenna, se la besa.

—Por lo visto, Ted, mi hija ya ha decidido que te contrate. Nada, pues, ya está, porque lo que ella decide a mí siempre me parece bien. Aunque eso no te librará de que quiera saber algo más de ti.

Las lágrimas no llegan a escapar de sus ojos, ha logrado retenerlas, pero apenas le sale la voz al contestar; a pesar de que Jenna le ha apretado el brazo y le ha sonreído como para darle fuerza.

—Sí, claro, sí, señor, pregunte lo que quiera.

—Cuéntame más o menos tu vida, por tu carta sé que estás dispuesto a ocupar cualquier puesto, a trabajar todas las horas que sean y a aprender el oficio. Pero quién es Ted Blocker, qué has hecho hasta ahora.

—Estudiar. Nunca he trabajado muy en serio, señor, solo repartiendo periódicos, haciendo recados en un almacén, en verano, por ganar algo para mí y no ser una carga en mi casa. Eso siempre sin alterar mi ritmo en los estudios, hasta que murió mi padre. Él tenía la representación de una firma de tractores y, aunque no sobraba mucho, podíamos arreglarnos bien, incluso ahorrar un poco. Mi madre trabaja en una tienda de ropa, no quiere que mi hermano deje la academia militar, él es el mayor, además, sería perder todo lo invertido hasta ahora.

«Mis padres tenían pensado que yo hiciera leyes, como hizo mi hermano antes de ir a la academia, pero dadas las circunstancias no es posible. Decidí prepararme para cualquier negocio que pudiera emprender, algo manual, me gusta trabajar con las manos, pero hace falta saber muchas cosas y empecé a estudiar lo referente a las empresas. Solo hice un curso con dedicación completa, gracias a que cobramos la póliza del seguro de mi padre. Después comencé a trabajar en un bar, por ver si podía compaginar el trabajo y el estudio, pero no es suficiente lo que gano así. Por eso he dejado los estudios. Necesito trabajar todo el día para ganar más que en el bar, allí no pueden darme más tiempo, y aunque así fuera, el sueldo es poco.

—¿Sigues trabajando en el bar?

—Sí, señor, media jornada.

—Bien, Ted, el puesto es tuyo. Ahora que tendrás que vivir por aquí. Tu casa está muy lejos para venir en bicicleta todos los días y en invierno imposible.

—Ya, ya lo sé, señor. Buscaré una habitación en alquiler, siendo solo eso no será muy caro, yo con poco me apaño.

—¿Cuándo podrás empezar?

—En el momento que usted decida, hoy he pedido permiso para poder venir, mañana lo diré, y si le parece bien, podría empezar el lunes.

—Sí, pero tienes que tener el alojamiento y... Qué pasa, Jenna.

Está mirando muy fijo a su padre y apretando los labios como queriendo impedirse hablar. Sopla antes de hacerlo, un tanto nerviosa.

—Estoy pensando que, si te parece bien papá, podría alojarse en la casita del jardín. Como desde que murió el abuelo no la uso.

—Lleva cerrada todo ese tiempo, hija, habría que acondicionarla un poco, puede que hasta tenga goteras.

—Pues precisamente por eso, si él vive allí estará atendida.

—Bien, sí, pero quizá Ted prefiera vivir en otro sitio, no sé, ¿qué opinas muchacho?

—No se preocupe, señor, yo buscaré...

—¡Cállate! No te va a ser tan fácil como crees encontrar algo adecuado por aquí. La gente viene a pescar y alquilan a precios altos porque hay demanda todo el año. Ahí estarás bien, ya la irás arreglando a tu gusto, es independiente de la casa y no tienes que pagar. ¿No tiene que pagar, verdad, papá?

Es Kate la que interviene al ver que su marido está mirando un tanto perplejo a su hija.

—No se hable más, anda, Bill ve a llevarlo a casa. Mañana o pasado, cuando sea que vengas Ted, ya te meterás directo en la casa del jardín. Si hay telarañas, Jenna te ayudará a quitarlas.

Ted está con la boca abierta y Bill mirando, alternativamente, a su mujer y a su hija, al final suelta una carcajada.

—Vamos, muchacho, creo que tú y yo podemos decir bien poco en este tema. Jenna lo ha decidido y su madre está conforme. ¿Crees que puedo ganar yo alguna batalla? No, ni tú tampoco podrás. En esta casa, desde que murió mi padre, mandan las mujeres. Pero no lo hacen mal, así que dejo que manden. ¿Y tus zapatos?

Es Kate la que responde.

—Están mojados y los tuyos le vienen pequeños, si va en el coche poco tendrá que andar. Jenna pon un poco de tarta en una fiambrera para que se la lleve.

Ted abre la boca para decir algo, pero Bill le da un ligero golpe en la espalda.

—Si mi mujer dice que te lleves la tarta, no digas nada, tendrás que llevártela quieras o no, así son las cosas por aquí.

Nervioso como está, ríe divertido y da las gracias atropellado al coger la fiambrera que Jenna le da sin perderle la mirada.

Ya se han marchado y madre e hija vuelven a la cocina suspirando las dos, aunque quizá por motivos distintos.

—Dime, Jenna por qué has querido que se quede en la casita.

—Es pobre, mamá, y buen chico.

—Una obra de caridad, eso está bien. Desde que murió tu abuelo que no has querido entrar, decías que te dolía. Ese muchacho será bueno, pobre y guapo, pero no deja de ser un desconocido, y le das el rincón más preciado para ti de toda la casa. ¿Tanto te importa cariño?

—Es el destino, mamá. El abuelo decía que el destino trazaba los caminos de la vida de las personas. Esa manera de encontrarnos solo puede ser porque así lo quiere el destino. Además, mamá, tú conociste a papá un día y te enamoraste, ¿no puedo enamorarme yo?

—Claro que puedes, es más, creo que ya lo estás. Pero no basta un día para afianzar el amor, Jenna, hay que dejar que madure el sentimiento y avanzar en el conocimiento de la persona. Así que tendrás que esperar a dar esos besos que por lo visto estás deseando.

—No creo que pueda esperar mucho.

—Mañana cuando venga Ava veremos qué podemos hacer para adecentar la casita, le dices a papá que no irás al taller, no tiene que ocuparse solo ella de todo. Hay cosas del abuelo que deberás recoger antes de que llegue Ted.

Un par de lágrimas asoman a los ojos de Kate y Jenna se apresura a abrazarla y no puede evitar que también a ella se le humedezca la mirada. Su madre le coge la barbilla y la besa en la frente

—Pocas veces puedo mencionarlo sin emocionarme, lo siento, cariño, con lo feliz que estabas y ahora te entristezco.

—No, mamá, nunca me siento triste al recordar al abuelo, lloro por lo que tú has dicho, de emoción, pero no estoy triste, él no quería verme triste. Voy a repasar los dibujos para que se los lleve papá mañana. ¿Te parece que guarde las cosas del abuelo en su cuarto?

—Sí, el armario está vacío, aunque está ese arcón al pie de la cama, mejor ahí, supongo que cabrá todo. Jenna, solo quiero decirte que…, no corras. No me refiero en general, sino con respecto a Ted. Te has sentido atraída por él y eso es muy hermoso, pero puede que no sea algo definitivo para los sentimientos, o quizá sí para ti, pero no para él.

—Él siente lo mismo que yo, mamá.

—¿Habéis hablado de eso en unos minutos bajo la lluvia?

—No con palabras, pero sí con los ojos, no sabes cómo me mira. De verdad, mamá, estoy segura de que siente lo mismo que yo.

—Oh, Dios mío, mejor no le digas nada a tu padre o no podrá dormir. Anda, ve a repasar los dibujos. Por cierto, tiene un bonito trasero, casi mejor que la cara que parece un poco de palo.

Jenna que ya salía se vuelve con los ojos abiertos de par en par.

—¿Se lo has visto?

—Sin intención, he entrado al baño para dejar la ropa y aún estaba en la ducha. Solo el trasero, ha dado la vuelta tan rápido que no he podido ver nada más.

—¡Desde luego, mamá! Con razón estaba tan cortado, ni se ha quejado con lo que escuece el desinfectante.

—No lo ha hecho por hacerse el valiente, es un crío aún y a su edad todos quieren parecer hombres.

—Es un hombre, mamá, lo es, y quiero casarme con él.

La risa de Kate y su gesto levantando los brazos, hace que Jenna sonría, asintiendo.

—Deja que el tiempo haga su trabajo Jenna, no te precipites. Voy a preparar la cena y tú termina esos dibujos.

Apenas amanece y ya está Jenna dentro

de la casa del jardín, su refugio. Su abuelo no solo hizo para ella una preciosa casa de muñecas para que jugase siendo pequeña y que aún tiene en su habitación. Al ir creciendo, construyó esta, con ayuda de ella y en algún momento de Bill, para tener un lugar privado. Los dos pasaron muchas horas en la casita, así la llamaron siempre. Pero no es tan pequeña como pueda parecer por el nombre. Hay una habitación, un baño y una amplia estancia que incluso tiene un rincón como cocina, aunque todo es un espacio abierto.

Una gran mesa de dibujo en la que dibujaban los dos, una librería, una mesa de despacho, que utilizaba el abuelo, y otra para comer. Todo el mobiliario lo construyeron entre los dos. Ella apenas tenía siete años, pero ya entonces sentía la misma pasión que su abuelo por dibujar y trabajar la madera.

Las lágrimas la invaden al ver que todo está igual, como si el tiempo no hubiera trascurrido. Le llama la atención que no hay una mota de polvo. No entiende cómo es posible. Ella quiso seguir usando aquel espacio que tantos recuerdos tenía para ella, pero la congoja la superaba y decidió no volver a entrar allí. Ha abierto las ventanas, quiere que se ventile, pero en realidad no hace falta, lo deja y vuelve a la casa para desayunar. Su madre y Ava, la asistenta que es como familia, ya andan las dos por la cocina. Saluda con un beso a cada una.

—No os lo vais a creer, no hay una sola mota de polvo, no entiendo cómo es posible después de tantos años cerrada.

Es su madre la que contesta.

—Un duende ha estado limpiando a dos por tres sin decirte una palabra.

—¿Ava?

—Pues, claro, cómo iba a dejar que el polvo estropeara los libros y todas las cosas de tu abuelo y esos muebles, con la ilusión con que él te la hizo y lo feliz que fuiste allí con él. Ahora que, ya me dirás a qué viene meter a un inquilino.

—No es ningún inquilino. Va a trabajar en el taller y vive muy lejos, necesitaba un sitio para alojarse.

—Entonces es un inquilino.

—No es... Seguro que mamá ya te ha contado todo, pues vale, eso, me gusta y quiero casarme con él. Ya está dicho, y no quiero que me digas lo mismo que mamá, que si tal y cual, no será mañana, pero prometo que me casaré con él.

Las dos ríen la mar de divertidas y las dos frenan la risa porque Bill se ha quedado parado en el umbral al oír a su hija.

—¿Con quién piensas casarte Jenna?

Se apresura a levantarse y darle un beso, tras ello le acaricia la cara toda mimosa y sonríe.

—Ya sé que es un poco pronto para nada, pero es como si lo conociera de mucho antes, siento que le quiero, papá, no es una tontería, ¿verdad que no te parece una tontería?

—¿De quién hablamos?
—De Ted Blocker, papá ¿te parece bien? Es un buen chico, seguro que muy trabajador y responsable. Además, redacta bien, tú siempre dices que por cómo escribe alguien puedes conocer a la persona, el abuelo decía lo mismo y a ti te gustó su carta. ¿Te gusta ese chico para mí? Di que sí papá, por favor, por favor.

Bill mira a su mujer y a Ava, respira hondo, se sienta y Ava se apresura a servirle el café. Bebe sin responder, las tres están expectantes viendo su ceño, su gesto pensativo en extremo. Carraspea varias veces y por fin mira a su hija que se ha sentado y espera anhelante la respuesta.

—Es tu decisión, Jenna, pero sí, me parece bien, sí da la impresión de ser un buen muchacho.

Jenna casi le salta al cuello, le llena de besos y Bill ríe feliz.

—Sentaos y desayunemos con tranquilidad. Así que esa es la razón por la cual has querido que viva en la casita. La verdad, es que su casa queda a muchas millas y más para ir en bicicleta. Pero quiero hacerte una advertencia, si tienes intención de que sea algo más que un amigo, tendrá que venir a casa a cortejarte, nada de meteros allí y que nadie sepa qué hacéis. ¿Me das tu palabra Jenna?

—¡Pues claro! Puedes estar tranquilo, aunque ahora al principio iré para ayudarle un poco a poner en orden las cosas. Por cierto, papá, hay que comprar un frigorífico, pequeño. Iré hoy a comprarlo, y no sé si hará falta alguna cosa más. También una radio, si te parece bien, estando solo necesitará con qué entretenerse.

Bill mira a todas y mueve la cabeza a un lado y otro.

—Kate no sé si hacerte a ti responsable, a Ava o a ninguna de las dos, os veo con una cara de cómplices que casi me asustáis. Compra lo que quieras, Jenna, pero ten sentido común, hija, sé que lo tienes, aunque hoy no lo parece. ¿Terminaste los dibujos?

—Sí, están en el despacho, ahora los traigo. Gracias, te quiero, te quiero.

Lo abraza y besa repetidas veces, Bill quiere parecer serio, pero no lo consigue viendo las caras de las dos mujeres aguantando las ganas de reír.

—Ya está bien, parecéis bobas las dos. Sabía que llegaría esto algún día, pero, ¡caramba!, no pensaba que fuera tan de repente.

—Cariño, no puedes esperar de Jenna que actúe de otra manera, sabes lo impulsiva que es. Parece buen chico y lo vas a tener en el taller, podrás ver cómo es.

—Sí, Kate, en realidad no me preocupa mucho el muchacho. Fuimos hablando todo el camino de diversas cosas y lo vi muy sensato, prudente y educado. Sí, es buen chico, espero no equivocarme en eso, porque lo único que importa es que lo sea y que la quiera todo lo que se merece. Ava ¿qué te parece? Nuestra nena ya es una mujer, nos hacemos mayores.

—Ya lo creo, Bill, aunque no tanto por los años que tenemos. Ella ha crecido muy deprisa, de eso tuvo la culpa tu padre, que Dios tenga en su gloria. Parecía que quería verla crecer y por eso el afán de enseñarle cosas. La de veces que entré en la casita y allí estaba él hablando y ella embobada escuchando. Daba gusto verlos. Yo me quedaba un rato porque me maravillaba oírlo. Tu padre sabía hablar de todo y lo hacía muy bien. Bill, tu hija es muy joven, pero una gran persona con mucho conocimiento y será, o ya lo es, una gran mujer.

Kate suspira, se levanta y besa a su marido al tiempo que dice.

—Dios te oiga, Ava. Por mi parte, solo quiero que sea feliz, tan feliz como lo soy yo con este bobo que querría ver aún a su nena con coletas. ¿No piensas ir hoy a trabajar?

—Espero los dibujos, mujer. Ah, ya está aquí. Jenna lo que quieras comprar hazlo en el almacén de Todd, no es necesario que vayas a la ciudad. Hay que procurar por el negocio de nuestros vecinos.

—Claro, es lo que pensaba hacer, tampoco creo que será mucho. Podemos ir las tres, ¿no, mamá?

—Estaría bien un día de fiesta, tomaremos un aperitivo en el club. Vamos primero a ver qué es lo que hace falta y quiero que recojas todo lo del abuelo antes que nada.

Entre Ava y Jenna han ido subiendo libros, carpetas y cajas con documentos del abuelo a su habitación. El arcón se ha quedado pequeño y han ocupado parte del armario. Se lo dice a su madre al terminar.

—Algún día tendrás que ponerte a revisar todo eso Jenna, y tirar lo que sea o quemarlo.

—Sería como quemar al abuelo, no podría tirar nada suyo, mamá. Parece que aún huelan a él los libros y los papeles. ¿Por qué tuvo que morirse tan pronto? No sabes cuánto le echo en falta. Ahora podría estar a mi lado y mostrarle los diseños y contarle que he conocido al hombre con el que me quiero casar. Lo siento, ya te he hecho llorar, perdona. Oye, de lo que dices de quemar olvídalo, ¿vale? Ahí no molesta, no utilizamos esa habitación.

—Ya, cariño, pero quizá algún día la necesites, no sé, puedes tener invitados o varios hijos. Eso sí que me hace ilusión, a esta familia siempre le han faltado niños.

—¿Quién corre ahora, mamá?

Riendo las tres han subido al coche y han ido a comprar todo lo que creen necesario para que Ted esté debidamente instalado.

Domingo a media tarde llega Ted con su bicicleta y una bolsa con sus pertenencias. Jenna, que lleva horas esperando, sale a su encuentro.

—Pensaba que ya te habías arrepentido de venir. ¿Te has vuelto a perder?

—Hola, no, he querido comer con mi madre, no la veré en toda la semana. Solo comemos juntos los domingos.

—Por qué. Dijiste que trabajaba en una tienda de ropa, cierran para comer.

—Sí, pero está lejos de nuestra casa, en un barrio de lujo, muy distinto al que nosotros vivimos.

—Vamos a tu nueva casa que tiene por barrio el campo, espero que estés cómodo.

—¿No debería saludar a tus padres?

—Ya lo harás, están jugando una partida con unos amigos.

La casa está en la parte de atrás, muy cerca del bosque. Sorprende porque es de piedra, con varias ventanas y un pequeño porche con un balancín. Mira al este y ella se lo hace notar. Cuando entran, él se queda pálido, estremecido, luego va cambiando su color y acaba rojo como un tomate y nervioso murmura tan bajo que ella no llega a oír.

—¿Qué has dicho?

—Que parece un sueño, esto es mucho para mí, Jenna.

—No digas tonterías, solo hay una habitación, esto es lo mínimo, pero está bonito, ¿verdad? Di si te gusta, por favor.

—Claro que me gusta, es increíble. Oye, la radio es nueva y el frigorífico. No tenías que haber comprado nada, tengo la sensación de estar abusando de vosotros, yo no puedo corresponder a todo esto. ¿Cómo podría?

—Disfrutándolo. Aquí yo pasaba muchas horas con mi abuelo, lo adoraba y lo sigo adorando. Era maravilloso, me hablaba de todo, comentábamos los libros, dibujábamos. Siempre estaba con él y quiso que tuviéramos un rincón para los dos. Él la construyó con sus propias manos. Nunca podré olvidar esos días, semanas enteras nos llevó, todo un verano. Imagina lo poco que podía yo hacer, no había cumplido los ocho, pero me levantaba al amanecer y aquí venía con él para construir nuestro refugio. Papá ayudó algún rato en lo que fue necesario, cuando era algo que el abuelo no podía hacer solo, pero la mayor parte la hizo él, quería hacerla él y yo, lo dos juntos. Hasta que murió no hubo día que no pasase aquí unas horas con él, a veces hasta dormíamos juntos y cocinábamos entre los dos.

—¿Él vivía aquí?

—No, vivía en la casa, pero a veces nos quedábamos a dormir, como si fuéramos al campamento, en un fin de semana o en vacaciones. Una aventura, porque él apenas sabía cocinar y yo iba aprendiendo lo que él me enseñaba, alguna vez se nos quemó la cena y todo se llenó de humo, pero era mágico, estar a su lado era mágico.

Jenna no logra reprimir unas lágrimas y Ted le ofrece su pañuelo.

—¿Hace poco que murió?

—A veces me parece que hace un siglo, y otras aún lo oigo hablar a mi lado, ocho años. Al día siguiente de yo cumplir los doce, me regaló una caja de lápices, uso muchos, ¿sabes? Vivió muchos años, ochenta y cinco, pero pocos conmigo. Perdona, lo siento, tú tienes muy reciente lo de tu padre y estoy ahora dándote la lata con mi abuelo. Él fundó el taller, así que vas a trabajar en el mismo lugar que él creó y vivirás en su refugio. Es justo que sepas algo de él, ¿no te parece?

—Debió de ser un hombre estupendo, ¡ochenta y cinco! Es mucho tiempo.

—El tiempo no existe, solo el momento. Eso decía. Vamos, te ayudaré a colocar tu ropa.

—No, cómo vas tú a..., no, ya lo haré.

—Mira, esta tarde tenía el plan de ir al cine con mis amigas, me he quedado para ayudarte a instalarte, así que deja que te ayude o habré perdido la tarde a lo tonto.

—Siendo así, de acuerdo.

Han entrado en la habitación y es ella la que decide cómo colocar todo en la cómoda y armario. Cuando llega el momento de los calzoncillos, Ted, ruborizado, intenta ser él quien los ponga en el sitio y ella se echa a reír.

—Pero bueno, no seas tonto, ¿crees que no he visto ningún calzoncillo hasta ahora? Tuve abuelo y tengo padre, a los dos los he visto en calzoncillos, no me importará verte a ti, ¡trae! ¿Sabes hacer café?

—Sí, claro.

—Pues ve y mientras terminaré yo de poner todo.

Han tomado café y Ted ha ido relajándose y mostrando su sonrisa, riendo a cada momento por cualquier cosa que ella decía o callando y mirándola fascinado por la naturalidad de ella. Los dos se sorprenden al oír llamar a la puerta y Ted se apresura a abrir. Es Bill.

—¡Caramba! Huelo a café y veo todo en orden, la cena está ya en la mesa, así que venid a cenar.

—Gracias, señor, yo he traído un emparedado, además, Jenna ha comprado comida, tengo el frigorífico repleto.

—Ese emparedado puedes comértelo mañana, hoy es tu cena de bienvenida, lo manda mi mujer, y ya sabes que lo que ella dice se hace. Andando los dos para casa.

—Gracias, señor.

—Ted ahora eres uno más de esta familia, no tienes que dar las gracias y tampoco decirme señor. Mi nombre es Bill y puedes tutearme, todos mis empleados lo hacen, y tú con mayor razón, siendo que vives aquí, así que actúa con toda confianza.

No fue ese día ni al siguiente, pero apenas pasados unos días, Ted Blocker no solo se sentía miembro de la familia, estaba encantado con su trabajo y el buen ambiente que reinaba en el taller. Pronto cogió la marcha, muy trabajador, aprendía rápido. Le gustaba lo que hacía y el sitio en el que vivía, pero lo que más le fascinaba era Jenna y su familia, la manera de tratarlo desde el principio. Con cierto aire de posesión sobre él desde el primer momento, Jenna demostraba claramente un sentimiento que él compartía y le desbordaba. La adoraba, estaba fascinado por ella. Nunca se había enamorado, no tenía ninguna experiencia con las mujeres, se quedaba encandilado cuando ella hablaba.

La comida la hacía en el taller con el resto de trabajadores, pero la cena, apenas pasó una semana, era en casa de Jenna, y a menudo, Kate tenía que llamar al orden a su hija porque si hablaba, Ted dejaba de comer, escuchándola como embrujado. Más que evidente de que el sentimiento era mutuo, ya que Jenna se quedaba mirándolo con la boca entreabierta, anhelante de cada palabra del joven.

La única de la familia que no conocía a Ted era Ava. Ella no estaba en las cenas, pero Kate la ponía al día de la situación.

—Mi hija está prendida por él, pero él no lo está menos por ella. Tendrías que ver Ava, cómo se miran. Mucho me temo que no tardarán en hacerse novios.

—¿Lo temes?

—No, no lo temo, casi lo deseo, porque es tan hermoso ver la felicidad brillando en sus ojos. Bill me mira y me mira mientras cenamos, no dice nada estando ellos delante, claro, pero está muy contento. Todas las noches, me cuenta algo que ha hecho Ted.

—Ya lo creo que está contento, ayer me decía que es muy trabajador el chico y que ha caído bien entre los compañeros, porque siempre está dispuesto a echar una mano. Bill nunca ha sido muy hablador, sin embargo, habló del chico con cierto orgullo, como si fuera su padre.

—Ya sabes lo que he lamentado siempre no poder darle otro hijo. Y eso que Jenna ha sido hija e hijo por su manera de ser, pero un chico le hubiera venido bien a Bill. Estaba acostumbrado a ir con su padre a todas partes y él no ha podido hacerlo con un hijo.

—No digas eso Kate, tu hija, como bien has dicho, ha sido hija e hijo. Claro que los hombres siempre andan mejor entre hombres. Entonces, qué me dices, ¿tendremos boda?

—Oh, sí, ya lo creo que sí. Ojalá sea pronto y mi hija pueda dar todos esos besos que ahora reprime, a veces hasta veo cómo le tiemblan los labios.

Jenna iba a pie al taller, Ted iba en la bicicleta y más temprano que ella, pero por la tarde hacían el recorrido juntos los dos andando de vuelta a casa. Hablaban atropellados, quitándose la palabra el uno al otro. Tenían la misma edad, veinte, les gustaba la misma música y compartían su afición por la lectura y la naturaleza que les rodeaba.

Cuando llegó el invierno, ya eran cinco los meses que Ted llevaba trabajando en el taller y conviviendo con la familia. Jenna estaba impaciente, segura de que lo que ella sentía también lo sentía él, no comprendía por qué no le decía nada al respecto. Habló con su madre de ello, acostumbrada desde pequeña a comentar todo con su abuelo, al faltar él, volcó en sus padres, sobre todo en la madre y Ava, sus dudas.

—Jenna no seas impaciente, todo se andará. Yo también estoy segura de que Ted te quiere, es más que evidente, pero es poco tiempo.

—Sí, seguro, dentro de un año podremos seguir hablando lo mismo. No se corta en nada, mamá, hablamos de todo y hasta discutimos, pero no de eso. Nos miramos los dos con unas ganas de comernos y nada. No es tímido conmigo, te lo aseguro, pero voy a tener que ser yo la que le diga, ¿crees que es normal?

—Entonces repetiremos la historia, cariño. Tu padre se quedaba bobo mirándome y no se decidía a darme un beso, hasta que se lo di yo.

Los ojos de Jenna chispean de alegría.

—¿En serio?

—Sí, esa es la verdad. A veces se lo he recordado y siempre responde que se moría de ganas, pero que le parecía muy atrevido.

—¿Solo un beso muy atrevido? ¡Venga ya! No puedo creer que Ted piense lo mismo, de verdad, papá es más callado, él habla por los codos. Por eso no entiendo que no me bese, porque ganas tiene, se lo noto, mamá, igual que yo o más. Pues ya lo tengo claro, en la primera ocasión le daré un beso y a ver qué pasa.

—Solo un beso, Jenna, nada más. Los hombres se excitan con más rapidez que nosotras, no le provoques demasiado.

—No te preocupes que no será más que eso, pero no solo uno, no puedo conformarme con uno solo, llevo mucho tiempo esperando.

Kate ríe con ganas.

—Lo peor de esto es que no puedo contárselo a tu padre, se escandalizaría si supiera lo que hablamos. Suerte que tengo a Ava para hacerlo.

Un arrumaco le hace su hija al tiempo que ríe.

—Gracias, mamá, te lo agradezco infinito, la mayoría de madres no hablan tan claro. Y no comprendo por qué no lo hacen.

—Porque tampoco a ellas les dijeron gran cosa. Jenna, las relaciones y, sobre todo el sexo, siguen siendo un gran tabú. El mundo avanza en chismes, en aparatos y coches, pero no en las relaciones. Anda, ve a llamarlo; tu padre hoy cenará con Jeff y el grupo de pesca, así que cenaremos un poco antes.

La puerta de la casita nunca está cerrada y ella acostumbra a entrar sin más. No llama, y lo hace al ver que no está en la sala.

—¡¿Ted qué haces?! La cena ya está.

—Ya voy, estoy terminando de vestirme, es un poco pronto.

—Papá no cena hoy en casa, cenamos más tarde por él.

—Lo sé, me lo ha dicho, y me ha invitado a ir de pesca con él, tendría que quedarme un domingo sin ir a ver a mi madre, se lo diré y si le parece bien, me quedaré. Me gustaría, nunca he ido de pesca. Hola.

—Hola, qué bien hueles.

—Sí, compré el otro día un producto nuevo para después del afeitado, tengo que ponerme algo, me irrita la cuchilla o el jabón, no lo sé.

Están frente a frente y Jenna le pasa la mano por la mejilla. La conversación con su madre la ha acelerado y no reprime el impulso, lo besa en los labios, leve, discreto, pero lo ha hecho y él la mira sonrojándose, también un ligero rubor invade el rostro de Jenna que no se mueve. Espera y casi gritan sus ojos para que él se decida a devolverle el beso. Lo hace reprimiéndose, sin tocarla, y es ella la que se abraza a él y es otro beso el que se dan, más intenso, apasionado.

Los dos sonríen nerviosos, respiran fuerte y ella suelta la risa, lo coge de la mano y tira de él hacia afuera. Llegan a la cocina ruborizados, sonrientes, sentándose apresurados. Kate los mira y suspira, no necesita que su hija le diga nada, lo ha comprendido y se esfuerza por hablar con normalidad, como si no percibiera la emoción que hay en el ambiente.

Ya son novios, casi sin hablar de ello, aunque sí le dijo Ted que la quería de manera atropellada, tanto que ella se echó a reír y él la miró muy serio.

—¿Te hace gracia?

—Solo lo tonto que pareces, ¿por qué te pones nervioso?

—No es cualquier cosa lo que he dicho, para mí es muy importante, lo más importante que he dicho en toda mi vida, pero si no te lo parece puedes reírte.

Ella volvió a reír y antes de que él llegara

a enfadarse lo cogió de la camisa y lo besó con ganas.

—No habrá otra cosa tan importante en tu vida ni en la mía. Te quiero desde el primer día y aunque no me lo has pedido, tengo muy claro que me casaré contigo, te lo prometo.

Ted, muy serio, la besa y le acaricia el cabello.

—Como dice tu padre, si ya lo has decidido, no hay más que hablar.

—Tendrás que hablar con papá, si quieres que seamos novios, de eso no te libras.

Ted se armó de valor, no tenía problema para hablar con Bill de cualquier tema, desde el principio tuvo gran confianza, pero aquello era demasiado trascendente para no alterarse. Necesitaba hacerlo para formalizar la relación y sentía el estómago oprimido.

—Yo no tengo nada que ofrecer a Jenna, salvo lo que siento por ella, si no te parece bien que seamos novios lo entenderé.

Bill lo mira muy concentrado, meditabundo. Ya tiene a Ted casi como hijo y lo conoce bien porque lleva observándolo desde que le conoció.

—Dime Ted ¿qué crees que puedo desear para mi hija?

—No lo sé, pero supongo que quizá alguien con mejor posición que yo, sería lo normal. Has visto mi casa, ni siquiera es nuestra, es alquilada, y yo vivo en la tuya. Puedes pensar que me atrae el que sea tu hija, pero no es así, eso puedo jurarlo si quieres. Nunca he tenido novia, no puedo comparar con nadie, pero es muy intenso mi afecto. Desde el día que la conocí me hizo sentir algo muy especial que ha ido creciendo y creciendo, no me imagino cómo podría vivir lejos de ella. Pero tú eres su padre y puedes no querer a alguien como yo para tu hija.

—Eso podría ser en cualquier otro. Piensa un poco muchacho, si yo quisiera a alguien diferente no te habría dejado vivir cerca de ella. Aunque Jenna si se propone algo lo consigue, es más decidida que yo para todo. Siempre ha sido así y he confiado en su criterio. En este caso no necesito que me diga cómo eres, lo sé, y nada mejor para mi hija que un hombre de bien. Eso es lo que veo en ti y lo que tengas o dejes de tener no me importa. No nos faltan trabajo ni dinero. Para qué querría yo buscar a alguien diferente por más que tuviera, solo deseo que la respetes y la quieras, que la hagas feliz y que lo seas tú.

Ted no puede hablar, está tan emocionado que solo asiente varias veces con la cabeza. Bill se levanta, están en el despacho, él lo imita y ve a su futuro suegro avanzar hasta él y abrazarlo. Con un nudo tremendo en la garganta logra decir.

—Gracias, Bill, te doy mi palabra de que la haré feliz mientras viva.

—Vamos, deben de estar las dos comiéndose las uñas por saber qué estamos hablando. Ni una palabra, esto es cosa de hombres. Ahora que ya es formal la cosa, cuándo vendrás a pescar conmigo, ¿no te apetece?

—Sí, desde luego, lo dije a mi madre y no me respondió, pero ahora tengo que hablar con ella de Jenna y también de ir a pescar, me gustaría.

Madre e hija están esperando nerviosas en la cocina, como si estuvieran pendientes de una sentencia, las dos serias. Bill se ríe al verlas.

—¡Caramba! Las dos calladas, qué raro. Fíjate bien Ted, porque dudo que puedas verlo con frecuencia. Jenna, te presento a tu novio.

—Oh, papá, qué alegría.

Pero no es a su padre al que besa primero, sin recato alguno, se echa en los brazos de Ted. Kate ha llegado a llorar, muy emocionada ha besado a su marido y luego a Ted. Han brindado felices y Jenna tan rápida como siempre lo es para todo.

—¿Cuándo me llevarás a ver a tu madre?

—Ella no sabe nada, así que este domingo hablaré con ella y el próximo iremos juntos.

—Ted puedes decir a tu madre que será bienvenida en nuestra casa el día que quiera. Así que coges el coche y la traes cuando ella decida venir.

—Gracias, Kate, no sé cómo lo tomará. Para ella este trabajo es solo temporal. Mi hermano termina el año que viene y ella quería que me matriculara al siguiente en leyes.

—Escucha, si quieres estudiar leyes puedes hacerlo muchacho, no hay motivo para renunciar a ello, acoplando las horas. Viviendo aquí no tendrías problema para seguir ganando algo de dinero y mantenerte tú con ello.

—Me temo que eso no es lo que ella tiene pensado, Bill, pero no importa, porque me gusta lo que hago. Eso sin contar a Jenna, no quiero que nada me aparte de ella. Si me fuera a estudiar a una de las universidades que mi madre tiene en mente, no podría verla en meses. En el caso de acabar los estudios, luego tendría que trabajar en eso y está claro que sería bueno para cualquiera, pero para mí trabajar en el taller es perfecto, no necesito más. Qué dices tú, Jenna.

Resopla, lo hace cuando algo la inquieta.

—Eres tú quien tiene que decidir, pero si esto te gusta, no veo razón para que cambies a otra cosa, a fin de cuentas, un día u otro, papá tendrá que delegar y será bueno que estés preparado en todo lo que supone llevar el taller. Si te vas a otra parte a estudiar o trabajar... No voy a decirte qué es lo que tienes que hacer Ted, yo hago lo que quiero, lo que me gusta, y, por tanto, tú debes hacer lo mismo. Si quieres estudiar leyes no seré yo la que te lo impida.

Ted siempre ha ido en bicicleta a ver a su madre, salvo cuando el tiempo lo impide que coge el autobús. Bill le ha dicho que a partir de ahora se lleve uno de los coches. Va feliz y tenso al mismo tiempo, sabe que no será fácil hablar con su madre, casi nunca lo es cuando él quiere expresar algo. Es ella la que dice y él calla, igual que hacía su padre, por eso no ha mencionado a Jenna hasta ahora. El único que ha hablado siempre al mismo nivel con su madre es su hermano, porque es igual que ella en casi todo.

Linda Blocker, la madre de Ted, fue educada como correspondía a una familia de elevado nivel social y económico; aunque venida a menos su economía, conservaban unas rentas suficientes, una casa señorial y muy buenas relaciones.

Su marido, no vivía de rentas, pero también gozaba de un apellido con renombre su familia, él ganaba dinero invirtiendo y estaba muy bien relacionado, tanto como para moverse en el mismo ambiente. La crisis económica de 1929, no solo dejó en la ruina a la familia de Linda, su padre, que llevaba años retirado, fue uno de los muchos que se suicidaron a consecuencia de la crisis, porque perdió lo que les proporcionaba las rentas que les permitían vivir bien. Su madre enloqueció y murió poco después.

Ella tuvo que sufrir el verse despojada de la casa familiar que compartían con sus padres y de la mayor parte de sus pertenencias, ya que su marido también quedó en la ruina. Solo le quedó el exquisito ajuar que tenía, su distinguido y amplio vestuario, algún que otro cuadro, cuatro muebles, un par de vajillas y algunas joyas que moriría antes que desprenderse de ellas. Porque gracias a las joyas y sus elegantes vestidos, pudo mantener una apariencia que nada tenía que ver con su realidad.

Fueron tiempos muy difíciles, viviendo en un diminuto apartamento, sin el servicio y la bonanza a la que estaban acostumbrados. Sus dos hijos siempre habían ido a un colegio de élite. Linda decidió que, a pesar de la situación, el mayor, Max, tenía que seguir en el mismo centro y Ted continuó sus estudios en un centro público.

Superados esos primeros años, gracias a la tenacidad de su marido que trabajó en varios sitios hasta que consiguió la representación de los tractores. Pudieron alquilar una pequeña casa, con solo dos habitaciones y en un barrio muy modesto, muy lejos de lo que era la anterior que tenía diez y en la zona más elegante de la ciudad.

Ella logró el empleo que la llevó a sentirse de nuevo en el ambiente al que estaba acostumbrada. La tienda de ropa femenina en la que trabaja solo es frecuentada por las clases elevadas y allí compraba ella antes la ropa. Es una mujer que tiene esa distinción distante que ostentan algunas personas educadas en el lujo, y las esmeradas normas sociales de una sociedad conservadora de muchos valores externos y retrógrados en lo interno.

Su hijo mayor, Max, ha heredado lo que ella es piensa y desea. No de una manera espontánea, le fue inculcando sus valores y objetivos en la vida casi desde que nació. La mayor parte de sus desvelos los dedicó a Max porque era perfecto en lo físico y en el carácter. De ahí que pusiera empeño en que estudiara primero leyes y luego en la academia militar, costara lo que costase. Max, rubio, alto y de porte atlético. De gran atractivo, con unos rasgos rayando en la perfección, muy parecido a ella. Tenía la distinción de su madre, un hombre elegante en sus gestos y mundano en los gustos.

En cambio, Ted es el vivo retrato de su padre en lo físico, aunque alto no es precisamente atlético, está muy delgado y es un tanto desgarbado al andar, lo que favorece que una pequeña cojera que tiene pase inadvertida. De carácter es campechano, sencillo y sincero. A lo que añade no tener más ambición que lograr vivir con su trabajo, sin pensar en riquezas ni en altas miras sociales. Que su padre sí tenía, aunque cambió con los avatares a los que la vida le enfrentó. Aun así, ambos seguían con los planes para sus hijos, muy por encima de sus posibilidades, porque la madre no bajó un peldaño en su manera de pensar y su marido nunca se atrevió a contradecirla.

Decidieron que, no siendo posible que los dos estudiaran al tiempo, porque los estudios de Max y sus relaciones sociales exigían un amplio presupuesto. Ted podía emplear unos años en lo que quisiera y ya estudiaría más tarde, conforme tenían pensado. Su intención, pues, respecto a Ted, era que en cuanto Max tuviera ya un destino adecuado, poder hacer lo mismo con él, querían mandarlo a estudiar en una universidad elitista. Y no pensaron en que fuera también militar, por su defecto en el pie que impedía que pudiera entrar en el ejército.

Todo se vino abajo con la muerte de su marido, pero aguantó cómo pudo el que Max continuara estudiando y desesperaba porque ya veía que era imposible seguir. Vio renacer su esperanza al lograr Ted el empleo en el taller de Arnáez. Era solo cuestión de tiempo, ahora Max podría seguir en la academia y frecuentando la clase social que correspondía a su educación, y luego le llegaría el turno a Ted.

Por todo ello, él ve problemático que su madre acepte de buen grado su decisión de seguir en el trabajo y que ya tenga novia. Ha ido pensando cómo decirlo y apenas llega, ya sentados a la mesa, lo suelta sin más. Su madre le mira como si se hubiera vuelto loco. Pálida y con su tono más frío.

—¿Qué es lo que has dicho?

—Digo que estoy enamorado de Jenna, mamá, es una chica maravillosa, sencilla, alegre, y me quiere, nos queremos, creo que la quiero desde el momento que la vi.

—Tú no puedes perder el tiempo en esas tonterías, si te gusta llévala al cine a bailar o lo que quieras, pero nada más. Cuando tu hermano termine, tendrás que comenzar tu preparación para ser alguien. Así que no quiero oír más al respecto. Te prohíbo que esa relación vaya más allá de lo que he mencionado, nada de comprometerte ni de dar tu palabra bajo ningún motivo. Por supuesto, te librarás totalmente de tener relaciones sexuales con ella. ¿Lo tienes claro?

—No la conoces, ¿qué tienes en su contra?

—Nada, pero no voy a permitir que un hijo mío se una a cualquiera. Tenemos un apellido de origen muy respetable. Estudiarás leyes como tu padre y yo decidimos en su momento.

—Eso lo decidisteis cuando la situación era muy diferente. Ahora no es lo mismo, mamá. Además, si tan importante es para ti el dinero o la posición, el taller de los Arnáez es de lo mejor y son muy respetados.

—Por favor, no confundas nuestro origen, con ser respetados porque dan trabajo a unos cuantos. Tu abuelo paterno fue juez y mi padre coronel, con una amplia tradición militar en la familia. Los Arnáez son unos mestizos que a saber cuál es su procedencia. Si ahora tienen dinero, mejor para ellos, tú también lo tendrás si haces lo que te digo.

—No son mestizos, mamá, su abuelo era español.

—¿Y eso qué significa? Son mestizos o moros, me da lo mismo. Seguirás trabajando allí porque es lo que tienes que hacer por ahora. En cuanto Max termine, estudiaras leyes y llegarás a ocupar el lugar que te corresponde.

Ted no logra convencer a su madre, ni siquiera, para que conozca a Jenna.

—Qué te acabo de decir, te he dicho que no te comprometas y pretendes traerla para que la conozca. No me interesa para nada saber si es alta o baja, si gorda o flaca. Entretente si quieres, pero nada más.

—Ya estoy comprometido, no sé cuándo, pero me casaré con Jenna y seguiré trabajando en el taller. No pienso estudiar leyes, mamá, me gusta lo que hago y vivir con la gente con la que vivo. Son una familia excelente, muy buenas personas, me han tratado desde el primer día como uno más. Soy feliz con ellos y quiero seguir siéndolo.

—Eres un ignorante de la vida, eso es lo que eres. Pretendes ser un mediocre el resto de tu existencia, arrastrando tu apellido entre virutas. Qué favor crees que le hará a tu hermano el que tú te unas a esa gente. No podrás relacionarte con él ni conmigo, porque no pienso rebajarme frente a ellos. Hoy por hoy no puedo vivir en el lugar que me corresponde, pero no dudes de que lo haré y para nada accederé jamás, oye bien, jamás, a tener el mínimo contacto con advenedizos que a saber cuál es su procedencia.

Ted, rojo de indignación, masculla algo entre dientes.

—¿Qué es lo que has dicho?

—Nada, mamá, ya veo que no vale la pena que diga nada.

Ha sacado el sobre con el dinero que le da todas las semanas, lo deja sobre la mesa y se levanta para marcharse, sin terminar de comer. De pronto ella cae en la cuenta y trata de suavizar el fuerte encontronazo.

—Ted, solo quiero lo mejor para ti y eso

no lo es. Tú mereces mucho más, eres noble, puede que demasiado, y ahora estás ofuscado. Es probable que esa chica sea encantadora, pero muy lejos de lo que yo quiero para ti. Hay jóvenes divinas, tengo muy buena relación con sus madres. Educadas de manera selecta, cualquiera de ellas sería una esposa perfecta. Las han preparado para ello, para tener un hogar en el que prive la decencia y las buenas formas. Mujeres que te respetarán en tu papel de señor de la casa, serás el rey en un mundo perfecto y tus hijos lo mismo, podrás educarlos en los mejores centros y con amigos de su misma condición. Eso es lo que quiero para ti, por favor, no eches tu vida a perder. Oh, no hemos tomado el postre, ¿qué haces de pie?, siéntate, por favor.

Cuando vuelve a la mesa con el postre, le da un beso en la frente. El rostro de Ted refleja la inmensa tristeza que siente.

—No quiero ver ese gesto, querido. Vamos a ser realistas. Ahora estás allí y puedes pasarlo bien un tiempo, divertirte sin pensar en nada más. Solo es un año, no llega, en cuanto Max termine todo irá mejor. Mientras, querido, tanto tú como yo debemos hacer el esfuerzo de financiar su formación. Fíjate, no solo tú te sacrificas por él, también yo lo hago. Podría estar viviendo cerca de la tienda, tengo una compañera que me ha pedido varias veces que comparta el apartamento con ella en una zona excelente y puedo hacerlo con mi sueldo. Pero no, primero sois vosotros, mis hijos están por encima de todo. También he tenido oportunidad de contraer matrimonio, esto no es muy adecuado hablarlo con un hijo, pero quiero que lo sepas para que valores lo que hago por vosotros. ¿Qué quieres que prepare para comer el domingo? Haré lo que más te apetezca.

—No vendré el domingo. Bill me ha invitado a ir de pesca. No te preocupes que vendré al siguiente y te traeré el dinero, puedes estar tranquila mamá, mientras Max esté en la academia seguiré dándote el dinero.

Ha levantado el rostro hacia ella y aprecia un ligero rictus en la bella cara de su madre. Es una mujer hermosa, pero fría, y en estos momentos está alterada, aunque apenas lo demuestra, la ve sonreír con cierto relajo.

—No lo he dudado un solo momento, Ted, ya te he dicho que eres noble, eso lo llevas en la sangre. Así que de pesca, bien, sentiré no verte, pero si eso te divierte, es un deporte y está bien practicar alguno. ¿A qué hora tienes el autobús?

—He venido en coche, Bill me lo ha prestado.

—Qué amable, pues, si no te importa esperar un poco, podrías acercarme al club, he quedado para jugar una partida de *bridge*. Retira la mesa, por favor, voy a cambiarme.

—Sí, por supuesto.

No solo ha retirado la mesa, ha fregado y puesto en orden la diminuta cocina. Tras ello se sienta mirando uno de los cuadros y recuerda que su madre decía que podrían comer mejor si lo vendían, pero que era importante mantenerlo para cuando tuvieran una casa digna.

De vuelta hacia Tacoma, su cabeza no para porque no sabe cómo decir a Jenna lo sucedido. No solo son las palabras, el tono, el gesto cargado de desprecio de su madre le ha herido en lo más profundo. Intenta parecer normal cuando ella sale corriendo hacia él, apenas ha dejado el coche en el garaje, anda cabizbajo. Jenna frena en seco y frunce el ceño.

—¿Qué te pasa?

No sabe qué responder y se limita a medio sonreír y negar con la cabeza, va a besarla y ella lo frena.

—No le parece bien, ¿verdad?

—La ha pillado de sorpresa, no sabía nada y de pronto le digo que tengo novia y, claro, es...

—Ted di la verdad, ¿qué es lo que no le gusta, que sea tu novia o que no quieras estudiar?

—Las dos cosas, nada le parece bien; hay que comprenderla, tenía planes que ahora se vienen abajo.

Se ha parado frente a él y hace un gesto cargado de ironía, al igual que el tono y sus palabras.

—Sí, está claro, muy claro.

Él hace un gesto desolado y ella, seria, pero firme.

—Podemos romper ahora mismo, si es

eso lo que quieres. No te preocupes por nada, si deseas hacer los planes que tu madre tiene para ti, bien, eres libre Ted, no seré yo quien te lo impida, ya te lo dije.

Kate les está llamando para cenar y ella da la vuelta con brusquedad, apenas entran en la cocina cuando Kate percibe que algo grave pasa.

—Ted, llama a Bill, por favor, lleva casi la hora al teléfono, está en el despacho. ¿Qué es lo que ocurre, Jenna?

—Nada, mamá, nada.

—No me gusta que mientas hija.

—Entonces no preguntes.

Bill ha empezado a contar una anécdota que su buen amigo Jeff le ha contado, no parece haber percibido los esfuerzos por estar normales que hacen Ted y su hija. Él, que no suele ser el más hablador, no para, y Kate ya más que nerviosa viendo que su hija apenas está comiendo y Ted traga a la fuerza cada bocado, estalla.

—Ya para Bill, ya nos lo contarás en otro momento. No soporto ver vuestras caras, si no queréis cenar ya os estáis marchando a que os dé el aire.

—Kate, a qué viene eso.

—A veces pareces bobo, no te has dado cuenta de cómo están los dos.

—Sí, claro, por eso hablo, o en lugar de ser una cena parecería que estamos de velatorio. Kate no te entrometas, tienen derecho a un poco de privacidad.

—Ya, y mientras ellos tienen privacidad yo tengo que sufrir las consecuencias. De eso nada, ella es mi hija y él casi, así que tengo todo el derecho del mundo a saber qué es lo que ocurre. Ted, mi hija no ha querido decir nada, espero que lo hagas tú, a menos que pienses que no tenemos ningún derecho a saber qué es lo que os pasa.

Con la mirada en el plato, moviendo el tenedor entre los guisantes, sintiendo arder su cara y ahogada su voz, lo ha contado todo, omitiendo las palabras de desprecio.

—No quería contar cuán ofendido estoy, lo triste que me siento porque mi madre se comporte de esa manera. Jenna no me ha dejado hablar, ella ha interpretado mi malestar a su manera.

—¿Qué quieres decir con eso?

Se miran los dos con la ansiedad reprimida que tienen.

—No quiero hacer nada diferente a lo que hago, mi madre no lo aceptará nunca, y eso es lo que me duele. Pero no impedirá que lo haga, ni que me case contigo el día que tú quieras. Mi libertad es estar junto a ti, vivir contigo toda la vida, si tú quieres.

Jenna se levanta va hasta él y lo besa.

—Perdona, cariño, he pensado que dudabas qué hacer. Quizá cambie ella de opinión si ve que estás decidido, ¿no crees?

—No la conoces Jenna, mi madre es de ideas fijas y principios muy sólidos que se asientan en... No sé cómo decirlo. El nombre, la familia, la buena sociedad. Para que lo entiendas, ella nunca hubiera alojado a un empleado en su casa, ni lo sentaría a su mesa. Está muy orgullosa de su familia y de cómo ha vivido, lleva años sin ello, pero jamás ha renunciado a su deseo de volver a ser quién era y la única manera de lograrlo es a través de sus hijos. Mi hermano tiene también ese pensar. Pero yo era muy crío cuando todo se perdió, además, estuve interno la mitad del tiempo, apenas recuerdo nada de esa etapa. Me he avergonzado viendo que mi madre no saludaba a nuestros vecinos y los miraba con menosprecio, cuando se molestaba en mirarlos. Nunca me ha dejado jugar con los chicos del barrio. Ella es así, pero es mi madre.

—Ya, déjalo Ted, no sigas, te hemos entendido y no quiero que sufras por decir lo que te hace sufrir. Dejemos que pase el tiempo, aunque no cambie, puede que se oponga menos. Vamos, comed los dos, por favor. Bill sigue contando esa historia de Jeff, por favor.

De nada le sirvió a Ted acudir puntualmente casi todos los domingos y seguir dando el dinero necesario para los estudios de su hermano. Por más que alabó la bondad de Jenna y sus padres, su madre no accedió a conocerlos ni aceptó su decisión de no estudiar y continuar en el trabajo del taller. Fue un año triste para la pareja, porque él apenas se recuperaba durante la semana del malestar con el que volvía de visitar a su madre. Jenna no podía entender la actitud de su suegra, mas nada decía en su contra por no ahondar el pesar de él. Nunca hablaban del futuro, pero su amor, nacido con la primera mirada, aumentaba cada día. Todos sonreían al verles juntos, andaban mirándose a los ojos y cogidos de la mano, a veces tristes, pero sin que ello menoscabase el profundo sentimiento.

Ted se atrevió a decir que celebrarían la boda cuando su hermano acabara en la academia. Aunque por sus cartas, sabía que no lo apoyaba, esperaba que al terminar recapacitara, pusieron fecha y lo invitó. Ya tenía su respuesta, no acudiría. No podía esperar una respuesta diferente de su madre, a pesar de ello, hizo un último y supremo esfuerzo para convencerla, cuando apenas faltaba una semana para la celebración. Sin llegar a tocar la comida, pasó una hora intentando vencer su oposición. Con la angustia atenazando su garganta jugó su última baza.

—Mamá, por favor, si no vienes a mi boda y sigues sin querer conocer a Jenna, yo no vendré a verte. ¿Es eso lo que quieres?

—No, Ted, es lo que tú quieres. Llevas haciendo lo que quieres desde hace años, te dejé un poco libre por las circunstancias y este es el pago. Si has decidido perder tu vida arrinconado y con gente que nada tiene que ver con nosotros, eres tú el que te apartas de tu hermano y de mí, tú el que reniegas de lo que somos y de tu apellido. Me avergüenzo de ti.

—Es tu manera de ver mamá, no voy a discutir más, sabes mi dirección, si algún día necesitas algo de mí, solo tienes que llamar.

Un gesto desdeñoso fue la respuesta. Ted

se levantó, sin comer regresó a la que ya era su casa y junto a la familia que lo aceptaba tal cual era, y de la que recibía el calor a diario que nunca sintió cerca de su madre, a pesar de luchar por ello cumpliendo como el buen hijo que era.

Como cada domingo, Jenna lo esperaba impaciente, y solo tuvo que ver su cara para saber que nada había cambiado en la actitud de la madre de Ted. No le dijo nada, lo abrazó y le llenó de besos mientras él ahogaba su llanto reprimido durante el viaje.

—Tranquilízate cariño, por favor. No puedo verte así, no sé cómo podré compensarte por el sacrificio que haces.

—Es lamentable que tenga que romper con ella, pero no un sacrificio.

—Aunque no vayas tanto podrás ir a verla de vez en cuando, sigue siendo tu madre, no importa que no me acepte a mí.

—No, Jenna, no. Ahora esta es mi familia, tú eres parte de mí y si ella no te acepta a ti, tampoco a mí ni a mis hijos. No hemos hablado de hijos, quiero que crezcan sin prejuicios, educarlos como tú estás educada. ¿Lo haremos así, verdad?

—Claro, mi amor. Vamos, la cena ya estará en la mesa. Mamá lleva rezando toda la tarde, dice que no puede entender que una madre trate así a un hijo y menos a alguien como tú. No sé si tener celos de ti, ya parece que te quieren más que a mí.

Le hizo un mohín enfurruñado y Ted rió mientras la besaba en la frente. Kate y Bill ya estaban sentados esperando. Él solo hizo un gesto negativo con la cabeza y Bill le golpeó ligeramente el brazo.

—Siéntate muchacho, has hecho lo que has podido y no siempre las cosas salen como uno desea. Hablemos del viaje, a dónde queréis ir.

—No lo sé Bill, no... Lo que quiera Jenna, ¿has pensado algo?

—Nunca he ido más allá de Tacoma, salvo por cuestiones de trabajo, cualquier sitio estará bien. La verdad, estando contigo no me importa el lugar. ¿Qué dices tú, papá, qué se te ha ocurrido?

—No, solo preguntaba. Cuando tu madre y yo nos casamos tampoco hicimos ningún viaje especial. Jeff nos prestó su barco y navegamos durante unos días, empezó a cambiar el tiempo y volvimos a casa pronto.

—Volvimos a los tres días porque le entró pánico pensando en naufragar. No hubo ninguna tormenta. Atracamos cerca y nos quedamos en el barco cuatro días más, bajábamos a comer o a dar un paseo y el resto del tiempo hicimos lo necesario para que vinieras al mundo.

La risa le estalla a Jenna.

—¡Mamá! Nunca me lo habías contado.

—Y no debería, esas cosas son de la intimidad de pareja. Kate controla un poco tu verborrea, por favor.

—¡Verborrea! Bill eres un bobo, qué hay de malo en lo que he dicho, estoy hablando con mi hija y con el que ya considero hijo, no estoy en el club náutico parloteando.

Ahí os pasáis horas tú y Jeff hablando de lo que toca y lo que no. Así fue, tal y como lo he dicho, te hicimos en el barco de Jeff, esa es la historia, quiera este bobo o no decirlo.

La cena ha terminado en risas y Ted se ha ido a dormir tranquilo, lo tienen decidido, si Jeff les deja el barco se irán así de viaje.

La intransigente actitud de la madre de Ted ha restado la mayor parte de la alegría que supone la preparación de la boda. Jenna, a pesar de sentir bullir en sus adentros la excitación propia del evento, se ha mostrado muy prudente a la hora de hablar de ello, por la tensión que Ted tenía. Ahora, libres ya de la duda, aflora su estado de ánimo. Cuando su madre baja a la cocina ya está ella con el desayuno en marcha.

—Buenos días, cariño, qué madrugadora. A ver esa cara, no has dormido.

Ojerosa, pero sonríe y se abraza a su madre, la besa repetidas veces.

—Me encantó lo del barco, mamá. Y eso quiero, hacer a mi primer hijo en el barco. No he dormido nada, soñando despierta con ese viaje, pero estoy bien. Es un poco pronto para llamar a Jeff, ¿verdad?

—Más bien tarde, tu padre lo llamó anoche, así que tranquila, tendrás el barco más reluciente de todos los mares. El que fuimos nosotros era bastante viejo, ya lo tenía su abuelo. Cariño, me duele tanto ver triste a Ted. Tienes que hacer lo imposible para que se sienta ilusionado y olvide ese sinsabor.

—¿Qué quieres que haga mamá? No sé qué puedo hacer, salvo prestarle mi hombro para que llore. Lloró como un niño y yo tuve que tragarme mis lágrimas por verle así.

Jenna aparta a manotazos unas lágrimas y su madre le hace un gesto para que siente frente a ella.

—Jenna no estás llevando esto bien. Es un acontecimiento que requiere una ilusión previa, hablar de todo, discutir incluso los detalles. Falta una semana para la boda y salvo el vestido nada has preparado. Ni siquiera quisiste ir al club a decidir el menú, tuvimos que ir Ava y yo. Si tu padre no menciona anoche el viaje, ni eso tampoco. Sigues trabajando como siempre y nada más. ¿Por qué?

—Esperaba, mamá, esperaba que esa mujer cambiara. Ted no merece ese trato, no me importa lo que piense de mí o de nosotros, que quiera o no verme me trae sin cuidado, pero él no merece ese desprecio. Sabes que le quiero desde el momento que le vi, tú y papá lo mismo, y no quería que se sintiera mal por los preparativos sin saber si ella vendría o no. Por eso no hemos llegado a hablar nada. Ahora ya lo tenemos claro, aunque en realidad qué tenemos que preparar, si ya está el viaje y el menú. Viviremos igual, bueno, estaremos en la casita, pero el resto lo mismo.

—¡Dios mío! Hija eres tan sosa como tu padre. Hoy mismo vamos a ir a comprar lo necesario para esa cama, tendrás por lo menos que estrenar una colcha nueva.

Bill acaba de entrar y las besa a las dos sin decir nada.

—Hola, papá. Mira, mamá, lo siento, hoy no es posible y mañana menos. Tenemos que hacer la prueba de un diseño nuevo y eso no puede esperar, qué más da una colcha nueva, qué tontería. Ve tú si quieres.

—Por supuesto que iré, me llevará tu padre.

—A dónde se supone que tengo que llevarte.

—Bill, se casa tu hija, tu única hija y aún no te has comprado el traje. Así que hoy iremos, si ella tiene trabajo tú eres el jefe y puedes tomarte el día libre.

Ted acaba de entrar.

—Buenos días a todos.

Kate casi no le deja sentar, sin responder al saludo le dice.

—A partir de esta noche dormirás aquí, hay que preparar esa habitación para la boda, así que cuando vuelvas, recoges tus cosas y te instalas en la habitación de invitados.

—Más te vale no decir nada, porque ha decidido que tiene que comprar una colcha y no sé si querrá cambiar las cortinas, que haga lo que quiera. Papá ya ha hablado con Jeff y tendremos el barco, así que no hay nada más que hablar. Entonces, papá ¿no vienes al taller?

—Pues parece ser que no, así que te ocupas en la medida que puedas. Vais a hacer las muestras nuevas y eso requiere toda tu atención, ¿está todo a punto?

—Sí, está todo a punto y si tengo prisa es porque el pedido de Boston tiene fecha de entrega, así que no puedo retrasarlo. ¿Has terminado cariño? Vámonos. Mamá compra lo que quieras, seguro que será perfecto.

En cuanto se van. Kate se pone más café y mira muy seria a Bill.

—¿Qué pasa?

—Pasa que no me gusta que mi hija se case así, vamos a ir a Seattle, Bill, hablaremos con esa mujer, con la madre de Ted.

—¿Crees que debemos hacer eso? No me parece buena idea, si su hijo no ha logrado nada, cómo lo haremos nosotros. No me gusta, puede tomarlo a mal o quizá no quiera recibirnos.

—Tenemos que intentarlo, cariño. Ted merece que nos esforcemos y nuestra hija más aún. No ha podido ilusionarse con todo lo que supone la boda por no entristecerlo más de lo que estaba. No es justo, con lo buen chico que es.

—Lo entiendo y estoy contigo, pero puede ser muy violento.

—No vamos a discutir, solo que vea que somos personas normales y que queremos lo mejor para nuestros hijos. Es madre, tendrá que pensar en la felicidad de su hijo.

—Sí, Kate, sí, todo eso está claro, pero parece que esa mujer tiene otra idea de la felicidad muy distinta a nosotros. No creo que consigamos nada, pero si quieres ir te llevaré, todo sea por ellos. Supongo que querrás cambiarte de ropa.

—Y tú también, vas a ponerte tu mejor traje, estás muy guapo así, pero por lo visto la tienda en la que trabaja es de lujo, así que iremos adecuados.

En efecto, la tienda es de las que uno tiene que pensar bien antes de entrar. Se presentan sin más ante ella, aunque no la conocen, es la única de más edad. Es Kate la primera en hablar, cuando Linda Blocker pregunta qué desean con una sonrisa fascinante.

—Buenos días, no deseamos nada, en realidad, no hemos venido a comprar. Somos los padres de Jenna, la prometida de su hijo Ted. Queríamos hablar con usted, si puede concedernos un poco de su tiempo.

La sonrisa ha desaparecido y es solo una seria y fría expresión la que tiene.

—Esto es una tienda, señora, estoy aquí para atender a los clientes, no para charlar con el primero que llega sin intención de comprar. Si no desea nada más, perdone, pero tengo trabajo.

Bill, más prudente que Kate, se apresura a responder antes de que ella lo haga, tras cogerla discretamente del codo.

—No tenemos intención de molestarla, señora Blocker, ni queremos alterar su trabajo. Si lo prefiere, podemos esperar a que termine su jornada laboral. Considero que la cuestión a tratar no es baladí. Ted va a casarse y sería muy triste que no estuviera usted presente en un día tan importante para él.

Linda Blocker ha mirado hacia alguien al fondo, después estira el cuello, lo ladea ligeramente, y mirando con desdén a Bill, con frialdad, sin un ápice de amabilidad en su voz, responde.

—No tengo nada que hablar con ustedes sobre ese tema, ni de ningún otro. No los conozco ni lo deseo. Ahora váyanse y disfruten lo que quieran, pero a mí no me molesten jamás. Acompaña a estos "señores" a la puerta.

Dicho eso, se da la vuelta y les deja plantados. Kate y Bill se miran indignados. Hay un hombre junto a ellos que les hace un gesto con la mano para que se vayan. Sin más palabras salen de la tienda.

Apenas suben al coche, Kate llora silenciosa y Bill pone el motor en marcha sin decir nada, apretando los dientes. Cuando ya casi están en las afueras, para en un bar.

—Vamos a tomar un café y relajarnos un poco. Pensaba que no era buena idea, pero no esperaba esa fría actitud, ese gesto que ha hecho... En toda mi vida no me ha hecho nadie un gesto así ni me han echado de parte alguna. Es muy guapa, pero que fría y dura. ¡Dios!

—No quiero que Ted se entere, Bill, por favor, no se lo cuentes.

—No, por supuesto. A pesar de habernos vestido como si fuese hoy la boda, no estábamos a la altura de ella.

—Gracias a Dios, no lo estamos, es tan

guapa y elegante como despreciable. Cómo puede, cómo puede comportarse alguien así.

Kate lleva todo el viaje pensando si lo cuentan a Jenna o no, nunca han tenido secretos para ella, al final deciden contárselo y su hija los mira asombrada.

—¿Cómo se os ha ocurrido semejante barbaridad?

—Cariño, solo queríamos suavizar las cosas, que nos conociera y viera que somos personas de bien. No sé, quizá si hubiera aceptado hablar con nosotros...

—Mamá, por favor, ya vale. Ted no quiere que la mencione, él es su hijo y la conoce bien. Si es tan intransigente, quizá lo mejor sea que no venga. ¿Cómo es? Me refiero al físico.

—Una señora muy elegante y muy guapa. Pero debe de tener el alma de un mal bicho. Jenna, he ido porque tu madre quería intentarlo, pero yo no estaba conforme porque si su hijo no ha logrado convencerla cómo lo íbamos a lograr nosotros. Y no solo no ha servido de nada, ha intentado humillarnos y creerá que lo ha conseguido, pero no, alguien así no puede humillar a tu madre ni a mí. Nos indigna su actitud, porque Ted no merece que su madre lo desprecie de esa manera.

—No, papá, no lo desprecia a él, es a mí, a nosotros.

—Te equivocas, quien debería importarle es su hijo y no le importa o bien poco. Anteponer un apellido o lo que sea, a una buena relación con tu hijo, es un desprecio contra natura. Ni una palabra de esto a Ted, hija, merece que le quieras, que le queramos todos, eso hacemos y lo seguiremos haciendo mal que le pese a esa señora, mejor dicho, a esa mujer que se cree más señora que tu madre porque lleva un vestido más caro.

—¡Qué mierda de mujer!

—Cuida ese lenguaje, Jenna, a fin de cuentas es la madre de Ted. Lo ridículo de la situación es que yo puedo pagar ese vestido y ella no.

—Qué importa eso, Kate, además, si quieres comprarte esa ropa nadie te lo impide, pero no en esa tienda, allí no quiero que vuelvas nunca, tampoco te dejarían entrar.

—Tranquilo que no lo haré. ¿De verdad piensas que me gustaría vestir así? Con trajes como si tuviera que ir a una recepción con el presidente. Vamos, Bill, ¿cómo podría sentarme en el prado con esa ropa de más de mil dólares? Dejemos el tema, por favor. Jenna olvida todo esto y trata de ser feliz, hija, es lo único que queremos para ti. Ah, mañana iré con Ava a por la colcha, unas cortinas, toallas y unos cojines nuevos para el sofá. Hoy me sentía tan mal que no hubiera podido comprar nada acertado.

La boda fue tan sencilla y tan especial como todo lo que hacía la familia Arnáez. Con todos sus amigos y conocidos, además de los empleados y familiares. La celebraron en el club náutico, el sitio habitual para las celebraciones en la zona. Hubo baile y al terminar, los novios partieron con el barco de Jeff, que lo tenía más que a punto. Recalaron en el primer lugar apropiado y pasaron su noche de bodas, apurados los dos porque era su primera vez, a pesar de que ambos ya tenían cerca de veintidós años. En la mañana, Jenna preparó el desayuno y mientras comían silenciosos, ella lo observaba sin perder detalle de lo que hacía él, hasta que rompió a reír y Ted también al verla.

—No has dicho una palabra, y anoche bien poco, ¿qué te pasa?

—Estoy... Feliz, ha sido maravilloso, eres maravillosa. Pensaba anoche que yo estaba nervioso y un poco asustado, en cambio, tú parecías tan tranquila.

—No lo estaba, pero sé disimular más que tú. Ha sido muy bonito y espero que nos pase lo mismo que a mis padres, que logremos engendrar a nuestro hijo. No sé cuántas veces hay que hacerlo para que ocurra, ¿tú lo sabes?

—No, pero si lo hacemos todos los días, supongo que al final lo conseguiremos. ¿Vamos ahora?

Regresaron a los diez días, rebosantes de felicidad. Jenna estaba espléndida, parecía embellecerla lo bien que se sentía y Ted había perdido aquel aire tristón que tanto tiempo lo había acompañado. Llegaron al mediodía y apenas pudieron contar nada porque pocos sitios habían visto. Sentados todos a la mesa de la gran cocina, incluida

Ava que siempre comía allí y fue la que preguntó.

—Qué habéis hecho, salvo ir a cuatro restaurantes que a saber qué os han dado de comer, poco habéis visto al parecer.

—No hemos comido mal, Ava, pero desde luego esto está mejor. Esperamos tener resultado pronto porque lo que más hemos hecho ha sido el amor.

—No sigas cariño, mira tu padre la cara que pone. Bill haz el favor, tu hija siempre ha sido muy sincera, no va a dejar de serlo porque se haya casado.

—No, Kate, no, esto es culpa tuya, si tú no hubieras dicho, ella ahora sería más comedida, pero le diste alas. Jenna procura ser un poco discreta con ciertas cosas. Estamos en casa y en familia, pero la intimidad de cada cual es de cada cual.

—Está bien, papá, de todas formas te lo digo, espero hacerte abuelo pronto.

2

Y pronto fue, en efecto, Jenna estaba embarazada y la felicidad era completa en la pareja y la familia. El tiempo voló cual las nubes con el viento y nació un precioso niño al que pusieron el nombre del bisabuelo, Servando. Fue decisión de Jenna que su marido aceptó de buen grado, sabía lo importante que era para ella su abuelo, raro era el día que no lo mencionara por algo que recordaba o alguna frase que él decía. Y la vida siguió plena de felicidad. Jenna logró que su marido no perdiera la sonrisa ni un solo día.

En 1942, cuando Estados Unidos envió tropas a la guerra en Europa, el hermano de Ted le escribió una carta para verse antes de partir, lo invitaron a visitarlos y Max acudió. Los dos hermanos pasaron un par de horas a solas, después acudieron a la comida y Max pudo ver de inmediato cómo era la familia en la que su hermano estaba totalmente integrado. Antes de sentarse a la mesa quiso disculparse.

—A veces nos ofuscamos, creo que mi madre se equivocó, pero no lo reconoce. Yo también, por suerte he cambiado de pensar y no debo sentarme a esta mesa sin pedir disculpas a todos por mi comportamiento.

Es Bill el que responde.

—Siéntate Max, por favor, va a enfriarse la comida. Muchacho no te preocupes por nada, todos cometemos errores, no hay más que hablar. Aquí siempre serás bienvenido, somos la familia de tu hermano, por tanto, tuya también. ¿A dónde te han destinado?

—El destino concreto no lo sabemos, vamos al norte de África y supongo que luego iremos incorporándonos a los distintos frentes.

—¿Crees que durará mucho?

—Eso nunca se sabe, Ted, aunque hay esperanzas de que Hitler retroceda al ver que llegamos nosotros.

—¡Dios mío! Cuánto horror por culpa de un loco, porque ese hombre, Hitler, está loco, ¿no? Querer conquistar todo como si fuera un dios.

—No, Kate, son muchos los que le siguen, no pueden estar locos todos, y sí, es cierto, muchos lo tienen como un dios que esperamos demostrar que no lo es en cuanto pongamos los pies allí.

—Max, perdona, pero es mejor hablar de ti y tus proyectos y no de ese hombre. ¿Tienes novia?

—Sí, Jenna, nos casaremos cuando vuelva. Ella quería hacerlo antes de que me fuera, pero no debo, es una guerra, no unas maniobras. Quiero volver sano y salvo, y entonces casarme. Yo no vine a vuestra boda, pero espero que vosotros vengáis a la mía. ¿Lo haréis?

—¿Qué le parecerá a mamá?

—Ted, si tuviera en cuenta qué le parecerá, hoy no estaría aquí. Y os soy sincero, creo que he hecho muy bien. No sé qué pasará, pero pensar en marcharme sin saber de ti, después de lo que has trabajado para que sea lo que soy, no me parecía justo. Has demostrado ser mi hermano de verdad y mejor persona que yo. No quería que un mal tiro alemán me impidiera darte las gracias.

Max pasó tres días con ellos, lo vieron reír y enternecerse con el pequeño Servando, que con apenas unos meses ya reía por cualquier cosa. Hablaron durante horas y Ted notó el cambio de su hermano que se despidió muy emocionado y Jenna vio a su marido tratando de ocultar unas lágrimas.

—Por favor, cariño.

—Puede que no lo vuelva a ver, ahora que lo he recuperado y mejor que antes.

—Piensa que volverá, vamos a jugar con nuestro nene, se parece a él más que a ti, le tiene un aire, ¿verdad?

—Mejor así, Max siempre ha sido más guapo que yo.

—Pero tú eres el más guapo para mí, mi amor.

La guerra fue más larga y peor de lo que

todos pensaban. Max sufrió un tremendo accidente en Italia ya mucho tiempo después de terminada y más tarde trasladado a Inglaterra, durante casi dos años no supieron nada de él. Apenas unas cuantas cartas había recibido su hermano en los varios años. Solo les tranquilizaba que su nombre no constaba entre los muertos o desaparecidos.

Pero aún tardaron mucho en llegar sus noticias. Les contó lo sucedido, lo mal que había estado y su decisión de aceptar un puesto en Alemania. Allí estaba y no quería volver, su novia había roto el compromiso y ya se había casado con otro.

Con su hijo jugando junto a ellos en el prado, han leído la carta por tercera vez. Ted tiene la mirada perdida en el horizonte. Ella esperando que diga algo, y vigilando al pequeño.

—¡Servando! No tires piedras, por favor. Ted ¿qué piensas?

—En lo felices que somos y en lo poco que lo es mi hermano. En lo bien que vivimos y todo lo que él ha pasado allí y solo, en eso pienso, Jenna. No me lo quito de la cabeza. Él siempre opinaba lo mismo que mamá, le gustaban los buenos trajes, ir a los mejores sitios con chicas muy guapas y distinguidas. Y ella hacía malabarismos para que él se codeara con quien debía para tener buenas relaciones. Y ya ves, cómo estará para no querer volver, ni siquiera de permiso. Le vi cambiado cuando vino, a mejor, mucho mejor, y con una alegría diferente, más sincera. También en las cartas he notado ese cambio. Pero ahora debe de sentirse muy mal y no sé cómo podría ayudarle. Qué puedo decir en una carta, lo felices que somos, que mi hijo ya destaca en dibujo y corre por el prado...

—¿Por qué no vas tú? Ya no hay guerra que te lo impida, las cosas están más en orden, ve a verlo.

Ted la mira sorprendido.

—Jenna, eso está muy lejos y cuesta mucho dinero, ni siquiera sé si hay aviones, no tengo idea de cómo podría ir.

El gesto de ella es un tanto burlón. Se levanta y coge al niño que había vuelto a su afición de tirar piedras al río.

—Eso no se hace, puedes darle a alguien mi amor. Mira qué cara de tonto tiene papá. No tienes que comprar un avión Ted, solo un pasaje. Vamos a llamar y preguntaremos cuándo puedes ir y lo que hace falta.

—Estás hablando en serio, ¿no?

—Pues claro que hablo en serio, levanta el culo de ahí. ¡Vamos!

Y Ted fue a Alemania y estuvo tres días, solo por ver a su hermano y darle su apoyo. Al que encontró totalmente cambiado, muy desmejorado en lo físico, envejecido, y sin intención de volver a casa. Se alegró mucho por la visita y al preguntar Ted cuándo volvería.

—A dónde, no tengo ni casa. Dejé el apartamento porque no tenía sentido mantenerlo cerrado. Mis amigos, los que tenía, ya están muy lejos de como pienso ahora. Empecé a cambiar cuando estalló la guerra, cada noticia me hacía mirar hacia dentro y sentía un vacío inmenso, sin saber aún si participaríamos o no. Después de ver tanto dolor y conocer a gente muy distinta, sé que he perdido parte de mi vida de manera inútil. Aquí hay mucho para hacer y en el ejército tengo una familia y un techo. No quiero volver a vivir como antes.

«Mamá se ha casado, no quise decirte nada en la carta, porque para qué. Lo conozco, alguien de su círculo de amistades, adecuado sería su expresión. Sigue trabajando en la tienda, pero ahora es jefa, él es dueño de una parte o mejor dicho, lo es ella, ha sido su regalo de bodas, sabe lo que no está escrito nuestra madre. Logró eso y vive en su antiguo barrio, presume de tener más criados que sus vecinos.

—Perdona, pero no quiero perder nuestro escaso tiempo hablando de mamá. Dices que no tienes casa. Max puedes venir a vivir con nosotros en el momento que quieras, no temas, no tendrás que aguantar el jaleo que solemos organizar a cada momento. Podrás estar en la casita con total independencia, ya viste lo que es, suficiente para ser feliz solo o con alguien. Y si quieres dejar el ejército y trabajar en algo tranquilo, una temporada o el tiempo que quieras, habrá un puesto para ti en el taller.

—Gracias, hermano, gracias, pero estoy bien. Quiero ver cómo se recompone todo esto y después ya veré. Puedo continuar en el ejército, aunque seguramente no lo haré, me gustaría vivir por aquí, en Italia o Francia, ya veré. Te prometo que iré a visitarte si vuelvo algún día, no sabes lo feliz que me has hecho viniendo. Gracias, Ted, gracias infinitas.

—No me las des, la idea fue de Jenna.

—Jenna, qué gran mujer, tan sencilla como la brisa y con tanta luz como el sol. Bella como un amanecer. He pensado mucho mientras estuve en el hospital, no puedes imaginar todo lo que pasó por mi cabeza, y cuando peor me encontraba, volaba hasta vuestra casa y me sentía bien sentado en vuestra mesa. Tenía la foto junto a mí, aquella que estáis los tres sentados en el prado con la casa al fondo. He tenido que vivir todo esto para darme cuenta de cuán equivocada está nuestra madre y de qué manera tan persistente me inculcó todos sus prejuicios. Por suerte para ti, no tenía tiempo ni dinero para los dos, y gracias a eso te has salvado. Te envidié aquellos días, viendo la paz en la que trascurre vuestra vida. Volveré algún día, te lo prometo, y quizá viva en la casita, me sentí muy a gusto durmiendo allí. Aún recuerdo las cortinas bordadas con pequeñas mariposas y golondrinas, ese detalle quedó en mi mente cuando antes nunca me había fijado en unas cortinas, estando en el hospital recordaba esas cortinas. Volveré, Ted, pero no por ahora.

Ted regresó mejor de lo que había ido. Tan feliz y agradecido a su mujer, que antes de llegar a casa, pidió a Jeff que le prestase el barco y sorprendió a su mujer con unos días de vacaciones. Revivieron su viaje de novios, haciendo lo posible para engendrar otro hijo. Ella se dejó mimar y querer, correspondió al máximo a las muchas atenciones de Ted que estaba tan feliz que reía y la hacía reír a cada momento. Fue muy bueno para los dos y el resultado llegó, Jenna estaba embarazada. Se lo comió a besos cuando se lo dijo a él. Ted le pidió que si era niño le pondrían el nombre de Max al que comunicaron la feliz noticia de inmediato.

Dos meses después recibieron carta de Max felicitándolos por el nuevo embarazo y contando que estaba en París ingresado por una tuberculosis, pero que no se preocuparan porque la enfermedad estaba controlada.

Domingo, Jenna está lijando la cuna para su nuevo hijo, ha decidido decorarla de nuevo, es la misma que tuvo ella de pequeña y la usó con su hijo. Jeff ha llamado para que fueran a ver el barco que lo han pintado y han puesto un motor nuevo, suelen ir de pesca con frecuencia con él, pero hoy solo van a probarlo. Ella está en el garaje toda atareada cuando entra su marido.

—¿Jenna por qué no dejas eso y te vienes?

—Le di ayer el decapante para lijarla hoy, si dejo que pase más tiempo me costará más. Di a mamá que le ponga la chaqueta azul a Servando, por favor. Acudiré a comer al club.

—Está bien, cómo quieras, hasta luego.

—¡Oye! ¿Así te vas?

Ted vuelve sobre sus pasos riendo, le coge la cara y la besa intensamente.

—Solo quería ver si echabas de menos que me despidiera, estás preciosa, deberías estar embaraza siempre, te sienta de maravilla.

—¡Qué tonto eres! A pesar de eso te quiero cada día más.

—No tanto como yo a ti, hasta luego, mi amor.

Jenna ríe feliz, muy feliz.

Aún conservaba su expresión la sonrisa cuando oye un coche y ve que es de la policía, se quita los guantes y sale. Saluda al agente que ya anda hacia ella seguido del otro.

—¡Hola, James! ¿Qué os trae por aquí?

Los dos agentes, ambos conocidos, avanzan hacia ella cabizbajos y su sonrisa se quiebra. Los dos muy serios se detienen frente a ella y se miran el uno al otro.

—Hola, Jenna.

—Buenos días, Jenna.

—¿Qué ocurre? No es una visita de cortesía, ¿verdad?, ¿qué pasa?

Ninguno de los dos parece querer o poder hablar y ella se impacienta.

—¿Qué ha pasado? Decid.

Es James, el de más edad, el que consigue apenas sin voz decir.

—Tu familia, Jenna...

—¡¿Qué, por Dios, qué?!
—Están muertos Jenna, un accidente terrible.

Negando con la cabeza comienza a andar hacia el coche.

—Jenna es mejor que no vayas allí, por favor, escucha.

—No me digas lo que es mejor, llévame James. ¡Maldita sea, llévame!

Jenna contempla el lento discurrir de las aguas, al fondo del amplio panorama que hay frente a su casa. La tristeza inmensa que la invade enturbia su mirada continuamente. Cierra los ojos y trata de recordar aquel primer día que se encontró con Ted, su sonrisa, su pantalón roto. A su madre diciendo que tenía un bonito trasero...

Un coche se acerca, al verlo, una leve sonrisa esboza. Un hombre desciende y le hace un gesto con la mano al que ella responde de igual manera. El hombre saca un maletín antiguo, de cuero viejo, y avanza hacia la puerta de la amplia terraza acristalada con paso lento. Ella se apresura a abrir.

—Hola, Jeff, buenas tardes, qué traes ahí.
—Buenas tardes, Jenna, esto se lo dio tu abuelo a mi padre para que lo guardara y se lo diera a tu padre cuando él muriera. Esperaba que le sobreviviera, no fue así, y me quedé yo con el mandato. Junto con este sobre que me dio tu abuelo al morir mi padre. Se lo di todo a tu padre y poco des-

pués me lo devolvió y dijo que lo guardara para dártelo a ti. He esperado todo este tiempo, no encontraba el momento. ¿Cómo estás pequeña?

Jenna levanta los hombros y aprieta los labios, tras dar un par de besos al recién llegado.

—Estoy, solo estoy. Siéntate, pareces cansado, preparé café, supongo que te apetece.

—Sí, además, nos llevará algo de tiempo hablar de todo. Disfrutaré un poco de este paraíso y de tu compañía.

La terraza tiene una panorámica espléndida. No en balde se esforzó su primer propietario en buscar el lugar más adecuado. Construida lejos de la ciudad de Tacoma, al pie de la montaña y sobre una pequeña colina con vistas al río y al estrecho de Puget. La parte delantera cubierta de un manto verde, es un prado cuya única misión es dar color y relajo, al final está el río. Detrás de la casa, apenas a unos cientos de metros, se alza la montaña con un espeso bosque y un frondoso sotobosque por el que nadie transita, puesto que forma parte de la propiedad. Muy cerca de la casa hay píceas enormes que con su figura piramidal dan un toque peculiar a su particular jardín en el que se encuentra la casita. Tiene razón Jeff en decir que es un paraíso, nada hay alrededor en unos cinco kilómetros, más o menos el tamaño de la propiedad, que no solo es lo que supone la casa y lo que hay en su entorno. A ello se añade el taller enclavado dentro de la propiedad, pero lejos de la vivienda. Son varios edificios dedicados a la construcción de muebles con madera usada y una cabaña adosada.

La vivienda consta de dos plantas, las habitaciones arriba, y en la de abajo está la cocina que hace las veces de comedor, aunque hay un comedor grande que solo se ha utilizado cuando han tenido invitados. Un despacho, un salón y la sala acristalada que está en la terraza, completa la distribución. Todo amueblado de manera muy original, sin ser de lujo excesivo ni ostentoso, pero sí de calidad y fabricado en el taller de la familia.

A diferencia de como están construidas la mayoría del entorno, de madera, esta es de ladrillo, tejada en declive y con amplios ventanales en todas las habitaciones. La luz inunda cualquier estancia. El color del entorno tiñe el interior de distintas tonalidades según sea la hora, prestando vida. La madera del suelo da calidez. Es un lugar que invita a vivir en él.

Desde la cocina, una de sus paredes es todo un ventanal y tiene la puerta que da a la terraza. Jenna observa a Jeff, ve su gesto apagado, mientras su mano pasa una y otra vez por el maletín, como si lo acariciara. Se pregunta qué habrá dentro, y el porqué su padre nunca lo mencionó. Sale con el servicio de café y una buena ración de tarta de arándanos para Jeff que sonríe y se frota las manos.

—Has adivinado mis deseos, viniendo me preguntaba si habrías hecho.

—No la había hecho aún, pero sé lo mucho que te gusta. He sacado el güisqui, beberé un poco por acompañarte, ya no tomo pastillas para dormir, ahora bebo, no sé qué es peor.

—Una copa de cuando en cuando no viene mal, mientras no sea un exceso. ¿Duermes mejor?

—Poco, muy poco. Me doy un baño relajante antes de acostarme, tomo una infusión con güisqui, leo hasta que los párpados se cierran, pero apenas trascurren tres horas me despierto y me levanto. Vuelvo a tomar una infusión, vuelvo a leer y a veces logro dormir otro rato y otras nada.

—Querida Jenna, tiene que pasar más tiempo, es pronto aún para tanto duelo. Esto es una prueba muy dura. Eres fuerte, siempre lo has sido, te pareces más a tu abuelo en eso que a tu padre, ahora tienes que usar esa fuerza para salir adelante. Ya te lo he dicho muchas veces, pero te lo repito. Procura comer bien y descansa todo lo que puedas, el tiempo que estés despierta haz por trabajar. Todo ello junto te hará sentir mejor y conforme pasen los meses, verás que vas durmiendo más. Tiempo, cariño, el alma necesita tiempo para acoplarse a una nueva vida. Está deliciosa la tarta, tan especial como siempre. ¿Has entrado sola al bosque para coger los arándanos?

—No, me ha acompañado Ava, sabes que el abuelo me enseñó a buscarlos, aunque casi nunca lo he hecho sola, mamá no quería y siempre venía conmigo, tenía miedo de que me pasara algo y que no pudieran encontrarme. Yo nunca he tenido miedo, ella sí, y trataba de protegerme a su manera. Como nadie viene por aquí encuentras sin necesidad de alejarte mucho. ¿Qué hay en ese maletín, Jeff?

Jeff ha llenado su pipa despacio, sin responder la enciende, da una bocanada y mueve la cabeza negando al mirarla.

—No lo sé. Lo tenía mi padre, como te he dicho, guardado en ese cuarto que hace las veces de caja fuerte y luego quedó a mi cuidado, pero nunca lo he abierto. Tu padre no me habló de su contenido, así que no sé qué hay. Te lo doy y tú verás lo que sea, si quieres contarme algo, a tu disposición, y si no, es tu derecho como lo fue de tu padre.

—Entonces, ¿de qué tenemos que hablar?

—De ti, de tu vida, de cómo quieres vivir.

Jenna bebe un tanto intranquila y al responder su voz es casi un gemido.

—¿Cómo quiero vivir? ¿Cómo puedo vivir, Jeff? Eso me pregunto cada mañana, qué motivo tengo ahora para respirar. No lo tengo, no hay nada que me importe en estos momentos. Hacer la tarta, que tanto me gustaba antes, me ha supuesto un esfuerzo considerable y un torrente de lágrimas. Solo pensando en ti he podido hacerla. Está el taller, claro, pero no logro aún aislarme de los recuerdos. Cada paso que doy y cada voz que escucho allí son un suplicio. Todos me tratan con mucho afecto, demasiado.

«Les veo, les veo por todas partes en el maldito coche. No he podido aún entrar en la habitación de mi hijo, duermo en la cama del abuelo lo poco que duermo. Intenté usar la mía varias veces y fue imposible. Quise hacerlo en la casita y fue peor. ¿Para qué sigo viva? ¿Por qué no fui con ellos? Me hubiera evitado todo este martirio.

Jeff saca su pañuelo y se lo da. El llanto corre raudo por las pálidas mejillas de Jenna, aunque hace esfuerzos por controlarse.

—Escucha, sabes que no soy mucho de religión y sé que tú tampoco, pero ahora hay que echar mano de lo que sea. Si Dios ha querido que sigas viva, sus motivos tendrá. No estamos capacitados para entender sus designios, si es que los hay. De algo estoy seguro, no existe la casualidad, Jenna. No, las cosas ocurren porque son consecuencia de hechos anteriores o porque lo son para posteriores. De nada sirve preguntarse, por qué ellos sí y tú no. Tienes pocos años, treinta y uno, una vida por delante sin todos los que han sido hasta ahora tu razón de vivir. Algo que no podías imaginar, porque es antinatural pensar en ello, sin embargo, el destino de cada cual te ha llevado a esta situación y tendrás que afrontarla tal y como te toca. Al igual que todos.

—Es muy fácil decirlo.

—Sí, y puede que te parezca duro que lo diga, pero esa es la realidad. Tu abuelo fue un luchador nato, tú tienes su sangre y sus agallas, siempre las has tenido. Así que haz por no perderlas, pon todo tu empeño en hacer hasta lo más nimio y poco a poco irás cogiendo fuerza. También tienes dinero para emprender lo que quieras, si sientes esa necesidad, eso es una gran ventaja. Además, el trabajo que haces siempre te ha gustado, conoces bien el oficio, y más pronto o más tarde te sentirás a gusto trabajando. Pero aunque así no fuera por las circunstancias, puede funcionar sin que estés en extremo pendiente, si necesitas más tiempo para recomponer tu interior y no quieres ocuparte de nada, el taller es muy rentable y lo seguirá siendo sin que tengas que estar a pie de obra. La gente que allí trabaja está preparada para llevarlo adelante. Te aprecian y te apoyarán, por ese lado no tendrás problemas porque son gente eficiente y honrada. Pero esta casa maravillosa, ahora vacía, no creo que sea lo que necesitas, te está ahogando la soledad.

Jenna se ha levantado, nerviosa anda de un lado a otro. Entra y sale con un paquete de cigarrillos. Enciende uno y mira con gesto muy serio y con cierto cabreo al buen amigo que es Jeff.

—¿No pretenderás que me vaya de aquí? Siempre hemos vivido aquí, mi padre nació en ella y yo también. Mi hijo en el hospital, pero aquí se ha criado, estas son mis raíces, ¿cómo voy a dejar mi casa?, ¿qué locura se te ha ocurrido?

—Por favor, calma, siéntate. No he dicho

que te vayas, pero sí que alguien esté contigo. Ya deberías haberlo hecho. Sé que viene a diario Ava y se ocupa de que nada te falte, estás atendida, sí, y entre el día todo es más llevadero, pero llega la noche y qué tienes. Un coche estrellado en la mente y poco más. Quiero que contrates a alguien, que bien puede ser Ava ya que vive sola y es como familia. Quiero que esté aquí por la noche, que cene contigo, que hables hasta que tengas que ir a dormir, que sepas que cuando despiertes podrás dar los buenos días a una persona a la que aprecias y te aprecia. No quiero que estés sola por la noche Jenna.

«Sé lo que supone, cuando murió mi mujer me costó mucho retomar mi vida por culpa de las noches. Son demasiadas horas a solas con el dolor. Tu padre me llamaba cuando se acostaba para hablar un rato antes de dormir, a veces se dormía hablando conmigo. Otros días me llamaba temprano, sabía que estaba despierto. No puedes imaginar lo que en algunos momentos agradecí su ayuda, siempre tenía un pretexto para llamar, pero yo sabía que lo hacía para que no me sintiera tan solo. Dime que lo harás, Jenna, por favor, yo también necesito dormir tranquilo y ahora no lo hago pensando en ti. Te hablé de ello los primeros días y no quisiste escucharme, pero debes hacerlo, por tu bien y por el nuestro. Ava vive intranquila, sufre por ti, si hablo contigo quiere que la llame para saber si estás bien. No quiere agobiarte en nada, dice que eres tú quien tiene que tomar tus decisiones. Al igual que he esperado a darte esto, también lo he hecho en volver a decirte, pero es bueno para ti que estés acompañada, puede que no necesites tanto güisqui.

Jenna respira hondo, se sienta y vuelve a respirar fuerte, tratando de controlar el malestar, el suyo, y el que ve en Jeff que apenas puede retener el llanto que le ha ahogado la voz.

—Está bien, lo haré, le diré a Ava si quiere vivir aquí. Ella vive sola en la ciudad porque es muy independiente, de hecho, sé que mamá se lo propuso en varias ocasiones y nunca aceptó. Solo se quedaba a dormir cuando teníamos alguna cena o si alguien estaba enfermo. Cuando nació mi hijo estuvo un par de semanas, y luego, con lo sucedido, pasó un mes aquí y quiso seguir, pero no la dejé porque no quiero ser una carga en su vida. Pero bien, se lo diré y si ahora no quiere, ya buscaré o llamaré a un acompañante, quizá un gigoló.

Ha querido hacer una pequeña broma y logra sonreír y que sonría Jeff.

—Eso ya es privado, no lo descartes, yo lo descarté por completo y no sé si hice bien. Llevo diez años como un lobo solitario y es duro, pero nunca he llegado a plantearme nada al respecto. No por guardar cierta fidelidad a mi mujer, no, ha sido más simple que eso, no he sentido la necesidad, me pilló ya con años y ni sabía cómo acercarme a otra mujer. Tú eres muy joven y con el tiempo espero y deseo que alguien pueda paliar tu soledad y rehagas tu vida, la tienes toda por vivir.

«Cambiemos de tema, cariño. Han ingresado en tu cuenta las indemnizaciones, han tardado porque siempre hay enfrentamientos cuando es un accidente. Por suerte había testigos y la compañía ha podido demostrar que Ted desvió el coche por la invasión inesperada del otro vehículo y ello ocasionó el choque con el camión, que a su vez estaba detenido en zona prohibida. Con lo cual ha sido una batalla entre las distintas compañías. Es la otra compañía la que ha pagado al final, aunque una parte lo ha hecho la del camión, recurrieron y luego llegaron a un acuerdo, por eso ha sido todo más largo, pero ya está.

«Te he hecho una lista de los distintos valores en los que invertir, aquí la tienes. La estudias y ya me dirás, no considero conveniente que tengas tanto dinero parado. Pasado mañana ven a comer conmigo y por la tarde iremos al notario, ya tiene preparado todo para que firmes los documentos, hay que legalizar con tu nombre las propiedades y hacer las liquidaciones correspondientes por ese ingreso. En cuanto al taller, es conveniente que delegues parte de manera formal...

Han continuado hablando durante más de una hora del taller y de los trabajadores, de los distintos proyectos que ya estaban en marcha.

Jeff se despide abrazándola fuerte y ella le da dos besos.

—Gracias, querido Jeff.

—No me las des, mi trabajo no es gratis.

—Pero sí tu amistad, tu calor, tu comprensión y tu preocupación por mí. Gracias, por todo.

—Te vi antes que tu padre, Jenna. Puedo presumir de que fui el primer hombre que te tuvo en brazos. Al no estar tu padre, había ido..., no recuerdo dónde, el caso es que tu abuelo se puso nervioso, eso dijo cuando me llamó al comienzo del parto por si surgía algún problema. Vine enseguida, y la verdad es que estaba más nervioso yo que él. Cuando entramos, tu madre le dijo que te cogiera, rompió a llorar, nunca lo había visto llorar, ni siquiera cuando murió tu abuela. No era hombre de expresar abiertamente sus emociones. Así que te cogí yo, la primera vez que cogía un bebé y las piernas me temblaban. Cuando él se calmó te pasé a sus brazos, no puedes imaginar su expresión, reía y lloraba. Fue un momento maravilloso, eso no se olvida, pequeña.

La sonrisa de Jenna es ahora amplia, vuelve a besar a Jeff y le acompaña hasta el coche. Ya se ha ido y ella entra primero el servicio del café y después el maletín y el sobre, va directa a la cocina. Sin llegar a abrirlo decide cenar primero. Apenas nada, un emparedado con pollo asado, frío, y una copa de vino.

Ya con el café, abre el maletín y se sorprende al ver unas pólizas bancarias, son depósitos que su abuelo hizo hace muchos años. Se pregunta por qué lo guardó así cuando era su padre el que llevaba la contabilidad, claro que son de fecha muy anterior, cuando aún era el abuelo quien manejaba todo. A pesar de extrañarse no da mayor importancia y vuelve a meterlo dentro, lo pone en orden y abre el sobre, es una simple nota de su abuelo para su padre.

"Estas pólizas no son para la familia, este dinero pertenece a otras personas, los datos están en una caja de seguridad del banco. La llave la tiene ahora Jeff, yo se la di a su padre, por desgracia se ha ido antes que yo, lo cual lamento profundamente.
Solo cuando estés decidido a cumplir mis promesas le pides la llave. Él no sabe nada, te la dará cuando la pidas. Hijo si no te sientes con fuerzas para ello, espera a que Jenna crezca y que vaya contigo o que lo haga ella, será tu apoyo siempre, confía en ella".

Jenna lee y relee la nota, no entiende qué quiere decir su abuelo con cumplir sus promesas.

"Qué extraño, no comprendo nada, abuelo, de verdad que no sé qué quieres decir. No recuerdo que me hablaras de promesas. Por qué dudabas de papá. ¡Dios! No tengo bastante con lo ocurrido que faltaba ahora otra inquietud. No puedo pensar, no está mi cabeza para pensar en nada".

Ha roto a llorar con desesperación, se prepara la infusión y casi corriendo se mete en la bañera tratando de relajarse. A pesar de todo ha dormido mejor que otras noches, pero apenas clarea ya está levantada, en su cabeza está la nota de su abuelo y sin siquiera vestirse, va directa a la cocina y la lee repetidas veces. Sale fuera y se sienta en el prado, se pone cara al sol y recibe su cálida caricia en su rostro con los ojos cerrados. Así pasa un buen rato, vuelve a la casa. Prepara café y enciende un cigarrillo. Apenas fumó siendo adolescente, ahora lo hace a diario. Acaba, apoya en la mesa la cabeza y se duerme.

Un coche se ha detenido y el ruido la despierta, es Ava, que ya desciende cargada con un par de bolsas de comida, a veces hace la compra por la tarde y desayuna en la casa, otras por la mañana y llega algo más tarde. Jenna mira el reloj y se sorprende al ver la hora, es muy tarde para su costumbre de ir al taller. Ava acaba de entrar.

—Hola, buen día, ¿no vas hoy al taller? ¿Estás bien? ¿Qué es eso?

—Hola, Ava. Me iré ahora, la verdad es que no me he dado cuenta de la hora que es, me he levantado temprano, pero me he dormido a lo tonto. Son cosas de mi abuelo, lo trajo Jeff ayer.

—Ah, el bueno del señor Servando. Cuánto quise yo a ese hombre, lo merecía, la mejor persona que he conocido. ¿Sabes? No sé si te lo he contado alguna vez. Tu abuelo me sacó de la miseria y de la indignidad, todo lo que soy hoy en día se lo debo a él.

—No, no recuerdo que me hayas contado nada de eso. ¿Vas a hacer café? Me tomaría otro antes de irme, el que yo he hecho está frío. No hagas nada más, comeré un poco de tarta.

—Es lo primero que hago nada más llegar. Solo tarta no es suficiente, un poco de revuelto y la tarta, siéntate. Pues sí, tu abuelo fue un santo, no solo para mí, para muchos de por aquí. Esto era un valle muerto, me contaron que él le dio vida. Ya lo creo, al valle, a la gente y a mí especialmente. Gracias a él que me contrató, dejé de trabajar en el puerto de Seattle, en un bar de mala muerte. Dormía en la parte trasera, en un pequeño almacén, junto con mi marido que trabajaba de estibador, se emborrachaba casi todos los días y con esa excusa me daba de golpes a dos por tres.

Ha puesto el café en las tazas y todo lo demás, se sienta frente a Jenna que sonríe con su ya habitual tristeza.

—Ah, cariño, no debería contarte nada de eso, tú necesitas cosas alegres que te hagan olvidar. Come un poco más de revuelto.

—Es suficiente, con lo que he comido y la tarta, ya voy bien. Me gusta saber del pasado, pero del pasado de mi abuelo apenas sé. Por qué no me has contado nunca eso Ava. Te he visto toda mi vida aquí y no te imagino en otra parte y menos recibiendo bofetadas. Cómo lo permitías.

—La vida para los pobres no es igual que para los ricos, niña. ¿Bofetadas? Si solo hubieran sido bofetadas no habría sido tan malo. Patadas, escupitajos, insultos... ¡Qué más da! Ya no importa. Te lo contaré otro día, en realidad poco podía contarte antes, no eran cosas de contar sin tener edad ni para escuchar una niña. Bebe que se enfría. ¿Vas o no al trabajo?

—Sí, guardo esto y me voy. Pero quiero que me cuentes todo, ya no soy una niña. Ah, ya me olvidaba. Tengo que hacerte una proposición.

—Si es algo deshonesto lo aceptaré, si es honesto lo pensaré.

Jenna sonríe, esta vez con más alegría.

—Tú verás. Quiero que, si te parece bien, vengas a vivir aquí. Ya sé que tienes tus amistades, que vas al coro ese a cantar y... En fin, sé que tienes tu vida organizada. No pretendo cambiar tu manera de vivir, ni quiero que suponga un gran cambio para ti, podrás salir y entrar a tu aire, hacer lo que haces sin condiciones. Pero me gustaría que durmieras aquí, bueno, eso es todo. Por supuesto cobrando lo que creas que sea más. Piénsalo y ya me dirás. Voy a dejar esto en el despacho y a vestirme, es tarde. No digas nada Ava, quiero que lo medites. ¿Vale?

—Lo meditaré, tranquila, lo pensaré detenidamente.

—No vendré a comer, tengo mucho trabajo atrasado.

Cuando Jenna vuelve por la noche ve las

luces encendidas, Ava está en la cocina. Entra y sin decir nada, le da un beso y se sienta a la mesa ya puesta para dos. Sonríe, porque es evidente que ha aceptado su proposición. Sin decir una sola palabra, solo mirándose, Ava ha servido la cena y se sienta frente a ella.

—Come, tienes que recuperar tu peso, cariño.

—Gracias, Ava, porque supongo que esto significa que has aceptado.

—Tu madre me lo pidió muchas veces y siempre dije que no, en realidad no os hacía falta, ella me lo decía porque estuviera acompañada. ¡Qué buena mujer! He tenido la suerte de vivir bien desde que entré en esta casa. Ya era mucho y no quise abusar de su bondad. Al pasar la desgracia lo pensé, sí, pensé que había llegado el momento de vivir aquí por ti y por mí. Pero no quería imponerte nada, tienes que tomar tus decisiones y no quisiste. Has cambiado de opinión, bien, es bueno para ti y para mí.

«Me han dolido mucho, Jenna, a ti más, pero yo llevo también un gran peso en el corazón. Si puedo ahora cuidar de ti, eso me ayudará a sentirme mejor y tú estarás distraída. La cabeza no para y hay que dejar que descanse para que el corazón pueda hacer su marcha sin agobios. Eso lo decía tu abuelo y tenía toda la razón. Come, se está enfriando.

—Ya, bueno, di cuánto quieres cobrar, pon tú la cifra, no voy a discutir eso.

—No necesito más, ahora, sin gastar en

alojamiento ni en comida, todo será para caprichos, y no tengo tantos.

—Dime Ava, ¿supone mucho cambio de tus costumbres? No me gustaría que renunciaras a algo por mi culpa.

—Conoces mis costumbres. Los conciertos, el cine, el club de lectura. Suelo tomar una copa de cuando en cuando con unos amigos o ceno alguna vez, eso ya lo sabes. Antes tenía alguna noche más completa, pero hace tiempo que no surge la ocasión o si surge no me gusta el que lo propone. Me he hecho más exigente o ya las ganas son menos. También está el coro, tras el ensayo solemos tomar una cerveza, todo lo puedo seguir haciendo. Por desgracia, tengo menos trabajo, así que tiempo libre me queda para lo que quiera. Como no tengo familia, lo más cercano eres tú, Jenna.

—Lo mismo eres tú para mí, querida Ava. Vamos a celebrar esto, ¿te apetece un güisqui? Quiero que me cuentes tu historia, lo que me decías esta mañana.

—Venga esa copa pues, me hará falta. No, no creas que me duele ya nada, ni siquiera recordar. Fue tan malo que me hace sentir muy bien viendo mi vida actual. No puede compararse. Espera que sirva el café.

—Deja, ya lo pongo yo. Vamos, empieza.

Ava respira fuerte, bebe un sorbo de café y enciende el cigarrillo que Jenna le acaba de ofrecer. Mueve la cabeza a un lado y otro antes de comenzar su relato...

—No era malo cuando lo conocí. Mi madre cuidaba de un anciano, vivíamos con él, yo aún iba a la escuela. Él, mi marido, era pariente lejano del señor Thomas, vino a la casa para que le ayudara a encontrar trabajo y este hombre, que conocía a mucha gente, le buscó el puesto de estibador. Durante un tiempo, hasta que encontrase alojamiento, le dejó vivir en la casa. Era guapo, gallardo y chulo, muy echado adelante en todo. Me besó a los cuatro días de conocerme...

—Perdona, cuántos años tenías.

—Trece y él doce más. Pero yo estaba muy crecida, como soy. Se metió en mi cama una noche y yo encantada, fascinada y creyéndome la mujer que no era, aunque lo parecía, estaba más delgada, pero ya tenía las mismas tetas que ahora. Y porque si alguien tan macho me prefería a mí, tenía que ser porque yo lo valía. Así que me crecí en ese pensamiento. No todas las noches, pero algunas venía a mi cuarto. Mi madre se enteró, no sé cómo, me dio una paliza que casi me desgracia y se lo contó al señor Thomas que le echó de la casa. Aunque ya no tenía remedio, estaba loca por él y poco después supe que me había embarazado. Eso supuso un gran disgusto para mi madre, tanto que murió a las pocas semanas. Yo no conocí a mi padre, la dejó a punto de casarse, vamos que se largó con viento fresco dejando su semilla sembrada.

Ava da algunas cabezadas, ha dicho que no le duele, pero da muestras de pesar.

—Mi madre era una pobre mujer, buena,

era buena, aunque muy sencilla en su pensar, no sabía leer y poco o nada de la vida. Creía en castigos divinos, en maldiciones y cosas así. Consideró una desgracia lo sucedido y que ella tenía la culpa porque yo era fruto del pecado y la historia se repetía. Medio trastornada, dejó de comer y eso la llevó a la tumba. Sí, así fue, y me costó mucho superar su muerte porque a eso se añadió que el señor Thomas me echó de la casa. Fui a buscar a Kirk y nos casamos sin más. Él esperaba heredar de su pariente, lo cual no sucedió, ni sé cuándo murió tampoco.

—¿Qué pasó con el niño?

—Lo mejor que le podía pasar, porque de haber nacido quizá hubiera estado desgraciado. Aborté de la primera gran paliza de mi flamante marido, borracho y sin un dólar en el bolsillo, lo había perdido todo jugando el mismo día de cobro. Cuando llegó le recriminé y me golpeó, luego me llevó al hospital. Entonces era normal que los maridos pegasen a sus mujeres, a nadie le llamó la atención. Aún es muy normal para muchos, aunque ya no tanto para algunos médicos. Cuando salí del hospital, me había buscado trabajo en el bar y ya teníamos nuestras cosas en el almacén en el que viví todo el tiempo que estuve con él...

Ava sigue contando, una tras otra, todas las palizas que recibió de su marido y los tres abortos que tuvo en los siete años que vivió con él. Jenna está pasmada escuchándola, porque Ava es una mujer alegre, inteligente, hacendosa, con cierta cultura, muy amable con todos y muy digna en su proceder. Amante de la música, no solo por formar parte de un coro, no se pierde un concierto y es una ávida lectora. No puede entender que viviera con esa violencia y en un ambiente tan sórdido.

—Por qué aguantabas.

—Le quería, sí, las mujeres somos así de malas bestias. También era muy joven, demasiado, hoy no hubiera aguantado, aun queriéndolo no hubiese permitido que me maltratara como lo hizo. Le temía cuando venía borracho, pero si no estaba bebido era estupendo, me hacía reír con frecuencia. Me volvía loca en la cama, tenía obsesión por él, por tener sexo con él. Ningún hombre me ha hecho sentir como él, claro que solo han sido distracciones del momento. El amor o el sexo, o todo junto, es una razón como otra cualquiera para aguantar los palos y la mala vida. El último aborto me dejó inservible, ya no podía tener hijos y eso, que era por su culpa, le llevó a maltratarme más.

«El dueño del bar lo echaba a dos por tres porque me insultaba delante de todos. Un día estaba allí tu abuelo, era cliente, venía al puerto con frecuencia y solía comer allí. Todo un señor, ninguno había como él, me daba una buena propina y me trataba con mucho respeto. Yo lo apreciaba, no por la propina, que bien me venía, si no por la manera de tratarme, nadie lo hacía como él. Sabía de mi mala vida, había escuchado muchas veces los insultos. Aquel día fue más que eso, yo estaba atendiendo a unos clientes, conocidos, no recuerdo qué dijeron y yo solté la risa, sabes que siempre me río fuerte. Pues bien, él, mi marido, estaba en la barra, comenzó a llamarme puta y mil cosas más, no conforme se acercó y se lió a golpearme. Unos gritaban, otros lo insultaban, un jaleo enorme. Pero fue tu abuelo el único que se levantó y quiso pararlo. Él era muy fuerte y le golpeó con saña, yo le cogí por detrás y me lanzó contra la barra. No vi cómo fue porque perdí el sentido. Al parecer, sacó su navaja, llevaba una grande y tu abuelo se la quitó y lo mató. Defensa propia porque recibió un buen corte en el brazo, a él le partió el corazón que no tenía.

Jenna está con la boca abierta, tan sorprendida por el relato como por saber que su abuelo mató a un hombre. No sabe qué decir y mira a Ava esperando que siga y lo hace cerrando los ojos al principio.

—Lo odié, ese día odié a tu abuelo. Lo maldije sin importarme que todo había sucedido por defenderme a mí. Fue el momento más indigno de mi vida y puedes imaginar su desconcierto, pero nada dijo. Se marchó cuando la autoridad se lo permitió y no volvió en algún tiempo. Yo seguí allí trabajando y algunos creyeron que podían usarme como lo hacía mi marido. Me manoseaban y me decían procacidades a las que yo contestaba de mala manera. La de cosas que he oído y las que he dicho, no sé si habrá algún diccionario con tantas. Uno de ellos era el dueño del bar. Tenía que comer y le dejé que abusara de mí porque adónde iba.

—Entonces, cómo fue que te contratara el abuelo.

—Todos sabían que tu abuelo era un hombre rico, le respetaban por eso y porque no se achicaba delante de nadie. No era de peleas, nunca le vi en ninguna, salvo esa, y me había tratado muy bien siempre, muy educado. Poco a poco fui comprendiendo y no puedes imaginar lo que lloré por mi comportamiento. Que un hombre de su categoría se expusiera por mí a recibir una paliza como la que le dio, y yo en lugar de darle las gracias, lo maldije, era imperdonable. Un día me decidí a buscarlo, quería pedirle perdón, no podía dormir por lo que había hecho. Lo encontré y me arrodillé delante de él, en plena calle. Si le desconcerté aquel día, puedes imaginar que no fue menos el verme arrodillada sin importarme nada que me vieran. Me ayudó a levantarme y me invitó a un café, me preguntó cómo iba y se lo conté con pelos y señales. Se quedó callado, pensativo, yo estaba muy nerviosa porque pasó rato así, sin decir nada durante minutos que me parecieron eternos, hasta que habló.

«Me dijo que su nuera estaba embarazada y necesitaría a alguien que la atendiera, porque su mujer no podía hacerlo. Acepté de inmediato. Ese mismo día me dio dinero para que dejase el bar y me alojara en otra parte. Gracias a él tuve libertad, dignidad y decencia. Pensé mal al principio, ya lo creo que pensé mal, todo lo que conocía era malo, nadie era tan bueno y seguro que quería de mí lo que todos. Estaba yo de muy buen ver y mejor tocar, ya toda una mujer. Pero nada podía ser peor que lo que ya tenía, y pensando en que tendría que devolver el favor dejándome usar, acepté.

«No, nunca me hizo ni la más leve insinuación. Le quise mucho Jenna, como a un padre, como padre se comportó siempre conmigo y le quise por lo bueno que era y porque gracias a él he podido ser persona. Además del sueldo, me pagó una academia para que aprendiera algo más de lo que me habían enseñado en la escuela, allí conocí a gente que iba al coro y me uní a ellos al poco tiempo, tenía que llevar el traje apropiado y él me lo compró. Eso hizo tu abuelo, el mejor hombre que he conocido.

—Siempre te hemos querido todos porque también tú eres muy buena persona. Mamá sentía delirio por ti.

—Oh, sí, ya lo creo, y yo por ella. ¡Oh, Señor! Tu abuela estaba mayor, que no lo era tanto, pero muy delicada, como una fina porcelana, de salud quebradiza, y tu madre se desvivía por tener todo en orden y a ella entre algodones. Era muy fácil querer a tu abuela, porque era dulce como la miel y muy educada, aprendí muchas cosas de ella. Hasta me enseñó a tocar un poco el piano, se reía viendo lo torpe que era, pero yo cantaba y eso le gustaba. Era una señora exquisita, pero de muy poca salud.

«Cuando tu madre me vio entrar, creo que pensó que llegaba del cielo, faltaba muy poco para que nacieras y ella estaba angustiada por ver a su suegra enferma y temiendo que no podría atenderla en lo debido. Porque la madre de Tom se ocupaba entonces de la limpieza, pero solo de eso, ya estaba mayor, el resto era ella la que lo hacía. Nos hicimos amigas al momento, casi teníamos la misma edad, yo un poco menos. Me ilusionó mucho verte nacer, después de mis abortos y no siendo posible ya para mí tener un hijo, no puedes imaginar la emoción que sentí ese día, a pesar de que apenas hacía nada que estaba aquí...

Por primera vez en todo lo relatado, Ava deja escapar unas lágrimas que seca de inmediato, acaba con el güisqui y se levanta retirando lo que hay sobre la mesa.

—Anda, ve a la cama, ya es hora de que te acuestes. Además, ya no hay más que contar. El resto de mi vida lo conoces y la tuya me la sé de carrerilla.

A pesar de dormir, Jenna lo hace inquieta. Lo relatado por Ava es la causa. Tanto por esa vida que llevó como por el hecho de saber que su abuelo luchó defendiendo a una mujer a la que apenas conocía. La admiración crece por él. La imagen que tiene de su abuelo es la que todos tienen, un hombre de respeto, digno como pocos, de luchar por llevar adelante su proyecto, de dar apoyo a quien lo necesitó y tratar como igual a los que lo eran y a los que no. Amante de su familia, muy cariñoso con ella y con su madre. No recuerda a su abuela, era muy pequeña cuando murió, pero al abuelo sí y mucho, porque pasaba largos tiempos con ella. Con él aprendió a leer, no fue al colegio hasta que cumplió los cinco años, pero sabía leer y escribir. Conocía los números y las tablas, dibujaba todo lo que veía. Iba al taller con él, a la ida y a la vuelta el abuelo no dejaba de darle consejos, la mayor parte de lo que realmente ha calado en lo más profundo de su ser, se lo enseñó el abuelo Servando. Si siempre ha sentido veneración por él, ahora es más que eso, porque su abuelo fue un héroe. Un bar lleno de hombres, seguro que muchos jóvenes y fuertes, y el único que se levantó para defender a Ava fue él que ya contaría por entonces más de setenta años. Por otro lado, algo de resquemor le produce lo poco que sabe de su vida en realidad. Lo entiende, porque cómo iba a contarle que mató a un hombre.

    Despierta con la palabra promesas en su mente, y como tantas otras veces ha hecho desde que murió su abuelo, habla con él, como si pudiera responder a sus preguntas.

"¿Qué promesas? Abuelo tienes que decirme qué promesas. No puedo tener eso en el pensamiento. Un dinero que está guardado, pero que no era tuyo. ¿Por qué tenías el dinero de otros? ¿Por qué no me dijo nada papá?".

Su cara refleja el malestar, Ava la besa y la apretuja.

—No has dormido bien, no quieres ya tomar las pastillas y deberías.

—Me atontaban, anoche no tomé la infusión, algo me ayuda.

—No te preocupes que ya lo tendré yo en cuenta.

—No vendré a comer, lo haré con Jeff, tenemos que ir a firmar documentos. Aún no he terminado de enterrarlos.

Las lágrimas surgen sin remedio y Ava se traga las suyas.

—Desayuna cariño, y ve al trabajo, eso te ayudará a distraer el pensamiento. Tienes suerte de tener a Jeff a tu lado para todo eso, puedes estar tranquila con él, si fueras su hija no sé si se preocuparía tanto por ti. Me ha estado llamando todos los días que no hablaba contigo para saber cómo estabas, a veces le llamo yo. ¡Qué buen hombre!

—Me dijo que fue el primer hombre que me cogió en brazos y que el abuelo lloró cuando nací.

—Todos lloramos de alegría, él también. Fue un día grande en esta casa, muy grande, come otra tortita, por favor.

—No puedo más, Ava. Me voy.

Cuando vuelve, ya de noche, su rostro tiene claras muestras de haber llorado, se sienta a la mesa sin decir nada. Ava sirve la cena y no pregunta, ya casi a mitad de la cena, se detiene y comienza a hablar.

—He ido al cementerio, he pasado un par

de horas sin acercarme, dentro del coche. No quiero pensar, pero lo sigo haciendo, allí están todos y ya no son nada, ya no lo eran cuando los metieron allí.

—Jenna haciendo eso no ganas nada. Qué más da el cementerio, tú lo has dicho, no es nada lo que hay. Lo que vale es tu corazón, cariño, los tienes ahí, todo lo demás no importa, no existe el cuerpo, es solo polvo. Lo que tengas dentro de ti, la parte de su alma que esté viva en ti, es lo que cuenta. Y haz el favor de comer, ha llamado Jeff para decirme que apenas habías comido. He estado rezando porque no sabía dónde estabas y ahora me dices que has ido... ¡Señor! Mañana es sábado y no irás al taller, esta noche nos emborracharemos, así seguro que duermes.

La ha hecho reír.

—De acuerdo, gracias, Ava, gracias. He estado pensando, dando vueltas, con respecto a esas pólizas del abuelo.

—¿Qué pólizas?

—Lo que hay en el maletín, y una nota del abuelo que habla de promesas. ¿Tú le oíste alguna vez hablar de promesas, o mencionó mi padre algo?

—¿Promesas? No sé, cariño, yo los he oído hablar de muchas cosas del negocio, nunca tuvieron reparo en hacerlo delante de mí, pero, de promesas no recuerdo que dijeran, si lo hicieron no me di cuenta. ¿Qué significa eso?

—No lo sé, pero, al parecer, esas pólizas representan dinero de otras personas.

—¿Qué personas?

—No lo sé. Mi padre tenía que haber pedido una llave a Jeff de una caja de seguridad y en ella están los nombres.

—¿Le has pedido la llave a Jeff?

—No, pero la tiene. En la nota dice, le decía a mi padre, que pidiera la llave si iba a cumplir las promesas y que si no lo hacía que lo hiciera yo.

—Jenna, no entiendo nada de lo que me estás diciendo. ¿Quieres un poco de tarta de manzana? Nos ira bien con el güisqui.

—No sé cómo puedo saber qué promesas eran. Está muy buena, un poco ácida, como me gusta.

—¿Jeff tampoco lo sabe?

—No tiene idea de nada, le he dicho lo que hay y se ha extrañado mucho por las pólizas, además, papá no le comentó nada.

—Eso sí que es raro, tu padre hablaba de todo con él.

—Sí, también hablaba de todo conmigo, pero nada me dijo.

—¿Qué has hecho con las cosas de tu abuelo?

—¿Te refieres al maletín? Está en el despacho.

—No, me refiero a las cosas que sacaste de la casita cuando se puso a vivir allí Ted, ¿no te acuerdas? Estuvimos subiendo un montón de cosas a la habitación de tu abuelo, en la que ahora duermes. ¿Por qué me miras así?

Jenna está con la boca abierta mirando a Ava. Sacude la cabeza y sonríe.

—Porque llevo dos días y parte de la noche dándole vueltas y en ningún momento se me ha ocurrido que todos los papeles del abuelo los tengo junto a mí. ¡Tienes razón! Si hay algo que me pueda aclarar, tiene que estar entre sus cosas. Gracias, Ava, te adoro. Voy a...

—Quieta Jenna, no te muevas, mañana con tranquilidad podrás mirar lo que sea. No se acaba el mundo esta noche. Tu abuelo era un hombre muy cuidadoso con todo, si te ha dejado un encargo, también habrá dejado el cómo hacerlo. Estás agotada y lo que necesitas es descansar, para mirar papeles viejos lo mejor es la luz del sol.

«Recuerdo que cuando hizo la casita, pasó tiempo sacando todo lo suyo del despacho para llevarlo allí, le pregunté si le ayudaba y dijo que no. Quiso dejar el despacho para tu padre y se llevó sus libros y sus cosas, todo eso que subimos. Sí, lo hizo entonces, así que lo que sea lo tienes durmiendo contigo. Que yo recuerde nunca le volví a ver en el despacho, si entraba alguna vez era para hablar con tu padre, pero él ya no se sentaba allí como antes.

—¿Qué sabes de la historia del abuelo?

—¿De qué historia hablas? Tu abuelo no era de contar historias.

—No sé, de él, su vida.

—Lo que yo pueda saber lo sabes tú también.

—Yo no sabía que había matado a tu marido. ¿Lo sabían mis padres?

—Sí, por lo menos tu madre, se lo conté

yo. Ahora que lo dices, es verdad, ella no sabía nada, no hicimos comentarios, pero seguro que lo habló con tu padre. Tu madre y yo pasábamos el día juntas y lo normal, hablábamos a cada momento, siempre nos ha gustado hablar. A veces andaba tu padre por aquí y se reía, él no era tan hablador, pero nosotras de lo íntimo y lo no íntimo, de todo.

—Menos de promesas. Te haré caso y me acostaré, mañana comenzaré a revisarlo. Pero aún no me has dicho qué sabes de su historia.

—Ah, cariño, la gente siempre cuenta cosas de los que son ricos, buenas y malas. Nunca llegas a saber si son ciertas o no. Lo único que puede que no sepas, porque de eso no quise hablar nunca. Ocurrió un día, estando en el bar, aún vivía mi marido, entró uno que venía del Norte. Por allí pasaba mucha gente, los barcos se detenían para lo que fuera y la tripulación andaba por los bares. Aquel hombre conocía a tu abuelo, no recuerdo bien cómo sucedió, alguien dijo su nombre, nada corriente por aquí, y él preguntó. Uno de los fijos le contó que era un hombre rico con un importante taller de muebles. Por entonces el taller no era ni mucho menos lo que es hoy, eso lo sabes igual que yo, pero así lo dijeron. Entonces contó que le conoció en Dawson, que fue a buscar oro y no encontró gran cosa y que mató a varios antes de salir de allí a uña de caballo.

—¿El abuelo mató a varios? No sé nada

de eso, ni puedo imaginarlo. Bueno, sí lo del oro, pero nada más. Y qué más dijo, y aquí, en esos tiempos, cómo se comportaba.

—¿Qué te pasa niña? Has conocido muy bien a tu abuelo, te quería más que a nadie, eso era evidente. Yo solo sé que fue un gran hombre y muy bueno. Aquí ha venido gente pidiendo algo y él siempre estuvo dispuesto para ayudar. Yo no creí nada de lo que aquel hombre dijo, estaba medio borracho y reía a lo tonto. Habló de un bar y de su socio, un socio de tu abuelo que era uno de esos que mataban, un pistolero al parecer muy amigo suyo, y eso hizo. Al tipo que contó lo que había hecho tu abuelo al marcharse lo mató, eso dijo aquel hombre. Entonces todo el mundo llevaba revólver por aquellas tierras de salvajes, según decían, aún las llevan en muchos sitios, no es nada raro. No volví a ver a ese hombre, ni tampoco creí lo que decía, por eso no lo he contado nunca.

«Él era diferente a todos, tranquilo, muy tranquilo, nada le hacía perder el control. En pleno invierno bajaba al río y nadaba, no todos los días, de vez en cuando. De eso tienes que acordarte, él te enseñó a nadar. Comía poco y tenía prohibida la avena, esa era una rareza que nadie entendía, pero todos tenemos rarezas. Pasaba tiempo sin hablar, pero si lo hacía era digno de oír. Tenía mucho sentido todo lo que decía. Tu abuelo era sabio, un sabio bueno. Y como era rico pudo hacer mucho bien y lo hizo, otros tienen lo que él o más y siguen queriendo alcanzar la luna. Esa es la realidad de la vida de la mayoría, nunca tienen bastante, pero él no era así. Tienes cara de agotada, no te levantes tan temprano, descansa un poco el cuerpo aunque no duermas.

—Ava si piensas pasarte el tiempo diciéndome lo que tengo que hacer, quizá sea mejor que vuelvas a tu casa. Ya no soy una niña.

Ava ríe fuerte y provoca la sonrisa de Jenna.

—Para mí lo serás siempre. En cuanto a irme a mi casa, lo tienes claro, esta es mi casa ahora y para siempre. No te librarás de mí ni de oírme.

—Ya, bien, trataré de llevarlo lo mejor posible. Voy a darme un baño y me acostaré, la verdad es que me agota todo y lo del abuelo más.

—Ve, ahora te subo la infusión.

Mucho antes de amanecer está levantada y sin siquiera desayunar comienza a revisar lo que guardó de su abuelo. En el armario solo están los libros, va cogiendo uno por uno y mirando si hay alguna nota escrita al margen o algún papel que contenga algo escrito. Son muchas las notas al margen, lo cual ya era conocido por ella, sabe que acostumbraba a poner alguna aclaración o significado de una palabra.

Sentada en el suelo con varios libros junto a ella la encuentra Ava que ha subido el desayuno.

—¿Qué haces?

—Hola, Ava. El abuelo escribía al margen mucho, pero hasta ahora, en todo lo que llevo visto, no he encontrado nada que no estuviera relacionado con el tema del libro.

—¿Vas a mirar hoja por hoja de cada libro?

—No es necesario, él ponía una pequeña tira de papel en el lugar en el que había escrito algo.

—Ah, bueno, en ese caso eso lo puedo hacer yo, y tú dedicarte a los documentos.

—¿Estás segura de que quieres hacerlo?

—Absolutamente, desayuna y luego sigue con el arcón, ya me encargo yo de los libros. Y una cosa te digo, deberías aprovechar para eliminar lo que no te sea de provecho.

—Eso quería mamá entonces y no me pareció bien, pero sí, veré qué debo guardar y qué no. Aunque quizá no tenga sentido guardar nada, ya para quién.

—Jenna hazte un favor a ti misma, no des vueltas, concéntrate en lo que estás haciendo sin dar vueltas. Me gustaría leer algún libro de estos.

—Pues hazlo. Alguno leí entonces, pero poco, solo los que el abuelo me dejaba. Tendré que leerlos yo también.

—Gracias a él le cogí gusto a la lectura, la primera Navidad me regaló un libro, luego lo comentaba con él, de esa manera aprendí mucho. Tu abuela me regaló unos guantes preciosos, de señorita, de lujo. Tu madre y tu padre unos zapatos, los primeros buenos zapatos que tuve. ¡Señor! Ah, qué haces ahí parada, ¡desayuna!

En el arcón hay de todo. Distintos sobres que ella puso en cajas, unos muy abultados, otros no tanto; carpetas y algunas cajas que ya tenía el abuelo. Jenna remueve mirando en las cajas un poco sin saber por dónde empezar. Abre un sobre que da la impresión de muy viejo, le sorprende ver el documento, muy deteriorado, de la cesión que logró su abuelo para buscar oro en Klondike, en la región del Yukón, Alaska. El mapa adjunto está aun más deteriorado.

—Qué curioso, esto debería estar enmarcado. Es el documento y el mapa del sitio en el que buscó el oro.

—Cómo iba a enmarcarlo, nunca le oí hablar de eso. Tu abuelo no era de presumir, otro hubiera estado vanagloriándose, él no. Nada contó de ese tiempo, por lo menos yo no lo oí, claro que pudo haberlo hecho antes de venir yo aquí.

En una caja encuentra toda una serie de recibos amarillentos y arrugados, con el peso del oro y la equivalencia en dólares, algunos medio rotos, otros casi ilegibles, son muchos los que hay. Con toda paciencia va sumando mentalmente y la cifra total es muy superior a los trescientos mil dólares. Le parece imposible que su abuelo lograra semejante cantidad en aquella época, finales de siglo. Hay muchos más en los que la cifra es directamente en dólares, pero no saca la cuenta. Cuidadosamente va alisando un poco y colocando todo en orden, luego lo pone otra vez en la caja y la deja aparte en el suelo.

Coge un sobre, la aspereza le molesta en las manos. Dentro solo un papel, un simple papel por el que su abuelo adquirió la propiedad de una parcela de tierra con madera entramada, en Dawson City.

—Fíjate, un papel que más burdo no puede ser y resulta que es el contrato de compra de una parcela en Dawson, increíble.

El siguiente también son recibos del coste de madera, clavos y diversas herramientas. Pequeñas notas, diarias, una contabilidad llevada al día en trozos de papel, ni siquiera son hojas, parte de ellas un basto papel de envolver. La escandaliza ver que un vaso de leche costaba cinco dólares y el de güisqui solo un dólar.

—Escucha Ava. Un vaso de leche costaba cinco dólares y solo uno el de güisqui.

—Con razón había tantos borrachos, aunque ahora es al revés y siguen siendo muchos, demasiados.

Está lo pagado a los empleados, cincuenta dólares al mes, y el detalle de que, por lo visto a menudo, cobraban con pellizcos de polvo de oro. Al parecer no llegaban a cambiar el oro por dólares y esa era la manera de pagar, de ahí todos los recibos que ha visto. Un pellizco equivalía a un dólar. Lo dice y Ava pregunta.

—¿Quién mediría los pellizcos? Porque dedos hay de muchos tamaños. Este libro lo dejo aparte, está en francés y nunca conseguí aprender una palabra.

—¡Los tres Mosqueteros! Ese sí lo leí.

—Ah, entonces he visto la película.

—El libro es mejor.

Sigue cogiendo sobres y viendo su contenido. Siente una intensa desazón al ver el recibo de un ataúd, cien dólares, y los mil dólares pagados por un revólver. Otro tanto por munición y el triple por un par de rifles. Cinco mil por unos perros. Comestibles y enseres por tres mil dólares, unos caballos, otro revólver... Las cifras son tan desorbitadas que le parecen imposibles, pero por lo visto eran reales. Todo lo mira con curiosidad y queda sorprendida a cada momento. Su abuelo era muy meticuloso para todo, pero poco o nada habló de aquella etapa de su vida. Quizá lo hizo en cuanto a esos detalles cuando ella era demasiado pequeña para percibir o antes de nacer ella, como ha dicho Ava. No recuerda nada de eso, solo sabe que buscó oro y lo encontró.

El siguiente sobre es muy abultado, son fotos de aquel tiempo. Todas van pegadas sobre un cartón y anotado al dorso el detalle del lugar o las personas. En varias hay mujeres formando grupo con los hombres, pero en dos está su abuelo solo con una mujer, en la que aprecia su belleza y juventud, casi una niña, aunque las fotos son de muy poca calidad. En una van bien vestidos, como de fiesta, en la otra ella viste igual que él, con pantalones, zamarra y con revólver sujeto al cinto. Mira el dorso y el nombre la sorprende, es el que ella tiene. Lo que la lleva a exclamar.

—¡Vaya con el abuelo! Debió de quererla mucho. Mira Ava, ella se llamaba como yo, mejor dicho, yo como ella. ¿Qué te parece?

—Parece muy niña, era bonita, y él está hecho un galán.

Ahora es un mapa del condado en el que viven, muy antiguo, como todo. Tiene un círculo, es el lugar en el que está la casa y la extensión de bosque que compró. Un plano de la casa con muchas anotaciones respecto de la construcción, reconoce la letra de su abuelo. La mayor parte de lo visto hasta ahora es con su letra.

Una caja con fotos de cuando iban construyendo la casa, fotos cortando los abetos, del aserradero, de todo el trabajo que hacían los hombres, una con Tom y su madre frente a la cabaña. Ninguna de su abuela, claro que tienen el álbum familiar lleno, no había necesidad de guardar más en una caja.

—Mira esta, ¿los reconoces?

—Absolutamente, qué joven estaba ahí la madre de Tom, era muy callada, con lo que le gustaba hablar a tu madre y la pobre apenas lo hacía con ella.

Otra caja, distinta, de puros y más vieja con fotos de una finca en Cuba, de los campos plantados de tabaco y caña. Fotos con hombres, algunos negros y mestizos. Solo dos blancos, uno su abuelo, joven y muy guapo, con revólver, un amplio sombrero y un puro en la boca. De ese tiempo no sabe nada, su abuelo era europeo, de España, y llegó a los Estados Unidos vía Cuba, pero nada supo de su vida en aquel lugar en el que parece que vivió algún tiempo.

—Aquí está más guapo y muy joven, fíjate, estuvo en Cuba.

—¡Ay, Señor! Cómo no contó cosas de entonces, con razón sabía tanto, había vivido mucho, y no lo digo por los años. Yo nací en Seattle y luego vine aquí y para de contar, ese ha sido todo mi recorrido.

Son varias horas las que llevan y las dos están ya agotadas. Deciden bajar a comer y descansar un poco.

—¿Vas a salir esta tarde?

—Hay un concierto de violín, lo da uno de mis amigos del coro, pero no quiero dejarte sola con todo eso. Lo que sí haré es echarme un poco en el sofá, tengo las piernas entumecidas de no moverme.

—No quiero que dejes de hacer nada por mí Ava, ve al concierto.

—Iré si vienes tú.

—Estoy de luto, cómo quieres que vaya a un concierto.

—No es un baile y, además, es en la iglesia. De luto estarás mucho tiempo, Jenna, pero dentro de ti, por fuera tienes que seguir viviendo. Si quieres vamos las dos y si no, nos quedamos y seguimos con tu abuelo. Se lo dije a Jeff que siempre va a los conciertos, este es distinto, no es profesional, pero a veces acude si le digo que alguien va a tocar, pero no podía venir. No pasa nada si no voy, es algo que hago y que puedo no hacer. La verdad, me gusta lo que estamos haciendo, es muy interesante y a ti te viene bien, estás más tranquila, ¿no?

—Sí, es como si estuviera el abuelo a mi lado, pero no sé si lograré encontrar lo que busco. Todo lo que he visto hasta ahora es más una contabilidad llevada cómo pudo llevarla, y salvo las fotos, poco más.

—El arcón está aún casi lleno, tu abuelo no decía sin más, si ha dicho algo de promesas, es que las hizo y en alguno de esos papeles estarán. Vamos a descansar y luego seguiremos, pero no muchas horas, no quiero que te agotes.

Han pasado unas horas y ya después de cenar no han vuelto a mirar nada. Han visto un programa en la televisión y después deciden acostarse. Jenna está cansada y parece que el sueño se va apoderando de ella. Como cada noche, se mete en la bañera un rato, mientras toma la infusión que previamente le ha preparado Ava. Aunque abre un libro ya en la cama, lo deja al instante, los ojos se le cierran. Ha dormido, pero no son las cinco de la mañana cuando ya está levantada y con una taza de café en la mano vuelve a mirar en el arcón.

Esta vez es una caja algo más grande y en ella hay una bolsa de cuero raído con un revolver envuelto en un trozo de tela, un puñal en su funda, un reloj de bolsillo, con las iniciales de su abuelo en la tapa, al que da cuerda y funciona. Un crucifijo de oro con cadena, un anillo de oro con un escudo grabado, que se pone, y un sobre en el que encuentra un pasaporte de la época, muy curioso porque carece de fotografía.

Describe al titular Servando Arnáez Caballé. Ojos oscuros. Pelo negro. Nariz aguileña. Altura 1,65. Soltero. Edad 43. Es de papel muy grueso orlado en su interior y en parte impreso. Doblado por su mitad y en la portada consta: Consulado General de España en La Habana. Certificado de nacionalidad.

También da detalle del motivo del viaje a Estados Unidos: Comercio de la madera. La dirección en Cuba y la dirección en España y el año 1889.

Con sumo cuidado abre el tambor del revólver, está vacío, pero hay una pequeña caja con munición dentro de la bolsa. Contempla con atención todo lo dejado en el suelo. En otra caja, envuelto en paño, hay un trozo de oro, sorprendida lo sostiene y la asombra su peso, por lo visto es macizo.

Su corazón está palpitando con fuerza, se levanta y enciende un cigarrillo. Abre la ventana y vuelve a mirar con cierta ansiedad todo lo que ha sacado. Tiene la impresión de que su abuelo le está diciendo algo con ello. Ha terminado de fumar y asomada a la ventana respira hondo tratando de serenarse. Hoy su estado de ánimo no lo causa la tragedia tan reciente. Es su abuelo Servando y sus recuerdos.

"¿Por qué lo guardó de esa manera sin

decir nada? ¿Por qué mi padre volvió a guardar el maletín? No entiendo nada, abuelo si me estás diciendo algo, no logro entenderlo. Es tu vida la que está encerrada en el arcón, y apenas sé de ella. Pudiste contarme algo y no lo hiciste a pesar de lo mucho que hablabas conmigo, ¿por qué? Ya sé que era pequeña, pero hay cosas que pudiste decirme y de antes, de tu vida en España no hay nada, como si no hubieras existido antes de Cuba, ¿qué te pasó? No sé si es bueno o malo saber ahora de ti, pero me viene bien, he dormido un poco mejor y algo más que otras noches. ¿Es eso, has vuelto para ayudarme a soportar mi dolor?".

Ha roto a llorar bruscamente, con un llanto fuerte que rasga su garganta ya muy dolida. Se deja llevar durante un buen rato, acaba con la cabeza mirando hacia el exterior. La luz comienza a abrirse camino y entre suspiros sonríe. Llega el día y con él la sombra que la sobrecoge cada noche se disipa en parte. Parece haber recobrado su energía, vuelve a retomar el trabajo de ir sacando y revisando papeles.

3

Jenna Arnáez es una mujer resuelta, que nunca ha usado el apellido de su marido por lo muy orgullosa que está del suyo, gracias a la fuerte personalidad de su abuelo y la bondad y rectitud de su padre. Otro motivo se añadió a ese, la actitud de su suegra, aunque eso nunca se lo dijo a su marido. Es una mujer de mente abierta, poco dada al abatimiento, la vida le ha asestado un tremendo golpe que a cualquiera le costaría superar y algunos nunca lo harían.

Apenas hace unos meses del accidente en el que pereció toda su familia. Cuando ella llegó al lugar, al que la llevaron los policías que fueron a comunicar la tremenda noticia, aún estaban dentro del vehículo, todos quemados. El horror de lo sucedido hizo que perdiera el conocimiento y otra consecuencia trágica se añadió y aumentó su dolor, unos días después abortó. Tuvo que permanecer ingresada en el hospital. Tan impactada que no era capaz de articular palabra, salvo para llorar con desesperación, ningún otro sonido salía de ella.

Ava pasó esos días junto a ella sin dejar el hospital. Brenda, su amiga y compañera de trabajo, estuvo yendo y viniendo por no desatender lo más preciso en el taller. Jeff, cuyo padre ya era amigo de su abuelo y él de Bill, su padre, desde niño; uno más de la familia, como tal fue tratado siempre, y su abogado. Junto a ella estuvo apretando los dientes y ahogando el llanto mientras ella dormía, bajo los efectos de los calmantes que le dieron. Conforme fue despertando, lloró con ella, la acogió entre sus brazos para paliar el frío que la muerte le había impuesto. Fue de su brazo del que se cogió cuando presidió el entierro que no lo hicieron hasta que no estuvo restablecida.

Jeff fue hasta Seattle personalmente para comunicar a la madre de Ted lo sucedido. No contó a Jenna cómo fue recibido, con desprecio absoluto, tampoco que la sentenció a ella como culpable de la muerte de su hijo, porque nunca debió casarse con ella. Por supuesto, no acudió al entierro, lo que sí hizo fue mandar al despacho de Jeff, pocos días después, a un abogado para averiguar qué bienes tenía su hijo y a quién pertenecían. Fue una suerte que Ted tuviera en orden las cosas, cuando hizo su seguro de vida, al nacer su hijo, nombró herederos de sus posibles bienes al niño y a su mujer.

También se ocupó de contactar con su cuñado, solo para que supiera lo ocurrido, ya que estaba convaleciente de la tuberculosis y sabía que no podría acudir. Max no le escribió a Jenna, no sabría qué decirle, fue lo que le comunicó a Jeff, así como su inmenso dolor ante la desgracia.

Unas primas lejanas, la única familia de su abuela, fueron toda la familia que estuvo en el entierro, pues a nadie más tiene. Los amigos de siempre de ella y de sus padres. Los veinte empleados del taller con sus familias y numerosos conocidos y desconocidos. El entierro fue multitudinario, pero Jenna se sintió más sola que nunca, viuda, huérfana, y lo peor, lo más insufrible: el dolor inmenso por la pérdida de su pequeño y el aborto.

Ha terminado de vestirse, aún iba en pijama. Un pantalón y una camiseta, ambas prendas muy usadas, le gusta andar así por casa y a menudo lo hace descalza, ahora así está. Pantalón vaquero, una camisa, una chaqueta de piel de vaca y botas de caña corta. Suele ser su vestimenta para ir al taller o a cualquier parte. Pocas veces usa vestido no siendo algún acto o fiesta.

Es una mujer atractiva, con el cabello negro y ondulado, media melena, los ojos verdes, muy claros, casi parecen a veces de color gris líquido. Su tono de piel ha sido siempre muy saludable, ahora su cara está pálida a diario y su mirar chispeante, apenas lo es. Su preciosa sonrisa, la que da a su expresión el mayor atractivo, no la exhibe desde ese terrible día. Sonríe, pero la tristeza la ensombrece. Es más alta que su

abuelo, si tuviera que constar en el pasaporte, habría que poner diez o doce centímetros más. Delgada, nunca lo ha estado tanto como ahora que ciñe el pantalón ajustando el cinturón tres puntos más. Aún así atrae mirarla.
Ava la está llamando.
—¿Ocurre algo?
—Baja a desayunar, por favor, he hecho tortitas.
—No puedes imaginar lo que he encontrado. Un revólver y un pedazo de oro increíble y más, ya lo verás cuando subas. ¿Vas a ir a la iglesia?
—Voy cuando quiero, he pensado que podríamos ir a comer al club. No quiero que estés metida todo el día con esos papeles, así que he llamado a Jeff y le he invitado, aunque en realidad nos invitará él, iba a pescar.
Jenna ha dejado de comer y la está mirando, seria.
—Dices que tengo que decidir y ya veo lo que me dejas hacerlo, eres peor que mamá.
—Absolutamente, tu madre siempre te ha mimado demasiado. Ah, cariño, hace un día estupendo, comeremos en la terraza y tomarás un poco el sol, estás muy pálida. Cuando volvamos nos meteremos otro rato con los papeles si quieres. ¿Has dormido?
—Sí, no mucho, pero mejor. Bien, de acuerdo, ya que no fuiste ayer al concierto por mi culpa, por lo menos saldrás hoy. Lo hago por ti, no por mí.
—Gracias, eres muy amable.

Las dos sonríen, y en cuanto terminan suben a la habitación para seguir con el trabajo que se han impuesto, o quizá es el abuelo Servando quien lo impone.

Ava mira todo sin ocultar su incredulidad al ver el oro.

—¿Es así, tal así como lo encontró?

—Eso parece, no tengo idea. Aunque en las cuentas hablaban de polvo, al parecer, no todo era polvo, es posible que este trozo fuese el más grande y por eso lo guardó. Mira, no te lo he enseñado, me lo he puesto.

—¡Un anillo! Es precioso, parece de alguien importante.

—No creo que el abuelo fuese importante, no habría ido a buscar oro, ¿no te parece? Toma, esto para ti.

Le da la cruz con cadena y Ava la observa, se ruboriza y la rechaza emocionada.

—Vamos, Ava cógela, por favor, yo tengo el anillo, justo es que tengas tú algo del abuelo.

—Es un recuerdo de tu abuelo, debes guardarlo para ti.

—No me cabrees, quiero que te la pongas, a menos que no te guste.

—Cómo no me a gustar, venga, trae. ¡Señor! Nunca se la vi puesta, pero seguro que la llevó en algún momento. Gracias, cariño.

La ha abrazado y a las dos les saltan unas lágrimas.

—Pongámonos a la tarea o no acabaremos nunca. El reloj se lo daré a Jeff.

Pasan más de media mañana las dos, la

una con los libros y la otra con los documentos. Ava ha ido a vestirse para ir a comer y ella, mientras pone un poco de orden en todo lo que ha ido sacando, no puede dejar de pensar.

"El abuelo lo dejó todo supongo que para mi padre y él me lo hubiera dejado a mí, pero yo ya no tengo a nadie, qué puedo hacer con todo esto. Por otro lado, tengo la sensación de que no es casual que tenga esto ahora en mis manos. Puede que Jeff tenga razón en eso de que no hay casualidades y sea, por algún motivo, el momento adecuado de que conozca detalles de mi abuelo que nunca he conocido. No logro entender por qué no dijo mi padre nada, estuvo varios días revisando las cosas del abuelo cuando murió. ¿Qué sentido tenía ocultarlo? ¿Y por qué el abuelo lo guardó como su mayor tesoro sin explicación? Siempre decía que había olvidado su pasado, que eran muchos los años trascurridos. Sin embargo, no era cierto, todo está aquí. Bueno, todo no, poco hay en realidad de ese tiempo vivido en Cuba, salvo las fotos, y de su país nada. Ni siquiera una foto de su familia, qué pasaría para que no volviera. A estas alturas deben de estar todos muertos, además de la guerra que tuvieron, que papá dijo que había sido una auténtica matanza, son muchos años. Voy a volverme loca si sigo pensando que el abuelo quiere decirme algo, no tiene sentido, nada lo tiene".

El club náutico es el sitio más popular de la zona, está en un lugar privilegiado, en la desembocadura del río, con la terraza mirando al mar. A un lado queda el puerto con los barcos deportivos amarrados, al otro el río. Jeff suele pasar allí el fin de semana. Vive en la ciudad, pero tiene un pequeño apartamento en un edificio cercano al puerto. Si hace buen tiempo sale a pescar muy temprano y vuelve a comer al club. Lo que pesca lo entrega allí y a cambio come gratis, porque nunca ha querido cobrar por sus pescados. Siempre llama a Ava para que pase y recoja la parte que guardan para los Arnáez que, sin ser navegantes, han sido socios desde que Servando Arnáez se estableció allí.

Apenas bajan del coche las saludan los que con ellas se cruzan, alguna persona se detiene y pregunta a Jenna cómo se encuentra. A todos responde que bien con una débil sonrisa. Van directo a la terraza, Jeff tiene la misma mesa reservada de siempre y ya está allí esperándolas leyendo el periódico. Aún no han llegado cuando él ya está haciendo un gesto al camarero para que les traiga algo de beber, el camarero ni siquiera se acerca, porque sabe cuál es el gusto de las dos.

—Hola, ya estaba impaciente, habéis tardado. Ahora os traerá Curtis una copa. Ava no te olvides de llevarte el pescado.

Jenna le ha dado un beso y se ha sentado, Ava le da la mano.

—Cómo ha ido hoy.

—Más que bien, les he dicho que os guarden los salmonetes.

Jenna está impaciente por contarle y lo hace de inmediato, él escucha con suma atención. Le da el reloj y Jeff se emociona.

—Gracias, pequeña, no sabes cuánto aprecio esto, mi padre lo admiraba y yo crecí en esa admiración, sentía un gran respeto por él, de hecho, creo que influyó más en mí que mi propio padre. Es curioso, que guardara todo eso y no os dijese nada. Es bonito el anillo, eso es un escudo, ¿sería el escudo familiar?

—Algo así ha pensado Ava, pero no creo, quizá ni siquiera fue de él.

—¿No lleva ninguna inscripción?

—Ah, pues no sé, me lo puse y ya no me lo he quitado. Vaya, sí, son las iniciales del abuelo y el año, sería un crío cuando se lo compraron. Qué opinas Jeff.

—No lo sé, querida Jenna. De la vida de tu abuelo solo sé que logró una importante cantidad en oro y supongo que gracias a eso compró la propiedad, hizo la casa y el taller en su primera fase. Mi admiración no viene de lo que fuese su vida antes, sino de su manera de hacer, lo que decía siempre me impresionó. Tu padre y yo fuimos a la escuela juntos, eso lo tienes más que escuchado, pero cuando llegó la hora de ir a la universidad, tu padre se decidió por seguir trabajando sin más.

—Sí, eso también lo sé, papá ya de pequeño tenía claro que trabajaría en el taller.

—Siempre lo hizo estando de vacaciones, Bill trabajó desde pequeño. Pero no creas que tu abuelo descuidó su educación por ello. En realidad él era su maestro, no solo en el oficio y en todo lo concerniente al taller. Además, le hacía leer un libro a la semana y fue él quien le enseñó a hablar el francés y el español. Puedes estar segura de que yo con mi licenciatura tenía menos formación que tu padre. Tu abuelo fue un hombre muy especial, un gran hombre al que no le gustaba alardear de nada. Quizá su único defecto fuese precisamente ese control absoluto sobre tu padre, del que él no se quejaba, todo sea dicho, porque sentía una auténtica veneración por él.

Jenna ha mirado a Ava antes de hablar

—Dime Jeff, sabías que el abuelo mató a un hombre.

Ahora es Jeff el que mira hacia Ava.

—Sí, conozco la historia porque me la contó tu padre, y él supo eso porque Ava lo contó a tu madre. Bill nunca habló de ello con su padre, nunca. Así era Servando de reservado, comunicador increíble y, sin embargo, reservado para lo suyo. No es tema, creo que ella no tiene que recordar ciertas cosas a estas alturas y tú no debes pensar en eso. ¿Qué tal fue el concierto, Ava?

—No fui, a Jenna no le apetecía y, la verdad es que no lo pasamos mal. Dentro de un par de meses volverá a tocar, iré entonces, espero que vengáis los dos, es realmente bueno, aunque no sea famoso.

—Me gustaría. Dime con tiempo la fecha para que pueda asistir, ayer había quedado con un amigo que se marcha a París, su empresa quiere abrir una delegación allí y él va para hacer un informe previo. Me tomé la libertad de darle la dirección del sanatorio en el que está Max, por si puede ayudarle en algo. Quizá debí consultarte Jenna.

—No, por qué, me parece bien. Supongo que no volverá aquí nunca, no estando su hermano ya no tiene nada que le importe.

—En eso te equivocas, Max está muy preocupado por ti y te tiene en gran aprecio, puedes estar segura.

—Ya, pero no se ha molestado en escribirme a mí, siquiera fuese una postal.

—Jenna estás molesta con él por eso y pienso que no debes, no sabrá qué decir, te conoce poco, y siendo la mujer de su hermano no puede escribir dando el pésame sin más.

—Sí, Ava puede que tengas razón, no pienso en él para nada, qué importa si me escribe o deja de escribir. Pero bien, Jeff, si algo le pueden ayudar, está bien lo que has hecho.

Han ido cambiando de tema en tema y ya pasada la media tarde, tras dar un paseo por el muelle, Ava recoge el pescado y regresan a casa. Tras cenar han visto una película en la televisión y se han acostado.

En la mañana se levanta temprano y sale

a correr un rato, desayuna y va al trabajo. Anda con paso rápido, hay más de un kilómetro hasta el taller, siempre va andando. Llega la primera y entra en la oficina. Tiene su propio despacho desde hace años, pero ahora ocupa el de su padre porque es ella quien dirige. Su trabajo ha sido siempre el diseño, eso hacía, diseñar junto con Brenda los muebles que fabrican. No se siente aún capaz de hacerlo.

Su padre dirigía y su marido se ocupaba del personal. Al casarse, su padre decidió que su marido hiciese las funciones de encargado del personal, antes no había nadie en ese puesto, se ocupaba él de todo.

Los Arnáez han sido siempre gente de bien, de trabajar y vivir, sin tener en cuenta otra cosa que la buena relación y el respeto por las personas. Por ello son apreciados, eran, ahora solo queda ella.

De normal pasa el día en el taller, va a casa para comer y al rato vuelve hasta que terminan los trabajadores. Tiene buena relación con todos, los conoce desde niña a la mayoría. Aunque ya de adolescente estudió en la ciudad y solo disponía de tiempo libre los fines de semana, en cuanto estaba de vacaciones al taller que iba y se esforzaba por aprender como lo hizo su padre. Trabajando desde el primer peldaño del proceso que supone trasformar vieja madera usada, en muebles hoy muy cotizados y vendidos por varios estados de la nación.

Su abuelo tuvo la idea porque le dolía que la madera, que para él estaba llena de vida, acabase tirada tras una demolición o cuando la gente se cansaba de ver el mismo aspecto de su casa. Aprendió a valorar esa madera ajada por los años, esos peldaños pisados millones de veces o aquella que procedía de los derribos y que ellos compraban a muy bajo coste.

Servando Arnáez hizo fortuna buscando oro, pero su riqueza mayor fue saber emplear el dinero y el tiempo. Su taller es muy próspero, y si decidieron no ampliarlo y producir a mayor envergadura, fue por otra razón que su abuelo tuvo siempre presente. Poder controlar directamente el negocio, la producción, y tener un trato directo y familiar con los empleados. Aún así es una de las firmas de más renombre del estado de Washington en su sector.

Jenna estudió diseño, de pequeña ya destacó en dibujo, se sentaba al lado de su abuelo y viendo lo que él hacía, ella iba haciendo sus propios diseños. Ahora es incapaz de coger un lápiz. Brenda, que trabajaba hasta ahora a diario a su lado, amiga y compañera de estudios, es quien sigue ocupándose de los diseños, con las pautas de la firma que Jenna ha ido marcando con los años sin dejar de lado las de su abuelo.

Su padre no tenía el gusto exquisito de su abuelo para diseñar, pero sí para tratar la madera, disfrutaba de su trabajo y supo enseñar a su hija todo lo que sabía. Además de lo que supone el taller, ella le acompañaba con frecuencia a ver casas viejas cuya madera les vendían. Incluso pasaban tiempo con los propietarios escuchando sus historias, una manera de conocer el alma de la madera que adquirían. Eso la llevaba a crear los muebles con una mayor emoción, pensando en prolongar su uso y dar una nueva vida a la madera. Ahora se encarga uno de los empleados de esa tarea.

Hoy ha comido en el taller con Brenda que siempre come allí y ha llevado comida para las dos.

—Está muy bueno. ¿Lo has preparado tú?

—No, ya sabes que soy una nulidad en la cocina, me lo ha dado mi madre, dice que te vio el otro día muy delgada. Piensa que no comes lo necesario.

—No lo hago como antes, la mayoría de veces no encuentro el sabor siquiera. Ava se esmera en preparar lo que sabe que me gusta más, pero tengo a menudo un deje amargo en la boca que me impide distinguir si está bueno o no. Hoy me siento mejor. Jeff me trajo un maletín con documentos de mi abuelo y eso me ha llevado a mirar en todos sus recuerdos.

—¡De tu abuelo! Su padre y tu abuelo eran muy amigos, ¿no?

—Sí, pero no tiene nada que ver con su amistad ni con nadie. Son cosas de mi abuelo, cosas que guardó. Es todo muy curioso. ¿Sabes que vivió en Cuba?

—¿No era de España? Que por cierto, no tengo idea de por dónde queda eso.

—Sí, está al sur de Francia.

—Ya que mencionas Francia, ¿cómo está tu cuñado, has sabido algo?

—Jeff le escribió y recibió una carta, sigue en contacto con él, está mejor, pero no bien del todo. Supongo que no volveré a verlo.

—Tampoco llegaste a tener mucha relación con él, haz borrón y cuenta nueva Jenna. Bueno, di, qué son esos recuerdos de tu abuelo.

—Parte de la vida de mi abuelo, no puedes imaginar la cantidad de notas...

Sin llegar al detalle minucioso, Jenna cuenta lo que ha visto hasta ahora. Tras terminar de comer, han dado las dos un paseo y luego cada cual ha vuelto a su quehacer.

Cuando regresa a casa, es ya de noche cerrada, lo primero que hacen es cenar, son casi las nueve y Ava la ha regañado. Ha estado charlando con Tom, es quien se ocupa de vigilar el taller, ya está mayor, pero su trabajo es solo de vigilancia. De hecho vive allí con su mujer, en la pequeña cabaña adosada a uno de los almacenes, que fue lo primero que construyó su abuelo.

La cocina ha sido desde siempre el punto de reunión de la familia, sus tertulias empezaban antes de las comidas y se prolongaban largo rato. Ella solía ayudar a su madre a preparar la cena, siempre le ha gustado hacer algo y tiene buena mano para los postres.

Al ir a salir, ha tropezado con la trona de su hijo, aún está ahí, junto con dos pequeños juguetes, sus preferidos. Las lágrimas salen raudas y por un momento se deja llevar por la angustia. Ava se ha puesto a retirar todo sin decir nada y ella trata de controlarse. Sabe que tiene que sacar la silla de la cocina, que aún tiene pendiente la ropa en los armarios, la de sus padres, de su marido y todo lo del niño. Nada ha tocado, ni se atreve, es consciente del dolor que le queda por sufrir y trata de aplazarlo como si ello fuera a disminuirlo. Sube a la habitación y Ava se queda fregando.

Ha comenzado a meter cada cosa en su sobre, en el suelo, alrededor del arcón está todo lo que ha ido sacando. Mira la bolsa que contiene el revólver y por un momento siente la tentación de cogerlo, lo hace y llega a cargarlo, lo contempla y se apunta la sien. Las lágrimas caen y se deja llevar por el llanto, mientras con mano temblorosa saca las balas del cargador, secando las lágrimas con la manga de la camisa.

"No, el abuelo no me daría un arma para acabar con mi vida, eso no lo haría. ¡Maldita sea! He de salir de esto sola, tengo que salir sola".

Ava acaba de entrar cargada con el café, se queda mirándola y suspira.
—No sé si es buena idea que te metas en esto ahora después de todo el día trabajando. Tienes los ojos hechos polvo.
—Ya estoy bien, estaremos un rato, por lo menos yo, si no te apetece no hagas nada.
—Lo mío es más sencillo que lo tuyo.
Va sacando sobres cuyo contenido da la

impresión de ser solo notas de gastos. Hay una caja diferente, metálica. La saca y al abrirla ve un dietario, piensa que es la contabilidad de los primeros años en el taller, ya que en los archivos hay iguales o similares muy antiguos. No lo es, está escrito por su abuelo, una especie de diario o algo parecido. Se levanta con un temblor, ahora sí cree haber encontrado a su abuelo de verdad, su palabra, su memoria, lo que quiera que diga, para bien o para mal, está claro ya en la primera página que se trata de su historia o por lo menos de lo que quería que supiera algún descendiente.

"Algún día, alguien, sangre de mi sangre, leerá esto, para quién quiera que sea lo he escrito y tendrá que hacer lo que considere adecuado". Firmado, Servando Arnáez.

Se ha sentado junto a la mesa en la que Ava ha dejado el café. Bebe un sorbo y enciende un cigarrillo mirando el libro, durante unos momentos lo observa sin pasar página. Respira hondo, quiere leerlo de tirón y no debe de ser poco lo que contiene. Tiembla su mano al pasar a la segunda página que se inicia sin fecha alguna.

"Era muy joven, quizá demasiado para lo que quise hacer. Pero solo a esa edad y falto de experiencia de la vida, se atreve uno a embarcarse, sin ninguna necesidad, hacia un destino ignorado en cuanto a sus problemas o peligros. Sin querer atender a los consejos de mis padres que, por edad y conocimientos, consideraban mi decisión inadecuada. Pero justo es la juventud y la inexperiencia lo que da fuerza a la razón, crees tenerla toda, y aquellos que te aconsejan, por viejos, carecen de fundamento. Así es capaz la gente de lograr hitos que de otra manera, con otra edad y con razones más acordes con ella, nunca se lograrían. Es en la juventud cuando uno debe emprender cualquier aventura. La vejez anquilosa, retrotrae la fuerza física y resta imaginación. Yo me salí de la media, mantuve mucho tiempo mi fuerza y nunca perdí la capacidad de imaginar. Doy gracias por ello, porque así pude sentirme siempre joven en mi interior, a pesar de los muchos años que llevo vividos.

Ya el embarcarme, siendo de tierra adentro, supuso un riesgo físico. Si digo que no tenía necesidad, es porque mi partida fue voluntaria. Había gente que tenía que hacerlo obligada, no fue mi caso. Mi padre había pagado el coste que suponía librarnos de ir a cumplir con la patria a mi hermano y a mí, pude seguir trabajando sin más en mi casa.

Librarte del servicio militar era fácil, solo costaba dinero, que o bien lo dabas al estado o le pagabas a alguien para que cumpliera el servicio por ti. Mi padre pagó, dinero tenía aunque no como antes ni mucho menos. Por culpa de los franceses, la familia tuvo que hacer la casa nueva y los ahorros de tantos años de mis abuelos y de antes desaparecieron con ella y otros los robaron. Casi todas las joyas, acumuladas algunas durante siglos, se llevaron los franceses. No éramos pues tan pudientes como lo había sido la familia antes, aun así, mi padre me dio una importante cantidad para que pudiera emprender algún negocio sin problemas. Prometí hacer fortuna y compensar su enorme esfuerzo, ya que se arriesgó mucho porque no creo que le quedase gran cosa.

Las familias que no disponían de dinero en aquella época no pudieron evitar a sus hijos pasar el tiempo obligado en el servicio militar, en Cuba o en otros sitios. A veces hipotecaban lo que tenían por librar a un hijo de ir. Yo estaba libre de esa obligación, pero quería comerme el mundo, quería hacer como el tío Odón que se marchó a Cuba, hermano de mi padre al que no conocí, y del que nunca se supo pasados los años. Había leído sus escasas cartas en las que hablaba maravillas de aquella tierra allende los mares, que él mencionaba como el Paraíso, y eso me impulsó a seguir de alguna manera sus pasos.

El tío Odón era mi héroe, de él contaban maravillas. Estudiaba en un colegio de Madrid, era un adolescente aún imberbe cuando ocurrió la revuelta que supuso el Dos de Mayo. Mi abuelo fue a por él. Pintaban mal las cosas en la capital del reino y no quiso que corriera ningún riesgo. Pero el tío Odón apenas llegó y se enteró de que había gente por el monte haciendo frente a los franceses, allá que fue. Era muy bueno con la escopeta. Fue un bravo combatiente, contaban muchas historias en las que él era protagonista. De los pocos que se arriesgaban a bajar del monte a recoger comida. Cazaban lo que podían, pero siempre era necesario el pan y se jugaban la vida para conseguirlo. Hicieron la guerra de guerrillas por su cuenta.

La guerra de guerrillas fue la forma de luchar la gente al inicio contra los franceses, sin orden ni concierto. Más tarde, ya ordenada y con categoría militar para algunos de aquellos valientes que enfrentaron al francés en los primeros tiempos. Incluso hubo quien siguió luego siendo militar, tal fue el reconocimiento. No era posible otra manera de derrotar al ejército de Napoleón, el más grande y mejor del mundo, solo comparable al del Imperio romano.

El ejército español siguió el ejemplo de los guerrilleros y también usó de esa arma que suponía atacar por sorpresa, causando el mayor daño posible y huir en retirada si la cosa se ponía fea. Cómo si no hubieran podido derrotar a los napoleónicos, muy numerosos, disciplinados, instruidos para la guerra, con mejores armas y pertrechados con todo lo necesario.

Cuando todo terminó y la normalidad era ya lo cotidiano, Odón volvió a Madrid y estudió para ingeniero, tal y como estaba previsto a pesar de que la familia necesitaba el dinero para la casa. Sé que vendieron algunos valores, inversiones que mi abuelo había hecho en una empresa maderera, pero si necesaria era la casa, tanto o más lo era que Odón estudiara porque ya mi abuelo así lo había decidido.

Cuando Odón volvió y vio que las arcas de la familia estaban vacías, en parte por dar a él la educación que tenía, quiso trabajar de inmediato y lo hizo unos años, pero no levantaba cabeza la hacienda, había deudas. Decidió ir a Cuba a hacer fortuna. Durante algunos años recibieron sus noticias, estaba allí construyendo, hasta que ya no llegaron las cartas y nada más supieron de él.

Yo tenía el propósito de buscar a mi tío o a sus descendientes si los había, puesto que él, ya con edad, quizá estaba muerto dado su silencio. Además de vivir lo que era para mí una gran aventura. Al igual que él, tenía el objetivo de hacer fortuna, mucha gente lo lograba y yo quería ser un héroe como mi tío, sin ir a ninguna guerra. Vana gloria es la que solo se basa en esos objetivos, pero entonces era demasiado joven para saberlo.

La travesía hacia Cuba fue horrorosa, pasé la mayor parte del tiempo vomitando y arrepintiéndome de mi decisión, incluso lloré como un niño a escondidas. Por el miedo y porque había perdido la foto de mi familia, la estaba mirando y me vino el vomitar, cayó la foto al mar en un descuido y pensé que aquello era un mal presagio. No soy de creencias de ese tipo, pero lo fui en aquellos momentos y la desazón aumentó lo mal que ya me sentía.

Por fortuna, ya casi al final, superé el malestar. Había perdido varios kilos, pero fui capaz, al encontrarme mejor, de apreciar los crepúsculos. De sentir placer al percibir la caricia de la brisa, incluso el recio viento empezó a gustarme. No tanto cuando era una tormenta la que azuzaba el navío, porque no sabía nadar, y pensar en caer al agua me sobrecogía. Tuve miedo, mucho, creo que fue tanto que lo agoté. Jamás volví a sentir esa sensación tan fuerte, a pesar de vivir situaciones muy angustiosas. No quería que nadie se diera cuenta de mi temor y así fue, pero llegué a orinarme encima por el miedo. Sentir miedo es algo natural si lo causa algo externo, aunque es más producto de la mente. No es uno cobarde por sentirlo, sino por no enfrentarlo.

La llegada a La Habana fue como llegar a la tierra prometida, un estallido de luz y color. Por la gente y por la maravilla del paisaje. También por despertar en todos los sentidos. Tenía el encargo de mi padre, y también era mi decisión buscar a mis parientes lo primero, pero la fascinación que sentí me impidió cumplir con el objetivo al inicio.

Las primeras semanas, más bien digo, si me ciño a la realidad, que fueron muchos meses los que pasé de fiesta, bebiendo y comiendo. Ansioso por vivir lo que nunca antes había vivido y por compensar el miedo padecido.

Conociendo una diversión, una manera de vivir que jamás antes imaginé ni sabía que existiera. Saboreando con deleite, por primera vez, el placer del sexo. Nunca antes lo había hecho, yo veía a los pastores jóvenes, alguno no tanto, satisfacerse con las ovejas. Tentado estuve en ocasiones, pero yo era un Arnáez y la nobleza obliga a comportarse con ciertas formas. Teniendo que reprimir instintos que los tienes igual que todos, pero parecen bajos en los demás y tú no puedes rebajarte a ello. Me sentí hombre y enloquecí como si lo fuera, queriendo vivir todo tipo de experiencias.

También por primera vez disfruté fumando un habano tras otro, los mejores puros del mundo. Cogí borracheras casi a diario, no estaba acostumbrado a la bebida ni sabía de la euforia que puede provocar ni sus engañosas consecuencias. Ebrio de placeres anduve ese tiempo. Llevaba dinero para pasar una buena temporada, y otro tanto para invertir. Mi padre era muy previsor y temeroso, el no saber en años nada de nuestro pariente, hizo que me diera más de lo necesario, convencido de que sabría emplearlo bien y obtendría buenas ganancias. No en balde recibí los buenos consejos del abuelo desde pequeño y la formación necesaria por parte suya.

No fui a ningún colegio, él fue siempre mi maestro, mi enseñante en todas las materias tanto tocando a lo moral y cultural como de la poca vida que él conocía. Del trabajo siempre se ocupó el abuelo que era fuerte y capaz.

Desde los quince años me ocupé de dirigir los trabajos en la finca. El abuelo había muerto. Mi padre tenía poca salud y cojeaba mucho de una pierna desde pequeño, con el tiempo ya ni montar a caballo que podía si alguien no le ayudaba a subir y bajar. La verdad es que no tenía fuerza para nada, pero supo prepararme a mí. Él sabía lo disciplinado que era, lo prudente y riguroso a la hora de hacer cuentas. Mi buena disposición para dar órdenes y dirigir todo lo relacionado con la finca sin pereza alguna.

De nada me sirvió lo aprendido, ni mi disciplina ni la prudencia. Ni siquiera la estricta educación que me dieron. El dinero lo gasté, no todo, pero sí la mayor parte en partidas de cartas, bebidas, trajes y mujeres. Viví el tiempo más loco de toda mi existencia, con solo veinte años, embriagado de placer, enloquecido por el lujo desmedido y la buena e irresponsable vida...

—Ava ¿te importa preparar más café?
—Lo que debes hacer es acostarte, es muy tarde.
—No, ahora no puedo, creo que he encontrado lo que buscaba.
—¿Lo que estás leyendo?
—Es la historia del abuelo o eso parece y supongo que aquí dirá algo de sus promesas.
—Pero, Jenna puedes seguir mañana

cuando vuelvas del trabajo, no es urgente y tienes que descansar.

—Haz el café, por favor, y acuéstate, yo lo haré cuando lo necesite, ahora no puedo.

—Supongo que es tontería que insista. Te traeré un trozo de tarta por si alargas la noche.

Jenna musita un gracias y sigue leyendo.

"Un día me desperté, aún mareado, con una resaca impresionante. No sabía ni dónde estaba. Era menos que una choza, ni siquiera tenía puerta, una tabla y una extraña cortina de cuerdas hacían las veces. Desnudo y también desnuda, a mi lado una muchacha dormía. La observé, no era blanca ni guapa siquiera, joven sí, lo único. Contemplé, mientras fumaba un cigarrillo, su cuerpo invadido y relajado por el placer del sueño, seguro que necesitado de descanso. Había estado con prostitutas que se movían como dignas señoritas, otras eran como esa, chicas más sencillas que trabajaban en lo que fuera y además vendiendo su cuerpo. Tenía el aspecto del inerte, bocarriba, brazos y piernas abiertos. Observé su más que velludo sexo y sus carnes prietas, turgentes sus pechos, voluminosos, lo cóncavo de su vientre, su boca entreabierta y con un fino hilo de baba en la comisura... Nunca he mirado a otra prostituta como la miré esa vez. Me di cuenta de que nada de ella me atraía, sin embargo, había pasado la noche con ella o parte de la noche, tanto había bebido que no era capaz de acordarme.

La covacha, porque eso era, estaba sucia en extremo, la cama era un mísero catre y la única sábana no parecía que la hubieran lavado en tiempos. Su ropa sucia estaba por el suelo, no la del día, de más, y me repugnó todo. El contraste con el hotel en el que me alojaba, el mejor de la ciudad, con mi traje, de excelente calidad, era abismal. No entendía cómo había ido a parar a semejante sitio, yo no entraba en ningún local inadecuado, es decir, que no tuviera cierta categoría, quizá la encontré en la calle. No recordaba ni cómo ni cuándo había tropezado con ella.

Me vestí y al hacerlo miré mi cartera, no llevaba nada de dinero, ignoro si lo había gastado o me lo había robado la muchacha o cualquiera, apenas me quedaban unas monedas en el bolsillo del chaleco. Traté de recordar qué había hecho, no fui capaz. Salí de allí dejando las monedas encima de una cómoda destartalada y repleta de desperdicios, con restos de comida en los que las hormigas hacían su agosto, y alguna botella de ron vacía. Pagué por tener sexo con ella, aunque no sabía si lo había hecho o no, pero era evidente que no fui allí para tomar café, pues ni puchero había.

Estaba junto a la playa, lo único bueno de aquel despertar, me quité la ropa y nadé desnudo, no había nadie. Una de las primeras cosas que hice al desembarcar fue aprender a nadar, un placer que allí era más que eso. Las playas me fascinaron, aquello sí que era el Paraíso.

Volví a pie a la ciudad, mientras andaba iba pensando que no podía seguir viviendo como lo estaba haciendo. Ya despejado del todo, comencé a ser consciente de la mala vida que llevaba y de que el dinero se estaba acabando. ¿Qué negocio podría emprender ahora? Desde luego poca cosa en La Habana. Las amistades que tenía eran de ir de juerga, nadie realmente responsable de nada. Algunos hijos de indianos o de españoles, de la buena sociedad residente. Bien acomodadas sus familias, gastaban sin pudor y lo mismo había hecho yo. A fin de cuentas, no era menos que ellos en cuanto a familia y por el dinero que mi padre me había dado. Claro que mi familia otrora podía decirse que estaba muy bien acomodada, pero no era así por entonces y, además, la tenía demasiado lejos como para echarme una mano. Por otro lado, cómo pedir a mi padre nada, después de haber dilapidado el dinero para lo que no tocaba. Tenía que buscar a mis parientes y ver si era posible que me ayudaran a emprender algo.

Llegué casi al mediodía al hotel, todas esas horas de larga caminata solo, me hicieron centrar en la realidad de manera brusca y radical. Volví a la prudencia y a la disciplina que, sin imponerme nadie, formaban parte de mi carácter, pero que había dejado en el olvido junto al miedo que pasé en el mar. Lo hice de golpe esa mañana. Era imprescindible cambiar de inmediato mi comportamiento o estaba perdido.

Recién afeitado y bien puesto de traje, fui a buscar a los parientes, contraté a uno que dijo saber ir a la dirección que mi padre me había dado, nos llevó casi el día. Llegamos y solo pude visitar la tumba de mi tío. Llevaba muerto tanto tiempo como faltaban sus noticias. Con razón no supo mi padre nada en esos años. Si hizo o no fortuna, poco pude averiguar. Al parecer vivió con una mujer, una mestiza que apenas lo enterraron se fue de allí. La casa, pude ver la que fue su casa, no era suya, sino de la compañía para la que trabajaba. Logré hablar con un hombre que lo conoció y que no tuvo pelos en la lengua al recordarlo.

—Un buen tipo, nos corrimos muchas juergas juntos. Un caballero, eso lo era sin duda, pero incapaz de tener el dinero en el bolsillo. Trabajador también, hizo algún puente y un par de acueductos para llevar el agua a las centrales azucareras. La muchacha que vivía con él cuando murió, tuvo varias, esa muy joven, no era de por aquí. Recogió todas sus cosas y las de él, las cargó en el carro que tenían y se marchó después del entierro. No la he vuelto a ver ni sé nada más. Espero que tengas mejor suerte que tu tío.

Pregunté cómo había muerto y no parecía dispuesto a responder, al final lo hizo.

—Reventó de puro borracho, lo encontraron en el camino, al parecer volvía a casa con más ron en el cuerpo del que podía llevar; según me contaron los que estuvieron esa noche bebiendo con él. Cayó de bruces sin más en medio de una charca y ya no tendría fuerza para levantarse. Eso pasó, porque ninguna señal tenía de otra cosa.

Volví a la ciudad, ya bien caída la noche. Imaginé a mi tío en esa noche que murió, pero era yo al que veía al medio de la nada. Ese día me hice el propósito de no dejarme llevar jamás por la bebida ni por ningún otro vicio que pudiera hacerme perder el control. Mi héroe había muerto perdiendo su dignidad y quebrando mi fe en él y en mi futuro. Fue como un mazazo en mi interior, no podía permitir que me pasase lo mismo.

No salí hasta el día siguiente que me decidí por hablar de ello con el limpiabotas, a diario lustraba mis zapatos, era un hombre de unos treinta, tenía buena conversación y sabía leer. Eso le añadía valor, porque pocos eran los que sabían. En nuestras charlas anteriores, yo le había contado de las fiestas a las que asistía. Él me informaba de los sitios mejores para divertirse y en algún momento me había aconsejado de que no fuera a determinados lugares, poco recomendables. Tenía pues confianza con él y le expliqué el motivo por el que había venido a Cuba, en realidad dos, sin contar a mi tío: uno por descubrir mundo y el otro por hacer negocio. Pero que ya no tenía la mayor parte del dinero y el único pariente que esperaba que pudiera ayudarme había muerto.

—Oiga Pedro, ¿usted me podría decir de

algún negocio que no requiera mucha inversión, y en el que yo pudiera hacer algo de dinero?

Me miró con una sonrisa socarrona y respondió con una pregunta.

—Si el señor ha terminado la diversión, quizá haya algo. ¿Qué dice a eso?

—Sí, me temo que tengo que cambiar de vida o dentro de nada acabaré haciendo su trabajo.

—En ese caso, salga de La Habana, aquí todo requiere más dinero. Qué sabe hacer.

—Sé mandar, es lo que he hecho en mi casa los últimos cinco años. Mandaba lo que a su vez me ordenaba mi padre, pero era yo en realidad, puesto que él no sabía de casi nada, yo le explicaba y sugería lo que había que hacer y él lo aceptaba. Soy de tierra adentro, tenemos una finca con ganado, monte y campo. Solo sé mandar.

—No es poca cosa, y si no le importa vivir en el campo, ahí puede hacer dinero si sabe mandar. Hay tierra para trabajarla, cerca de mi pueblo la hay. Pero está en un lugar perdido, allí no tendrá oportunidad de ir a ninguna fiesta, ni de entablar charla alguna con alguien de su condición. Si eso no le importa. No le venderán tierra, tendría que alquilar y plantar caña, tabaco o tener vacas. Lo que le permita el dueño, que a fin de cuentas es quien manda. En eso se hace dinero quien tiene dinero.

—Por qué está usted aquí entonces.

—Ya me ve señor, yo no tengo dinero y soy un don nadie, no alquilan a alguien como yo. Allí trabajaba de sol a sol por poco más que la comida y a veces recibiendo algún que otro latigazo, a pesar de no ser esclavo, soy criollo, pero más pobre que las ratas de secano. Salí de allí como gato escaldado, dejé a mis parientes, es lo único que echo en falta.

—¿Vendría conmigo? Le prometo no darle ningún latigazo, y en cuanto me sea posible pagarle lo justo por su trabajo.

No sé si fue por las buenas propinas que le había dado cada día, por lo mucho hablado con él, su añoranza en ver a su gente o porque le convencí. El caso es que al día siguiente Pedro y yo salimos rumbo a su valle, un lugar remoto, medio perdido, muy lejos de La Habana, lejos de todo en realidad. Creí que estaba al final del mundo. Partimos con prisa, huía de mí mismo, no sin antes recoger todo el dinero que me quedaba y comprar un revólver, por consejo de mi compañero. El hecho de tener que ir armado me violentó mucho, yo solo tenía práctica con la escopeta para cazar, jamás había apuntado hacia una persona ni estaba en mi pensamiento que pudiera ser capaz de hacerlo. Pedro me dijo que no tendría que usarla, pero el llevarla visible servía para que me respetaran. Algo así estaba en contra de mis principios, para mí, el respeto había que lograrlo con buen comportamiento, no pegando tiros. Claro que estaba en otro mundo y tenía que acoplarme al lugar en todo lo necesario. A partir de ese día, fueron muchos los años en los que siempre llevé el revólver...

Ava acaba de entrar con una bandeja, la cafetera, la botella de güisqui y un buen pedazo de tarta. Jenna sonríe.
—¿Quieres que me emborrache?
—Quiero que estés bien, si leer eso te hace bien, yo contenta. No te quedes toda la noche leyendo, por favor. ¿Me contarás algo de lo que dice?
—Sí, a quién si no, buenas noches, Ava, y gracias.
Ava la besa en la frente y sale. Se pone otro café y come un poco. Sigue leyendo.

"No era posible alquilar gran cantidad, pero la tierra era buena. La casucha en la que tendríamos que cobijarnos me causó una pésima impresión, tuvimos que desalojar a las ratas que estaban allí acampadas. Un solo habitáculo que servía de vivienda para dormir y comer, ni un mínimo excusado había, el campo abierto para todo. Sin un mísero candil, y el agua había que trasportarla del río puesto que no tenía pozo. Ni siquiera pude tener un rincón adecuado para mis trajes. Había comprado ropa más burda para ir por el campo, pero llevaba un gran baúl con toda mi buena ropa, tuve que dejarlo al lado de la puerta. Nos sirvió para sentarnos a fumar por la noche.
El propietario era muy rico, poseía una extensión enorme, y un ingenio en donde trasformaban la caña en una especie de

melaza que luego en las centrales azucareras convertían en azúcar. Tanta tierra tenía que no la cultivaba toda. Era un tipo duro, burlón, bastante insolente, pero le caí en gracia por ser español y, sobre todo, porque era joven, él ya era casi anciano y quiso darme una oportunidad. Me cedió con la tierra un par de esclavos negros, viejos, de aspecto lastimoso. A punto estuve de rechazarlos, no por viejos, sino que tener esclavos no era algo admisible para mí. Además, en España ya estaba prohibido y en nuestra casa jamás los tuvimos, no era algo corriente, ni siquiera en el pasado en nuestro entorno ni creo que más allá. Excepto quizá para unos pocos, sobre todo gente que navegaba y hacía comercio o algunos militares. También en la isla tenía que estar prohibido, pero allí mandaban los hacendados, y el capitán general, que era la autoridad en la isla, estaba con ellos y no había puesto en vigor la nueva ley al respecto. Todo eso me lo explicó el dueño al mostrarme yo extrañado de que los cediera como parte de su propiedad. Acepté pues a los esclavos, más por liberar a aquellos pobres que por otra cosa, pensando que de poco me iban a servir.

 El trato era pagar el alquiler de una vez por dos años y si todo iba bien cabía la posibilidad de aumentar la cantidad del terreno. Me cedió lo mínimo para empezar, y en un extremo bastante inhóspito de su inmensa propiedad, supongo que no confiaba en que lo lograra. Realmente a ese hombre no le hacía ninguna falta lo que yo le pudiera pagar, pero de él aprendí que no debe darse algo sin más, eso perjudica más a las personas que si están obligadas a corresponder de alguna manera, en este caso un alquiler.

Sabía lo suyo, hijo de una criada, había heredado de su padre, español, el nombre y la propiedad, sin que su madre llegase a estar casada con él. No podía casarse puesto que tenía mujer en España. Todo me lo contó el día que le conocí, lo decía con cierto orgullo. La madre había sido la amante durante toda su relación. Ahora era una anciana, muy señora, que hablaba del que fue su patrón con todo respeto, eso me sorprendió mucho. Reconozco que salí de allí ese día bastante escandalizado, esa manera de vivir, ese amancebamiento, estaba muy lejos de lo permitido por la moral y educación que había recibido. Con el tiempo lo entendí de otra manera.

Pedro habló con sus parientes, prometieron ayudarnos. Conseguimos un animal de tiro y un carro desvencijado, herramientas y comida. Después de pagar el alquiler, algo de dinero me quedaba, lo imprescindible para subsistir hasta lograr recoger la cosecha, pero si no lo conseguía, no tendría dinero para volver a España, ni siquiera para comer.

La familia de Pedro cumplió su promesa y nos echaron una mano en los momentos de más agobio, logramos plantar tabaco. Yo no tenía ni la más remota idea de cómo tratarlo, solo sabía del tabaco lo mucho que me gustaban los puros. Pero los dos negros y Pedro sabían muy bien lo que hacer. Me sorprendieron los negros, porque su mal aspecto no se correspondía con su rendimiento, trabajan bien y estaban fuertes.

Mientras el tabaco crecía, tuvimos que levantar un almacén para su secado, alternábamos el cuidado del campo con la construcción. El señor Ávalos, que ese era el nombre del rico hacendado, nos facilitó la madera necesaria. Aprendí a trancas y barrancas cada cosa que tenía que hacer. Luego plantamos caña y de eso aun sabía menos, pero también aprendí y sirvió para adelantar el alquiler siguiente, ya que se la vendí al señor Ávalos.

Esos primeros tiempos fueron muy duros, dormíamos todos juntos al principio, hacinados, nos levantábamos con el sol y, salvo para comer algo, no dejábamos de trabajar hasta que llegaba la noche, los siete días de la semana. Solo hacía fiesta un rato cuando iba a visitar al propietario, que de cuando en cuando me invitaba a cenar, supongo que le distraía lo que yo le contaba, como novato que era, todo me asombraba y él reía a carcajadas. Solo esa distracción tuve los primeros años, el resto del tiempo lo dediqué al trabajo y me curtí en ello, gané fuerza física y llegó a gustarme lo que hacía.

Un día nos despertamos y uno de los negros estaba muerto, murió en la noche sin ruido alguno, tal cual había vivido.

Pasé varios días con una desazón increíble, no por el negro, por mí. Llegué a plantearme varias veces el volver a casa, la idea de morir en Cuba, sin nadie cerca de mi familia, me llenaba de inquietud. La muerte en sí misma, era ya motivo. Pero cada vez que lo pensaba se revolvía mi interior. Lo que estaba haciendo podría dar buenos resultados con el tiempo y con ello compensar a mi familia por su esfuerzo. Regresar sin nada en el bolsillo suponía la derrota y la vergüenza de tener que confesar a mi padre, no solo el fracaso, sino todos los dispendios. La indignidad que eso suponía me frenaba y por eso seguí en Cuba. O quizá era tan cobarde en aquel entonces que no era capaz de enfrentar la realidad frente a los míos. Algo de eso, de ese temor a no parecer digno, me ha quedado siempre dentro.

Durante muchos años viví como un samaritano, sin bebida, sin mujeres ni juego alguno. El esfuerzo valió la pena, pude alquilar más tierra y con ella más esclavos pasaban a mi servicio. Le cogí gusto y perdí todas mis objeciones morales al respecto. Los esclavos trabajaban bien y no había que pagar por su trabajo. Los trataba con educación y les daba un poco de dinero para justificar ante mi conciencia, apenas nada, pero para ellos, que no estaban acostumbrados a que les dieran ni los buenos días, era mucho, y trabajaban como burros. Ya podíamos permitirnos descansar algún rato, poco, pero solíamos hacerlo alguna tarde o cuando llovía, si no teníamos tarea a cubierto. Ir a cualquier parte costaba media jornada, así que a ningún sitio iba, salvo a la hacienda de Ávalos. Y alguna vez con Pedro que se acercaba a su pueblo muy de tarde en tarde y los negros ni eso. Solo un par de veces al año, les llevaba Pedro y volvían en el día, con lo poco que tenían se compraban cualquier cosa y pagaban por estar con alguna prostituta, nada más, porque nada había en realidad.

A la par que iban haciéndose las tareas del campo, fuimos construyendo una casa, ya no era posible seguir todos en la casucha que quedó al final para los esclavos, solo como habitación al principio, comían en el suelo fuera. Los pobres dormían en el almacén junto al tabaco desde que eran más. Costó casi tres años terminar la que tenía que ser mi vivienda y ampliar la de los esclavos. Lo hicimos entre todos cuando no era muy acuciante la labor agrícola. Aunque apenas tuvimos una parte de la casa, Pedro y yo ya vivíamos en ella y algo ganamos en comodidad, compramos camas. Cuando estuvo acabada ya era el propietario de la parcela en la que había construido. Me había hecho muy amigo del señor Ávalos y, si bien no me vendió tierra para cultivar, sí tuvo el detalle de venderme lo necesario para construir todo lo que necesitara. Tenía un caballo para montar yo y otro para Pedro, varios de tiro y los carros necesarios.

Una mujer del pueblo de Pedro se ocupaba de atender la casa y la comida, vivía allí y algunas noches echaba mano de ella. Salvo ese mínimo desahogo sexual, sin placer ni ligazón alguna, porque ni era guapa ni joven, ningún otro me permití en los años siguientes. El sexo solo era para mí una necesidad física a la cual podía atender o no, sin que renunciar a ello supusiera gran esfuerzo. Por eso no me importaba que aquella mujer pudiera ser mi madre. Pensaba entonces que casi le venía mejor a ella que a mí, ya que ningún hombre de por allí se le acercaba por ser ya vieja. Nunca supe los años que tenía.

En ese tiempo, Pedro se había casado y ya tenía un hijo, ampliamos la casa para que tuviera cierta intimidad. Los años iban pasando y yo ya no trabajaba, mandaba, era lo que mejor sabía hacer y lo hice tan bien que prosperé a la carrera. Cada año aumentaba un poco las tierras, los esclavos y la construcción, iba camino de ser un rico hacendado. Así lo decía Ávalos que, como otros ricos propietarios, se ocupaba de funcionar como si fuera un banco, prestando a unos intereses muy altos y admitiendo depósitos por los que pagaba muy pequeños intereses. En sus oficinas guardaba pues mi dinero, porque por entonces los bancos en Cuba eran bien escasos y por allí no había ninguno.

Pude permitirme volver a La Habana, solo por el placer de divertirme un poco y comprar ropa. Eran muchos años los que llevaba sin ninguna distracción, sin comprar un solo traje, que solo los usaba para las cenas con Ávalos y su madre. No sabía como quien dice nada de lo que ocurría fuera de mi entorno. No me enteraba de nada porque aquello estaba en el fin del mundo.

Cuba era una isla, pero mayor fue el aislamiento en el que viví todo el tiempo. Había pasado una guerra que duró diez años y otra corta, y yo nada supe, salvo lo que Ávalos me contaba. Las dos cartas que recibía al año de España, muy escuetas por cierto, al igual que las mías, poco decían de qué pasaba. Por eso no tenía idea de cómo andaba el mundo, ni me importaba. Me había hecho huraño, un tanto retraído con todo lo que no fuera mi interés, es decir, tener una buena cosecha y aumentar mi capital.

Pedro vino conmigo, nos alojamos en el mismo hotel en el que había estado hacia tantos años que ya ni recordaba lo que era el lujo y la servil atención. Me gustaba antes y, sin embargo, ahora sentía cierta molestia, mientras que Pedro estaba encantado siendo cliente del lugar en el que limpió los zapatos.

Durante unos días vivimos cual los señores, tras vestirnos los dos como nos correspondía, nos hicieron varios trajes a los dos de buen paño, los míos mejores y en mayor número. Sin trabajar, comiendo y bebiendo, esta vez sin llegar al despropósito. Practiqué el sexo con mujeres jóvenes, bien vestidas, prostitutas, pero con aires de no serlo.

Hasta me permití jugar alguna partida, que por cierto gané. Estaba claro que mi sino había cambiado, o era yo quien había madurado y mejorado en ese entretenimiento que puede llegar a arruinar a un hombre y a su familia, si la tiene. Que nadie se equivoque, aunque hay gente que vive del juego, al final siempre pierdes. Y si no es dinero, es tu propia dignidad, porque a qué conduce eso, no es oficio ni negocio, una distracción que puede llegar a perversidad. Pero esos pocos días en La Habana fui ganador en todos los aspectos…

Jenna enciende un cigarrillo y se levanta, abre la ventana, la noche esta en calma y ella también. Está conociendo a un hombre muy distinto, pero lo siente cercano. Era joven y ella lo conoció muy mayor, no viejo, nunca percibió la vejez en su abuelo que murió sin llegar a estar enfermo. Sonríe mirando la luna y recuerda cómo le nombraba él las estrellas y hablaba del universo. Musita un "te quiero, abuelo" dirigido hacia la luna y retoma la lectura.

"Aproveché la estancia para saber del mundo, leer los periódicos no me ilustró tanto como las diversas conversaciones con clientes del hotel, comerciantes que llegaban a Cuba para enriquecerse. Algunos lo lograban sin gran esfuerzo, otros se embriagarían de placeres, como hice yo, y perderían lo que tuvieran. La Habana tenía esa doble cara. Pero yo ya era un hombre curtido por los errores y más, mucho más por el trabajo.

Fue en esos días en los que conocí a Brad, un inglés intrépido, locuaz y muy divertido con el que conecté de inmediato.

—Amigo, aquí ya está todo hecho. Tienes una hacienda, vale, pero un hombre joven como tú no puede quedarse arrinconado en esta isla. Tienes todo el mundo sin ver. Aquí los aires son de revolución, han perdido las guerras, pero los criollos quieren lo suyo y seguirán en ello, más aún lucharán los hacendados por ser dueños de todo y no estar bajo el yugo de la corona. Cuando vuelvan a estar preparados para lograr su independencia, vosotros, los españoles, ya no podréis impedirlo. Ten por seguro que el grito de Yara aumentará en silencio y los norteamericanos les apoyarán, quieren ser sus amigos para comerse el pastel.

—Hablas de la primera guerra con eso del grito de Yara, ¿no?

—Sí, esa es la realidad, y quien la encabezó no era español, sino indiano. Quieren lo suyo y no dudes que lo lograrán.

—Vosotros también lo intentasteis.

—Ah, te refieres a ese corto tiempo en el que estuvimos por aquí, sí, pero fuimos más inteligentes, siempre lo somos, y sin grandes luchas conseguimos La Florida. Fue un buen acuerdo que también será para nada. Todo quedará en manos de los aborígenes, ya lo verás.

—Dime Brad, qué piensas hacer, volver a Inglaterra.

—¡Qué dices! No, nada de eso. Me voy a los Estados Unidos, hay negocio para todos. Hasta hablan de que en el norte hay oro, cobre o qué sé yo. Amigo, esa tierra es rica en minerales, en cantidad suficiente para todos. Es un país inmenso, allí cada cual lucha por lo mismo, vivir la vida, hacer negocios, ganar dinero y disfrutarlo. No hay guerra ni la habrá, ya saben lo que es y no volverán a ella, ahora todos tienen el mismo interés. Vivir, pasarlo bien y hacer dinero a manos llenas. ¿Quieres venir conmigo?

Fueron días, y parte de sus noches, en los que Brad me estuvo ilusionando con aquella arriesgada aventura en los Estados Unidos. Pedro apenas participó de nuestras conversaciones, se iba a pasear o a dormir, si se quedaba me miraba muy serio y yo evité su mirada cuanto pude.

Unas semanas después de conocer a Brad, teníamos que volver a la finca, y lo hicimos, pero yo ya tenía decidido ir con él en busca de fortuna o aventura a un país que no era una isla. La verdad, no me veía envejeciendo allí, mi aventura no había sido tanta, en realidad ninguna, si dejo a un lado esos primeros meses. Seguía ese gusanillo de inquietud en mi interior y quise probar suerte. Ya no era el imberbe ignorante de todo.

En ningún momento pasó por mi cabeza volver a España, no consideraba aún que hubiera logrado lo suficiente como para regresar victorioso. Además, la idea de conocer un país tan grande, después de permanecer tantos años en un rincón perdido de la isla, me llenó de ilusión y desató mi imaginación.

Mi vuelta a la finca fue solo para hacer los documentos necesarios para que Pedro pudiera administrar sin problemas, en realidad lo convertí en copropietario de lo poco que era mío, y partícipe de la parte alquilada. Todo era de los dos para bien y para mal, pero él tendría que administrar y dirigir, estaba capacitado para ello. Yo no sabía cuándo iba a volver ni si volvería, eso no se lo mencioné. Le di dinero para que pudiera aguantar mientras llegaba la cosecha y el resto de lo que tenía lo llevé conmigo, no era una gran fortuna, pero casi, eso me daba fuerza para emprender la aventura. Con dinero uno se siente fuerte, más inteligente y hasta más hombre. El dinero da poder y te hace levantar la cabeza sin temor.

Ávalos elogió mi decisión y prometió que se ocuparía de ayudar a Pedro si lo necesitaba. Ya no veía a Pedro como un criollo más, incluso llegó a invitarlo en varias ocasiones a su mesa. Todo un honor viniendo de él, que yo agradecí, porque para mí Pedro era igual que yo, así vivíamos y comíamos. La mujer que atendía la limpieza seguía en la casa y se ocupaba de todo, pero yo comía con Pedro y su familia, ya eran tres los niños que tenía.

Me dolió ver llorar a un hombre pobre, al que acababa de ascender, sino a rico, bien posicionado y respetado por el más rico hacendado del lugar. No lloró por lo que le di, sus lágrimas fueron por mí y me dolió. He visto a lo largo de la vida llorar a muchos por duros motivos, pero solo Pedro ha llorado por mí. Le debía, como quien dice, lo que había conseguido, sin él no lo hubiese logrado. Le di la mitad, que realmente era suya, ganada con sudor y respeto. Pedro siempre me respetó, nos tratábamos como amigos, lo éramos, pero él no olvidó nunca que yo era el señor y él el vasallo. Mi respeto y aprecio hacia él no era menor. Prometí escribir, prometí, pero no cumplí. Pedro nunca volvió a saber de mí. No sé qué fue de él ni de la propiedad, supongo que seguiría en la línea que yo llevaba y puede que incluso adquiriese la tierra. Era un hombre muy sensato y un gran trabajador.

4

El viajar en barco, aunque ya no me mareaba como al venir desde España, fue a veces duro y largo. Porque Brad, durante todo el trayecto, fue cambiando de parecer, en cuanto al itinerario que debíamos seguir o el momento. Uno le decía algo, luego otro llegaba con una información diferente y cambiaba nuestro destino. Las informaciones entonces tardaban en llegar, los periódicos daban noticias puntuales, pero de lo que nos interesaba, el supuesto oro del norte, no había gran cosa y tenías que fiar en lo que decían.

Desembarcamos en muy diversos sitios, no teníamos prisa, yo con una curiosidad insaciable por ver. Hacía por aprender bien el inglés, conocía el francés, mi familia lo hablaba y yo también, pero tanto tiempo tardamos en llegar que aprendí durante el viaje a hablar inglés. Recuperé mi afición por la lectura, en todos los años en Cuba no leí nada, pero en mi casa en España siempre fue una manera de pasar el tiempo cuando terminaba el trabajo.

Brad era un tipo extraordinario, alegre, emprendedor intelectual para los negocios, muy dicharachero, pero provocador por lo burlón, peleón y vago; de eso me fui enterando poco a poco. Tenía una visión del mundo muy feliz, nada le atemorizaba y era capaz de liarse con el diablo. No llegué a saber por qué me eligió a mí, quizá porque yo entonces tenía dinero y él no o bien poco. No estoy seguro de que fuera por eso, pudo convencer a otros, fui yo el elegido y nunca sabré por qué. Llegué a apreciarlo mucho, por lo que aprendía y porque me hacía reír a menudo, aunque también me cabreaba su manera de comportarse a veces. Fue un tiempo de aventura viajera, ahora, en la distancia, puedo decir que me vino bien ese holgazanear, algo que no repetí jamás, por todo lo que tuve que vivir después. Pero realmente volví de alguna manera a aquellos principios en Cuba, no en vicios, eso no, pero sí en vivir, simplemente vivir sin mayor agobio como un señor, a fin de cuentas lo era, conociendo sitios y personas.

Hicimos algún negocio, comprábamos cualquier mercancía y la vendíamos después, yo aportaba el dinero y él la idea, logramos alguna que otra ganancia importante, cubríamos los gastos del largo viaje y aún sobraba. Largo, no solo por la distancia, sino que nos quedábamos en cualquier ciudad sin pensar en más, solo porque el tiempo no era bueno o Brad conocía a alguien y sentía la necesidad de pasar un tiempo en el sitio que fuera. No fueron meses, nos costó tres años.

Aprendí más de la gente, aún sabía muy poco, en realidad nada, porque a los esclavos no llegué a considerarlos más allá del uso que tenían. Puedo parecer cínico diciendo eso, fue la realidad en la que caí. Valoraba su trabajo, incluso su opinión en cuanto al trabajo, y nada más. Qué sentían, qué pensaban, si es que lo hacían, nada de eso me importó en todo el tiempo que los tuve a mi lado. Al que murió lo enterramos sin más, sin saber de él nada en realidad. El hecho de que formaran parte del material necesario para realizar las tareas, me llevó a no pensar en ellos como personas. Salvo atender a lo imprescindible para su alimentación, ropa, alojamiento y la pequeña cantidad que les daba casi como limosna. En nada más los tuve en consideración. Yo no hablaba con ellos, si no era de trabajo. Tampoco ellos se dirigían a mí por otro motivo y siempre con la distancia de que yo era el patrón. Así que esos años que pasé en Cuba, fuera de La Habana, solo conocí como personas a Pedro, a alguno de sus parientes, y al señor Ávalos y a su madre que no dejó de sorprenderme nunca...

Jenna respira fuerte, jamás hizo su abuelo un mínimo gesto o expresó nada que pudiera calificarse de racista. Sin embargo, ese menosprecio o indiferencia que ahora muestra, provoca en ella cierta repugnancia. Los consideraba material. Sacude con fuerza la cabeza y sigue leyendo.

"Mi experiencia con la gente la fui forjando pues, en el largo viaje que hice con Brad hasta llegar a la tierra prometida. Esta vez sí sería la tierra prometida de verdad, pero cuánto iba a sufrir, de eso no tenía idea. Es posible que si hubiera podido saber antes todo lo sucedido, quizá hubiese vuelto a España con el rabo entrepiernas. A veces lo he pensado, la verdad, nunca me he arrepentido a pesar de todo.

Fuimos en tren a veces, pero la mayoría de nuestros traslados fueron en barco. Ya he dicho que Brad decidía el lugar en el que pasar una temporada, pero yo siempre di mi consentimiento sin problema alguno, tenía ansia de ver y conocer a la gente y las ciudades. Había que ver algo o preguntar una duda de suma importancia. Lograr algo de dinero Brad, que no sé cómo, pero recibía de tarde en tarde una cantidad de su familia y se las apañaba para no pedirme mucho. Cuando ya estaba sin un dólar, algún negocio aparecía, si no era así, yo le daba, y siempre me lo devolvía cuando cerrábamos un trato. Era muy especial porque no tenía afán por el dinero, lo gastaba sin más, pero hacía lo imposible por conseguirlo.

Al principio no éramos muchos los que íbamos con intención de llegar al norte, aunque nosotros bien poco lo parecíamos, dadas las veces que nos detuvimos. Conforme avanzábamos fueron embarcando y pronto pudimos apreciar que no éramos los únicos que íbamos en busca del oro, plata o lo que fuera que allá había. Otros, con más o menos recursos, iban con la misma intención: comerciantes, contrabandistas, mujeres de moral muy relajada y familias al completo. Un variado pasaje que distraía el tiempo, incluso llegué a hacer alguna amistad.

Tengo muchos años, he conocido a mucha gente, pero amigos solo unos cuantos, aunque aprecio a bastantes personas sin llegar a la verdadera amistad. En uno de los barcos conocí bien a un italiano, Paolo Vitelli, de él aprendí parte de la historia de Italia y algo de italiano. Con el tiempo, ya en esta casa, en los ratos de ocio profundicé en la historia de ese país y en su lengua.

Mediando el siglo XIX, si algo había en Italia, en abundancia, era desconcierto y hambre. Tras la época romana, en la que Italia había sido toda ella de los romanos, es decir, del Imperio romano, llegaron cientos de años de luchas por el poder y la posesión del territorio. Italia vivió dividida, parcelada, y con excesiva frecuencia bajo el yugo extranjero y en gran parte de su extensión bajo el dominio papal. Llegó la hora de acabar con eso, de recuperar la tierra, romper con dominios foráneos y eclesiásticos. Lograr una Italia unida para todos los italianos y terminar de una vez para siempre con una situación cuando menos injusta.

Si bien ya eran muchos los que estaban decididos y empeñados en reconquistar cada palmo del país. Tuvo que ser alguien casi extranjero, por los años pasados allende los mares, quien diese el impulso e imprimiese el liderazgo necesario para lograrlo. Ese alguien fue Garibaldi, supe de este hombre por todo lo que me contó Paolo. Y lo admiré en su momento, cuando tuve mayor información, seguí en mi respeto por alguien que luchó, no solo por él y para él, como yo hice, sino por muchos y no solo por su país.

Garibaldi fue un marinero que llegó a capitán y luego a almirante en guerra. Llegó a mandar un ejército y guerrear por la libertar en varios países de América del Sur. Un libertador de pueblos oprimidos conocido en medio mundo, incluso vivió aquí en los Estados Unidos, admirado y apoyado por la masonería. Hizo negocios diversos, hablan incluso de comercio de esclavos, ejerció de maestro sin serlo, y hasta fue fabricante de velas. Todo eso en los intervalos en que no estaba en alguna guerra de las muchas en las que participó en su azarosa vida.

Un luchador nato, nacido pobre en Niza, cuando aún era italiana. Su más importante gesta fue su decisiva participación en la unificación de Italia. Aunque su historia habla de muchas victorias, también tuvo derrotas y una parte negra por permitir saqueos terribles a sus tropas. Quizá porque fue dios y diablo. La libertad y la república eran al parecer su norte, pero cedió su gloria al rey de Italia.

Paolo Vitelli, siendo casi un niño, fue uno de los que siguieron ciegamente a Garibaldi, subyugado por su personalidad y sus ideales. Pero ya terminado todo, con la paz y la unidad del país, él, que no era realmente hombre de armas ni de aventuras, se sintió vacío al volver a su casa y ver que de nada había servido para su familia todo su esfuerzo. Apenas les llegaba para comer, seguían siendo unos braceros que trabajaban con denuedo a diario, sin más objetivo que poner el pan en la mesa, porque solo a eso podían aspirar en una tierra dominada por los terratenientes. Él ya no estaba dispuesto a esa mediocridad, quería ser alguien, tener casa propia y unas tierras que permitieran a su familia un mejor porvenir. Su lucha por lo común le llevó a descubrir que solo los que poseían bienes eran vencedores, podían sentirse orgullosos de ser por fin italianos. El resto, la gleba que suponían los sirvientes y asalariados, no había logrado nada con la unificación.

Decidió embarcarse hacia las Américas, había oído tantas historias de esta tierra que tenía la esperanza de lograr la fortuna y con ello su propia liberación y la de su familia. Tenía tres hijos, se casó siendo adolescente, con una mujer que, aunque más joven que él, ya parecía una vieja por lo mucho trabajado, si la foto que vi le hizo justicia. Sin mayor equipaje que su ilusión, embarcó como marinero, porque ni dinero tenía para el pasaje, sin saber a ciencia cierta qué ni cómo haría para lograr su objetivo. Admirable, un hombre de campo que se hizo marinero, nunca logré entender de dónde sacó esa determinación y la fuerza para seguir en ello durante años. Él decía que ser marinero le venía de su tierra y de la familia.

Fue Brad quien me presentó a Paolo en La Habana, lo había conocido en un bar y, a fuerza de ser sincero, tengo que decir que no le presté mayor atención. Iba burdamente vestido y mezclaba el inglés con el italiano y el español, no le entendía. Brad era capaz de alternar con toda clase de gente, realmente no le importaba mucho que fuese un marinero, un marqués o un pordiosero cualquiera. Él, que siempre vistió mejor que yo y se desenvolvía a la perfección entre gente de alta alcurnia, era capaz de sentarse a beber en un bar de mala muerte y jugar una partida con quien allí estuviera. Algo que para mí resultaba por entonces muy inadecuado. Los años y las vivencias me hicieron apreciar a las personas por sí mismas, no por el traje ni por sus posesiones, en eso caí en aquellos primeros tiempos. En uno de esos bares, cercano al puerto, conoció a Paolo. Más tarde, supe que la idea de ir al norte se la contagió este italiano que ya había rodado por media América y seguía siendo un muerto de hambre.

No volví a ver a Paolo hasta meses después, iba de marinero en el barco y lo encontré por casualidad limpiando la cubierta. Fue entonces cuando iniciamos una relación que nos llevó a una buena y verdadera amistad. Volvimos a encontrarnos en dos barcos más y eso hizo que se afianzara nuestro cordial entendimiento.

Me dijo que su idea era llegar al norte y que cambiaba de barco conforme fuese el rumbo, porque no podía permitirse pagar para llegar, ya que mandaba dinero a su familia cuando tenía oportunidad. Aprovechaba alguno de los barcos que regresaban a Europa. En los días que compartimos, Paolo me contó su vida, los dos pudimos entendernos mejor con el inglés, aunque puso empeño en enseñarme italiano. Tuve grandes, largas y profundas conversaciones con él, lo cual no dejaba de sorprenderme ya que apenas había ido a la escuela, pero era mucho lo vivido. Aprendí de la vida gracias a él y le consideré amigo.

Brad estaba hoy con una y mañana con otra, las mujeres incluso le hacían algún regalo que casi siempre vendía después. Eso, que a mí me hubiera humillado o avergonzado, pude darme cuenta de que para él fue su manera de subsistir largas temporadas. Era capaz de tener sexo a diario varias veces, mientras que yo no iba con ninguna. Sentía que me había embarcado en algo muy importante y tenía que controlar mi mente y mi cuerpo. Lo que sí hacía era hablar de lo que fuera, por saber de todo, tenía esa necesidad del excarcelado. Alguien que ha pasado mucho tiempo aislado, necesita conocer cómo es la vida extramuros. Mi vida había sido, durante más de veinte años, igual que la de los esclavos.

Con toda la información que iba recibiendo, pude constatar que los cantos de sirena de Brad, eso eran. Poco había de cierto en lo que contaba. Oro y otros metales, seguro que existían en alguna parte, muchos llevaban años como mineros por aquellas tierras del norte y, al parecer, ganaban buenos salarios. Tras agotar el oro de California, que ya hacía mucho tiempo de eso, el mejor lugar para un minero, era el norte. Pero para llegar a obtener algo más que un salario tenías que trabajar muy duro, luchar con denuedo con la naturaleza y contra las peores temperaturas que pudiera imaginar. Ya que esas tierras de posibles yacimientos nada más y nada menos que se encontraban en Canadá o Alaska, el estado más alto y frío de todos los Estados Unidos.

Nada de eso inquietaba a mi ya amigo y socio, nunca vi que tocara los pies en el suelo. Brad era un soñador, un utópico aspirante a rey Midas. Aun dándome cuenta de ello, le seguí como un perro sigue a su dueño. Su carisma, liderazgo, ese saber estar tan inglés cuando estaba sobrio hacían que su personalidad fuese extraordinaria y me impulsaba a seguirlo. Fascinado por su habilidad para relacionarse y desenvolverse en la vida sin haber trabajado nunca. Era noble, su padre un lord, o por lo menos así lo contó. Siendo esa su posición no estaba bien visto entre los suyos trabajar y no lo hacía. Era muy culto, podía recitar o mencionar cualquier tema con conocimiento amplio. Tenía mucho atractivo físico y por eso las mujeres lo perseguían, además de sus modales, todo un caballero, salvo cuando tomaba alguna copa de más. Sorprendentemente jamás se excedía si estaba con una mujer, las trataba con exquisita cortesía. Nunca me he arrepentido del todo, como ya he dicho, pero sí me invadió a veces el pensamiento de no estar en el lugar adecuado ni con la compañía debida o de no ser la persona idónea para lo que hacía. Tengo que agradecerle que gracias a su manera de vivir, viví yo lo que seguramente no habría vivido.

Asistimos a conciertos, a la ópera, comimos en lugares exquisitos reservados a personas de elevada posición en su apariencia, no podías entrar si la vestimenta no era adecuada, incluso en alguna parte tenías que ir con un socio. Por supuesto que íbamos muy bien vestidos, auténticos caballeros, y Brad siempre se las arreglaba para entrar en cualquier sitio. Y también en otros lugares que eran todo lo contrario y alguien tocaba un piano o una trompeta solo por lo que pudieras dar por voluntad. En alguno de esos escuché tocar a músicos fantásticos.

Tras el tiempo largo y con frecuencia tormentoso de la travesía, llegamos a Skagway, Alaska. El caos más increíble fue lo que encontramos. Allí vendían de todo, puedo decir que era un mercado la ciudad entera. Los del interior iban allí a comprar, los que querían ir al interior compraban allí, y los barcos llevaban cualquier cosa que pudiera alguien necesitar. Podías adquirir los objetos más variados, también mujeres, los prostíbulos relucían y fui un par de veces al mejor que había. En todo el tiempo, desde que salí de La Habana, no había estado con ninguna mujer, por más que Brad me lo puso fácil.

Aprovisionados con lo necesario, comenzamos la primera parte de nuestra expedición hacia las tierras doradas. Aún era verano y la marcha no fue en exceso molesta, dura sí, pero soportable, a fin de cuentas aún éramos jóvenes y fuertes. Fuimos a caballo una parte, luego navegando. Brad tenía habilidad para manejar los remos, más que yo, algún trayecto lo hicimos por el río en barco y otros en barca. Íbamos a nuestro aire, mejor dicho, al aire de Brad que no era de seguir rutas preestablecidas ni acotadas en el tiempo.

Llegamos a Dawson cuando ya la temperatura anunciaba el invierno, aunque pronto por las fechas. Llovía, el barrizal no parecía posible que pudiera desaparecer en tiempo y así fue. Era una ciudad mísera, realmente no llegaba ni a pueblo, una calle con varios edificios y poco más. Por aquí y por allá había tiendas de campaña, otras algo más grandes que incluso servían de comedor o de hotel. Deplorable, después de todo lo que llevaba visto, eso me pareció y sentí que habíamos fracasado sin empezar. Pensé que lo mejor era dar media vuelta y largarnos de allí lo antes posible. Si no lo hice fue porque siempre me confié en las decisiones de Brad. Él se reía viendo la miseria en la que estábamos. Por suerte habíamos dejado la mayor parte de nuestros elegantes trajes en la ciudad, al cuidado del hotel en el que estuvimos alojados. Porque de haber llegado vestidos de esa manera nos hubieran tomado por locos y casi fue así.

Brad se lió con unos apenas llegamos, discutió como un energúmeno por nada, la verdad es que iba con unas copas de más y aquellos tipos eran duros y malcarados, no entendieron sus bromas y menos sus ironías. Su personalidad, tan a la inglesa, cargada con frecuencia de cierta dosis de cinismo, cuando bebía se acentuaba y podía cabrear a cualquiera. Le machacaron a golpes, tuve que intervenir sacando mi revólver por primera vez y disparando al aire puse fin a la pelea. Pero mi amigo quedó con un brazo roto, cojeando, la nariz sangrando y varios dientes perdidos. Lo atendió uno que había sido carnicero, sabía de huesos, y a eso se dedicaba, era su trabajo. Teníamos que esperar a que se recuperara. Alojados en la misma tienda que nos había servido durante el viaje. Contemplando el rostro machacado de Brad, volví a pensar que la aventura había finalizado y que en cuanto se recuperara, lo mejor que podíamos hacer era volver sobre nuestros pasos a cualquier parte.

Mientras andaba de un lado a otro, hablando con quien tenían ganas de hablar, me di cuenta de lo poco que había para atender a tanta necesidad de refugio y comida. Dawson era el punto de reunión de los mineros, una ciudad que nacía a fuerza de necesidad y carecía de casi todo. Pensar en el fracaso de aquella aventura me inquietaba, por eso me decidí, podía lograr hacer fortuna de otra manera. Sin consultar nada con Brad, para no dejarme influir por él, adquirí un poco de terreno en el que alguien había intentado construir algo y solo estaba entramada la base. Compré madera y contraté unos hombres a los que no podía perder de vista un segundo, robaban hasta con los ojos. Me hice duro y malhablado, tanto como ellos. Pero logré levantar el edificio, abajo como bar y comedor, junto con la cocina. Los excusados y baños en la parte trasera. Arriba con varias habitaciones. Todo muy simple y rudimentario, pero allí un lujo dada la escasez, y así empecé a cobrar a precio de oro lo que vendía, es decir: bebida, comida y alojamiento.

Esta vez fui yo quien convencí a Brad de que quizá nos fuera bien, y no hiciera falta sufrir todo lo que contaban los que habían vuelto sin oro. Incluso los que trabajaban contratados como mineros o aquellos que lograban algo de oro, que si veían recompensado el esfuerzo, no dejaba de ser poca cosa, nada de hacer fortuna. Él se entusiasmó con la idea y me felicitó por ello, más que nada porque poco tenía que hacer. Yo ya tenía contratados a unos cuantos para atender todo en cuanto pudiéramos empezar. Fue él quien se ocupó de ir en barco a comprar para que no faltase nada en nuestra despensa, eso podía hacerlo incluso con el brazo roto. Claro que tardó el doble de tiempo del necesario, era así de imprevisible, pero leal, fiel amigo. Cuando volvió me dio el detalle de todo lo comprado y de lo que había gastado en divertirse, así era Brad y yo lo apreciaba por su sinceridad y porque nunca me hizo una mala pasada.

Dawson era el refugio de desarraigados, mineros fracasados, porque llegaron a la zona con esperanza de trabajar por lo menos, y ni eso parecía posible. Gente para trabajar no faltaba, por tanto, y por muy poco dinero porque eran muchos los que no tenían nada. Algunos solo por la comida podían matar a alguien si se lo pedías.

Había un tipo que controlaba la ciudad, un auténtico señor de los infiernos. Dueño de casi todo: el hotel, un almacén, un salón, el mejor prostíbulo... Smith, ese era su nombre, tenía unos cuantos pistoleros a su servicio, por menos de nada le daban un tiro o una paliza a quien él quería doblegar. No existía ninguna autoridad que se lo impidiera. A pesar de ello me sentí cómodo y tranquilo al tener en marcha el negocio. Smith no se metió conmigo, hasta me saludaba con cierto agrado. Tuve el acierto de dirigirme a él para presentarme, ya tenía comprado el terreno y le pedí consejo de cómo construir. No lo necesitaba, solo quise que me conociera, que supiera que no podría intimidarme. Cuando abrí le invité el primer día. Era tanta la falta de todo que no podía preocuparle que otro le hiciera la competencia. Acudió con un par de pistoleros y me felicitó. Mi bar era la mitad que su salón. Pensé entonces que me hice respetar por Smith sin mucho alarde, solo por dar la cara y no bajar nunca la mirada frente a él. Siempre he mirado a los ojos, es tan efectivo como usar un revólver.

Pasó el invierno y pronto llegó otro invierno y otro. Unos iban y otros venían, pocos se detenían más allá de unas semanas, regresaban a sus tierras o marchaban a cualquier parte ya que allí solo había un cúmulo de ilusiones perdidas. Así fue hasta que llegaron las noticias por boca de sus protagonistas. ¡Oro en klondike!

Dawson creció salvaje a partir de ese momento, entre locos por el oro, embaucadores, aventureros y desalmados mezclados con personas honradas que tenían su trabajo seguro y lo habían dejado por enriquecerse rápidamente. Eran desposeídas de todo en cuanto se descuidaban. Mucha gente de bien, que había perdido su negocio o bienes con la crisis económica que aún coleaba, venía con la esperanza de recuperarse. Los había de distintas nacionalidades, el caos era hasta en el habla, como si de una Torre de Babel se tratara. La manera de entenderse solía ser con los puños o las armas.

Brad quería salir de inmediato, pero yo

ganaba un buen dinero a diario. La mayoría de días mis ingresos brutos superaban ya los mil dólares sin que él me prestase ayuda, salvo ir a por lo necesario cuando el tiempo lo permitía y distraerse entre los clientes, animando a unos, haciendo reír a otros o discutiendo las mil posibilidades que creía que existían. Yo ya tenía una buena cantidad acumulada.

No hubo ningún acuerdo económico entre nosotros, yo le daba lo que me parecía de vez en cuando, comida, bebida y alojamiento. Procuré que siempre tuviera cien dólares en el bolsillo, porque con eso ya se sentía satisfecho. Era un hombre feliz por naturaleza, le bastaba con andar entre la gente y divertirse. Estoy seguro de que esa era su mayor ambición.

No volví a ver a Paolo hasta llegar a Dawson y no fue al principio de la locura del oro. Entró un día en mi bar, entonces iba de marinero en un barco que hacía la ruta por la zona, estaba contento porque ya tenía cerca su objetivo. La verdad, celebré mucho verlo, estuvo dos días en los que casi no hice otra cosa más que hablar con él. Fue en la última noche que pasamos juntos cuando le pregunté.

—Te hacía yo sacando oro a manos llenas, cómo es que sigues navegando.

—Aún no tengo lo necesario, me faltan unos doscientos, en cuanto los tenga, compraré las provisiones y echaré a andar. Sueño cada día con volver a mi casa, ver a mis hijos, que ya serán más grandes que yo, y poder dormir con mi mujer.

—Algo más que dormir querrás.

—Sí, claro que quiero algo más, pero es lo de menos. Mujeres no faltan, pero no puedes dormir con ellas. Echo eso en falta, dormir con mi mujer. Me ha costado mucho llegar hasta aquí, cada vez estoy más cerca y, sin embargo, lo veo más lejos. Cuento ya con sesenta y tres años, a poco que tarde en volver, mi mujer ya pasará los cincuenta bien largos, y quizá lo único que podamos hacer sea dormir. Pero justo eso es lo que quiero.

Hablamos casi toda la noche, su barco iba a partir al día siguiente al salir el sol. No sé qué me impulsó, pero ya cuando casi amanecía, saqué el dinero y pregunté.

—¿Tendrás suficiente con doscientos dólares o necesitas más?

Paolo me miró como si no entendiera o no se atreviera a contestar.

—No te lo doy, te lo presto. Cuando consigas el oro me lo devuelves. Te doy doscientos más por si te hacen falta.

Dejé los cuatrocientos dólares sobre la mesa y vi temblar la mano de Paolo al cogerlos. Los guardó cuidadosamente y con la voz como acatarrada, emocionado.

—Te juro que te los devolveré, Servando. Es la primera vez que alguien me presta algo y sin pedirlo.

No aguantó, hundió la cabeza para ocultar sus lágrimas y me sentí bien y mal. Pocos días después partió y lamenté su marcha. Con Paolo había vuelto a las conversaciones reposadas y sensatas, que con ningún otro hacía. Hablaba básicamente de su tierra y su familia, pero lo hacía de manera muy especial, dando un valor que yo creía excesivo. Su ilusión por volver y la distancia le llevaban a mitificar todo, eso pensaba yo que por entonces solo conocía algo de Italia por él. Pero no exageraba, estaba orgulloso de su país y tenía razones históricas para ello. Yo no sentí jamás tanta pasión por mi tierra y a esas alturas tampoco por mi familia. No había en mí un pensamiento ilusionado por volver a España. Vivía el momento y nada más me planteaba.

Ganaba ya una fortuna sin tener que arriesgar la vida, no eran pocos los que subían a la montaña y volvían a los cuatro días, otros ya no regresaban porque estaban muertos. A pesar de ello, la cantidad de gente que iniciaba en medio del invierno el ascenso de la montaña era incontable. Al final hablaron de que fueron unos cien mil los que por distintos caminos y medios trataron de llegar a la región de Yukón. De esa cifra, parece ser que menos de la mitad lo consiguió. Apenas unos cuatro mil encontraron una cantidad de oro que pudiera calificarse como tal. A fin de cuentas, algo de polvo o alguna pepita suelta no era nada, pero alimentaba los sueños de los más ilusos. Solo unos cuatrocientos hicieron verdaderas fortunas, incluso uno llegó al medio millón en oro. En conjunto, puedo asegurar que, contando todo lo que la gente gastó para intentar llegar hasta el oro, no fue tanto como lo que al final se consiguió entre todos. Rondaba los mil dólares lo que había que gastar por persona. En realidad, quienes ganaron fueron los comerciantes, entre ellos yo, cobrábamos a precio de oro cualquier producto y como no había posibilidad de ir a otra parte, la gente lo pagaba, hasta había peleas cuando algo se agotaba y el precio aumentaba.

He de reconocer que mi comportamiento no fue mejor que el del resto que tenía algo para vender. Les chupábamos la sangre, lo único que a mí me diferenciaba de otros, es que di a más de uno de comer, si veía que realmente no tenía nada. Pero siguiendo aquella manera de hacer del señor Ávalos, nunca lo di del todo gratis. A cambio les mandaba algún trabajo, limpiar la calle de nieve frente a mi local o traer paja para echarla en la entrada, partir leña, vaciar los excusados, en fin, cualquier cosa; por lo que mi local era el más limpio. Y bien cierto es que por un plato de comida yo recibía con su trabajo diez o veinte veces más.

Por aquel entonces conocí a Jenna, vino a pedir alojamiento...

5

Un ligero estremecimiento la recorre, no sabe qué dirá su abuelo de esa mujer, pero el hecho de que quiso que ella llevase su nombre es una clara muestra de que fue muy importante para él. Da varias vueltas por la habitación, lleva tiempo sentada y no es de estarlo tanto. Toma un poco de güisqui y se sienta con la ansiedad de saber.

"Su padre y su hermano habían emprendido la marcha y su padre quiso que ella les esperara en la salvaje ciudad que crecía cada día. No me quedaban habitaciones, una era de Brad, otra mía, y el resto, cuatro en total, estaban ocupadas, en la que menos eran cinco o seis los que dormían, en algunas el doble, aunque solo había un par de camas en dos de ellas y cuatro literas en cada una de las otras. Pero por lo menos no estaban al raso ni en la humedad que suponían las tiendas.

Jenna me pareció la criatura más bella que había contemplado. Tenía una sonrisa preciosa, una nariz pequeña y lo mismo sus orejas. Vestida como si estuviera en una ciudad, con sus botitas embarradas y el borde de su falda manchado. Delgada, mucho, rubia y con los ojos más azules que pudieran existir.

Me pidió, por favor, que la dejara alojarse en un rincón, no tenía dinero, alguien se lo había quitado, y estaba dispuesta a trabajar para pagarme. Llevaba dos días sin comer. Hasta ese momento se había alojado en el hotel de Smith, pero se sintió acosada y ya sin dinero no podía seguir allí. Yo tenía fama de buena persona, dijo, no sé quién le diría eso, me sentí obligado a acogerla. No fue ningún sacrificio, era adorable y creo que la adoré desde el primer momento. Mas no por eso fui tierno con ella, hable claro y con tono duro. Lo bien cierto es que estaba un tanto alterado por su presencia y quise justo mostrar lo contrario.

—Está bien, señorita, solo puedo ofrecerle mi propia habitación. Usted dormirá en la cama hasta que yo tenga que acostarme, luego dormirá en el sofá que tengo, no es gran cosa. Si acepta eso, es lo único que le puedo ofrecer. Trabajará en la cocina, no quiero una mujer por aquí, los hombres que vienen están hambrientos no solo de comida. ¿Me entiende? Ya hay suficientes jaleos y no estoy dispuesto a que aumenten. Estoy aquí por lo mismo que los demás, para ganar dinero, por tanto, no voy a regalarle el alojamiento ni permitir que suponga usted un problema.

—No se preocupe, señor, sé cocinar y lavar la ropa, llevo atendiendo mi casa desde los doce años, mi madre murió y yo me ocupaba de todo. Le agradezco su acogimiento, señor. Cuando mi padre y mi hermano vuelvan, prometo recompensarle por su ayuda.

—No tendrá que hacerlo, su trabajo es el pago. Venga, le enseñaré la habitación. Tendrá que quitarse esa ropa, es demasiado delicada para el trabajo que tiene que hacer. Lo mejor sería que vistiera con pantalones y botas, igual que todos, puedo darle alguna prenda mientras no tenga usted lo apropiado.

Los primeros días, traté de centrarme en el trabajo y olvidarme de ella. No lo conseguí, a dos por tres entraba en la cocina con cualquier pretexto. Por la noche, cuando llegaba a la habitación, ella estaba en el sofá, acurrucada, igual que una niña, lo era, dormía siempre o así lo parecía. Trabajaba mucho y terminaba agotada. Me daba pena verla, no usaba la cama y se lo dije.

—Por qué no usa la cama, por lo menos durante unas horas podrá descansar mejor.

—No es necesario, me duermo enseguida.

—Quiero que duerma en la cama o dentro de poco estará tan dolorida que no podrá trabajar.

Poco a poco fuimos conversando, supe de su vida, de su familia y del afán de su padre en lograr un mejor porvenir para ella y su hermano. Su padre era maestro en un pequeño pueblo, poco podía dar a sus hijos, ni siquiera unos estudios más allá de lo que él mismo les enseñaba. Quería conseguir dinero para montar algún negocio en una ciudad más grande y que ellos pudieran vivir mejor. Su hermano solo tenía diecinueve años y el único trabajo que había hecho era de vendedor en el almacén del pueblo.

Me pareció una locura total, gente no hecha al esfuerzo físico, ni a relacionarse con la brutalidad de ambientes sórdidos, lo había dejado todo para buscarse otra vida o quizá la muerte. Heroico. Los pobres no piensan en los inconvenientes, solo en comida y en dinero. Es curioso que pasen la vida despreciando a los ricos y anhelando tener ellos esa condición.

Jenna era pura poesía, entre los humos de la rústica cocina o lavando ropa, ella tenía luz propia. Cansada, despeinada, sucias sus ropas, a veces incluso su cara, para mí seguía siendo la más bella creación con forma de mujer. Canturreaba entre los pucheros o recitaba, me sonreía siempre que me veía. Me enamoré como un adolescente, y como el hombre ya maduro que era la deseaba cada día más, despertaba en mí un ansia que no había sentido hasta entonces. Estaba loco por ella, pero la respetaba como si fuera la Virgen. Hasta que un día entré en la habitación y la vi medio desnuda, estaba lavándose, sus pequeños senos me hicieron perder el sentido y ella no me rechazó. A partir de entonces compartimos la cama cada noche. Tenía dieciséis años recién cumplidos, yo le triplicaba la edad, fui el primer hombre para ella, y el último.

Descubrí una nueva dimensión en cuanto al sexo. Ya no era solo algo físico y prescindible. Lo necesitaba como al agua o el aire que respiramos. Y no solo el hecho en sí de poseerla, a fin de cuentas es un corto tiempo, sentía la necesidad imperiosa de abrazarla. Verla dormir entre mis brazos, olerla, notar su piel contra mi piel, sus ávidos besos de niña, su voz susurrando en la oscuridad… Entendí lo que Paolo decía, dormir, dormir con ella era mi mayor placer. La amaba con toda pasión, pero también con ternura, con el afecto que se siente por algo bello y delicado que tienes como lo más preciado. Despertó en mí lo más noble de mi interior, incluso algo ignorado, la plenitud que el amor proporciona aun estando en medio de la adversidad o en el mundo violento y procaz en el que vivíamos.

Nos casó un pastor presbiteriano que luego resultó no ser pastor, sino uno más de los muchos tramposos que por allí andaban, aprovechándose de lo que podían para sobrevivir. Jenna estaba tan feliz que contagiaba, y yo lo mismo. Respiraba un aire más limpio del que hasta ese momento me había alimentado. Ser feliz es algo que ilumina el interior y el exterior. Te da una capacidad nueva, la fuerza te aumenta, toda tu energía explota en positivo y te sientes dueño de tu vida, del mundo entero…

Jenna se estremece, ella ha sentido tal y

como detalla su abuelo. Las lágrimas aparecen desparramándose abundantes de sus ojos, pero no son amargas, a pesar de ello sonríe, toma otro sorbo de güisqui y entre suspiros, con profunda emoción sigue leyendo.

"Brad, al que llevaba tiempo alimentando porque no hacía nada para ganarse el sustento, salvo ir a comprar cuatro veces al año, hablar con los clientes, jugar a los dados y gastar bromas. Se metió una vez más en una pelea y recibió un par de tiros. El día de su entierro llovía a mares, solo Jenna y yo estábamos esperando que sacaran el ataúd del almacén en el que los hacían. El carro fúnebre no era más que unos tablones puestos en plano sin laterales, enganchados a un mulo tan viejo que ni para eso servía. Cuatro hombres salieron con el ataúd cargados, al ir a ponerlo sobre la carreta, uno resbaló y la caja fue al suelo, se abrió y el cuerpo de Brad, totalmente desnudo, fue a parar al cenagal que era la calle.

Escuché reír a los malnacidos que pasaban y mucho más al encargado de esa especie de funeraria. Pero mi indignación no fue por eso, sino por ver a mi pobre amigo en medio del fango de esa manera. Yo había llevado su mejor traje, la camisa, calzones y sus botas para que lo vistieran decente en ese último viaje. Los muy sinvergüenzas se habían quedado hasta con los calzoncillos. No me limité a gritar todos los adjetivos que me vinieron a la boca, saqué el revólver y le disparé al responsable, que reía a carcajadas, en plena frente.

Eso, que para mí fue un arrebato de furia incontenible, del que me he avergonzado toda mi vida. Hizo que me tuvieran un mayor respeto, no, no era respeto, si no temor. Todos lo justificaron y, por otro lado, no había más autoridad que la brutal prepotencia de Smith. No llegué a tener mala fama, al contrario, creció la clientela en mi negocio. A ese nivel de miseria y brutal violencia se vivía. Uno era alguien si tenía algo o era capaz de enfrentarse con el revólver en la mano.

Jenna lloró esa noche mucho por lo sucedido, no era ignorante de la mucha violencia que existía, pero lamentó mi comportamiento, aunque al igual que otros, justificó mi reacción por el abuso que hicieron de Brad al que tenía un gran afecto. Él se comportaba con ella como el exquisito caballero que era cuando de hablar con una mujer se trataba. Fue a la única a la que pedí perdón por lo que hice.

Poco tiempo después, regresó Paolo muy enfermo, con fiebres, casi moribundo. Puso en mi mano un pedazo de oro y una pequeña bolsa con unas onzas de polvo para pagarme lo que le presté y que le alojara, era todo lo que había logrado trabajando de sol a sol y quebrantando su salud hasta lo increíble. La habitación de Brad no la había alquilado, quería que Jenna tuviera un espacio para ella y el hijo que esperábamos.

Lo alojamos allí y ella se ocupó de atenderlo, además de seguir en la cocina. Pasaron varios meses, mejoraba y empeoraba casi a la par apenas se levantaba. El doctor no sabía realmente qué le ocurría y dejó de venir a visitarlo porque nada podía hacer. Llamé a uno que sin ser doctor hacía las veces, apenas lo vio salió de la habitación sin decir nada. Fui tras él y le cogí del brazo.

—¿Qué pasa?

—Nada, si quieres me pagas y si no lo dejo correr. Está más muerto que vivo, no puedo perder el tiempo.

Le pagué y le dije que me diera algo que justificara a Paolo su visita de alguna manera. Eso hizo, un jarabe que solo era para la tos con miel y unas hierbas.

—Dile que es para fortalecerlo, no durará mucho.

Un día que estaba peor, me dio su concesión, el denuncio lo llamaban, con la promesa de que si lograba sacar algo de ella lo compartiría con su familia. En los meses que él había estado allá, solo consiguió aquello que me había dado y que de haber tenido que pagar el alojamiento, ni para eso bastaba. Estaba claro que era una pobre concesión, por otro lado, si pasados unos días no estaba el titular, cualquiera podía ocuparla. Para tranquilizarlo, aunque sin intención de cumplir con ello, le di mi palabra de que iría y trataría de conseguir lo que él no había logrado. Murió unos días después acurrucado entre mis brazos, por suerte no sufrió en ese momento. Yo sí, lamenté mucho su muerte. Era un hombre bueno, luchador, sencillo, sano de mente. Tuve que hacer yo el ataúd, Smith, que de él era el negocio de funeraria, no quiso venderme uno por haber matado al tipo aquel.

No acabó ahí lo malo, en ese tiempo. Jenna parió muerto a nuestro hijo, a punto estuvo de morir ella también. El doctor estaba fuera de la ciudad y la mujer que la atendió era medio india y casi bruja, estaba más acostumbrada a los abortos que a los partos, trabajaba de fijo en uno de los prostíbulos, que eran más numerosos que las iglesias. Me advirtió.

—No podrá tener hijos.

Ese día lloré como un niño, pero nada le dije a ella, al contrario, quise sacarla de su malestar, la animé a recuperarse para poder tener otro hijo.

Como mis ganancias eran importantes, no quise que Jenna volviera a la cocina, ya lo había intentado al casarnos, pero ella se negó. Ahora ni fuerzas tenía para negarse, estaba muy débil, perdió mucha sangre, y triste por el bebé al que enterré en una caja de güisqui.

Pasaron unos meses, las noticias no eran buenas, volvía mucha gente sin conseguir oro, enfermos, con el hambre reflejada en sus demacrados rostros, en sus miradas desvariadas y con los cuerpos en un estado deplorable. Fueron con hambre y miedo, pero con esperanza. Volvieron con más hambre, con la desesperanza crispando sus rostros y trastornadas sus mentes en algunos casos. Eso fue todo lo que muchos lograron. Otros no volvieron, murieron a la ida o a la vuelta, la montaña, el frío o los lobos acabaron con ellos. De su padre y hermano nos dijeron que habían conseguido llegar y obtener una concesión. La última vez que alguien los vio, bajaban por el río hacia la zona en la que todos buscaban el maná, arriesgando sus vidas hasta perderlas.

Jenna se dedicó a decorar aquel cuarto en el que había muerto Paolo como si fuese un pequeño salón. Con maderas viejas que recogió de cualquier lado, hizo unos estantes, una pequeña mesa, incluso un par de sillas. Limpió bien la madera y luego la pintó. La cama puesta junto a la pared, la adornó con cojines para que pareciese un sofá. Quedó bonito, una manera de entretenerse que me hizo mucha gracia, parecía una niña jugando con su casa de muñecas. Poco a poco trasformó aquello en algo más serio, colocó el mapa de Paolo y otro que le compró a uno de los que volvieron, y pasaba horas estudiando el itinerario que, supuestamente, habría seguido su padre. Cuando el cementerio ya parecía más grande que la ciudad, porque el escorbuto hizo una buena cosecha, me sorprendió con su propuesta.

—Servando, estoy pensando que podríamos ir a buscar a mi padre y a mi hermano, ya no les debe de quedar comida, de paso, como tienes una concesión, aprovecharemos el viaje sacando el oro de ella, así no pierdes tu tiempo. ¿Qué te parece?

—Están volviendo todos, son pocos los que traen algo de oro que pueda valer gran cosa, la mayoría solo una miseria. La concesión esa no debía de ser gran cosa, ya viste lo poco que sacó a pesar del tiempo que estuvo allí. Dentro de nada esta ciudad será solo un enorme cementerio y tendremos que marcharnos a un lugar más cálido. Esperaremos a que ellos regresen.

Me miró suplicando con sus bellos ojos, tiernos, dulces, inocentes. Unas lágrimas comenzaron a caer de ellos, insistió, sin alzar la voz, pero resuelta. Lo tenía muy meditado todo.

—Él no tenía ayuda, pero tú sí. Además, llevaba tiempo sin comer, nosotros no tendremos ese problema. Hay gente que ha sacado oro donde otros no lo lograron.

—Aquí tenemos buenas ganancias. Nunca me ha parecido que fueras ambiciosa, ¿lo eres ahora?

—Mi única ambición es encontrar a mi familia. He perdido a nuestro hijo, no quiero perder más. Pero si vamos, podemos aprovechar el viaje, quizá ellos no han tenido suerte, puede que la tengamos nosotros.

—Jenna, es un viaje muy duro. Has estado mal hasta hace nada, necesitas aún recuperar peso. Acostumbrar a tu cuerpo a cargar con mucho y a andar monte arriba. Sabes que los guardias canadienses no dejan pasar a nadie sin lo necesario. Yo podría hacer más viajes y con mayor peso para alcanzar el destino, pero aun así, lo que tú tendrías que llevar sería mucho.

—Me entrenaré para ello. Por favor, Servando dime que iremos, en cuanto sea capaz de llevar el peso, partiremos. Lo tengo todo estudiado, sé donde debemos detenernos y lo que nos costará trasladar lo necesario. Yo me ocuparé de todos los preparativos, no tendrás que preocuparte por nada, bueno sí, de poner el dinero necesario y que espero que lo recuperes con el oro que logremos.

Aceptar fue mi gran error, del que nunca me arrepentiré lo suficiente. Solo le puse como condición que tenía que estar muy fuerte para emprender esa aventura, con la esperanza de que pasara tiempo y mientras volviera su padre. Ella lo tomó como una orden, todos los días salía a andar, cargada primero con poco, pero fue aumentando y logró ser capaz de caminar veinte millas con un fardo de sesenta libras sujeto a su espalda. No solo eso, aprendió a disparar el revólver y el rifle. Todo ello no lo hizo en poco tiempo, cuando ya estuvo preparada se acercaba el invierno.

Para evitar que quisiera partir, la mandé a comprar, había ido con Brad en alguna ocasión, y le hice una larga lista. Al volver insistió en partir a pesar de que el invierno era una dura realidad, pero ya no pude negarme. Cargados con todo lo necesario salimos un día de madrugada bajo una ligera nevada.

Llevábamos un tiro de caballos, otro de

perros entrenados para marchar por la nieve con trineo. Por suerte, mi fortuna permitió equiparnos para hacer el viaje lo menos molesto posible.

Había que subir hasta Canadá, allí comenzaba la aventura bajando por el río Yukón y entrando en sus afluentes o en aquellos tramos que desembocaban en él. La región era parte del Canadá y el resto en Alaska. En cualquier sitio de aquella alta zona podía estar el oro.

Las autoridades del Canadá no dejaban pasar si no llevabas la comida y abrigo necesario. Eso, a los que no podían permitirse lo que nosotros, les suponía hacer tramos de ida, vuelta y otra vez lo mismo para poder acarrear todo lo necesario. Recorrer veinte millas podía costar hacer veinte o treinta viajes. Por lo general uno se quedaba guardando los bultos mientras el otro hacía el recorrido y luego descansaba a la vuelta, solían ser grupos como mínimo de tres, otros más numerosos. Unos mil dólares venía a costar la tonelada de equipo por persona, entre comida, enseres y herramientas. Limitando el asunto a lo mínimo que exigían. Nosotros llevábamos mucho más, gracias a los animales.

Si ibas solo, tenías que confiar en que alguien cuidara de lo tuyo mientras te trasladabas de un lado a otro, robaban lo que podían incluso estando tú, en cuanto tenías un descuido alguien cogía lo que estaba a mano. Por ello vino con nosotros un tipo al que yo apenas conocía, pero Jenna sí por encontrarse con él en sus paseos y luego en las caminatas. También fue con ella para comprar, aunque no iba sola, mandé a Eric para que la protegiera.

El tipo en cuestión era joven, solitario, triste y medio poeta. Solía ganar algo a base de leer el periódico en público, escribir una carta o lo que fuera a quien lo pedía, la inmensa mayoría no sabía leer.

A ella le caía bien porque le había dejado un par de libros, podía hablar de poesía con él y era muy educado. En un entorno en el que muchos eran más brutos de lo que aparentaban, y una mujer tenía que defenderse de continuos acosos verbales o físicos. Encontrar a alguien que leía poesía, que hablaba con educación y no se acercaba a una mujer para meterle mano, si no para conversar. Resultaba como mínimo peculiar. Confié en su criterio y acepté que viniera con nosotros para hacer el trayecto, a cambio de lo necesario para él. Hasta ese momento, comía y se alojaba con las prostitutas que lo habían acogido entre ellas como si fuese su hijo o su hermano.

No era poca la lucha contra las inclemencias y el cansancio, pero Jenna parecía otra mujer, fuerte, adulta en su físico y en su manera de expresar. Creció sin darme yo cuenta, la seguía viendo niña, pero ya no lo era. Su manera de hablar decidida me sorprendía, incluso en lo sexual me desconcertaba su natural entrega cada día más apasionada.

Al principio me sentí seguro haciendo el

trayecto. De todos los muchos miserables que aún intentaban salir de su pobreza encontrando oro, nosotros éramos los que mejor pertrechados íbamos, claro que nos había costado un buen dinero y la mayoría no disponía de lo necesario. Todo costaba cien veces o más de lo que podía suponer en cualquier parte. Algunas cosas el mil por ciento más. Nada suponía si lograbas oro, algo más que dudoso con la concesión que teníamos.

Francamente, no me importaba, yo no era uno de esos miserables. Nunca me había considerado pobre, a pesar de la escasez en la que me vi, y, por tanto, no aspiraba a ser rico desesperadamente como ellos. Y a fin de cuentas, ya tenía un negocio que me seguiría dando buenas ganancias durante mi ausencia.

Logré persuadir a un tipo muy estrafalario, jugador profesional de cartas y dados. Lo conocía desde que llegué y se alojó en mi local al poco tiempo de inaugurarlo, ocupaba una cama él solo, en la otra a veces eran cuatro, dos en el suelo y dos en la cama alternándose cada noche. Disparaba bien, nunca se manchaba las manos luchando a puñetazos, que era lo más corriente, no, Eric Douglas era de disparar, a veces sin hablar. Ya he mencionado que acompañó a Jenna, me inspiraba confianza. Así que lo dejé a cargo del local con la comida, bebida y alojamiento gratis, más un porcentaje de las ganancias.

Eric vestía con una levita, como si fuera

un predicador. Llevaba su pelo blanco largo y lo mismo la barba, aunque muy cuidada y sin bigote, no era tan viejo como para tener el pelo blanco. Calzaba botas con espuelas, aunque no tenía caballo, supongo que por hacerse notar, no era nada discreto en su apariencia. Infundía un frío respeto mirar sus ojos grises y acerados. Apenas hablaba, todos lo conocían y lo temían, por tanto, perfecto para mantener el orden, del trabajo se ocupaban el resto de empleados.

La nieve, que había partido con nosotros con cierta levedad, nos recibió con abundancia casi al inicio de la montaña que en esta parte estaba desnuda, sin vida. Caminar por ella no me importaba, sí el silencio, un silencio muerto, gélido. Un inmenso manto blanco era lo único que veías durante todo el día y andando hacia arriba. Si salía el sol, a poco que fuera, te hería los ojos mirar la inmaculada superficie. Si la ventisca soplaba, tenías que cerrarlos para que no te entrara la nieve en ellos.

Tras no sé las millas por ese mar frío y monocolor, llegó la montaña más viva, ya con el bosque inmenso. Los árboles eran enormes, si sin nieve lo parecían, ahora, más estáticos y cubiertos del blanco manto, apabullaban con su grandiosidad. Incluso con cierta luz, en los crepúsculos, sus formas adquirían un aire fantasmagórico. A ello contribuían los aullidos de los lobos que rompían el silencio para mal, porque erizaban el cabello.

Pude comprobar cómo funcionan los lobos cuando tienen hambre, al igual que los humanos cogen lo que tienen a mano. Roban y matan. Tienen jefes, los más fuertes o los más inteligentes. Es curioso, lo que aprendí de los lobos era casi lo mismo que llevaba aprendido de las personas. Me hicieron recordar aquella manera de luchar las guerrillas contra los franceses, atacaban por sorpresa y huían ante el peligro. Lo único diferente, en favor de los lobos, es que ellos no mataban por cualquier ambición, envidia o por el oro. Solo para saciar el hambre que, por desgracia, era insaciable. La otra diferencia, a favor de las personas, no había nobleza en ellos. Por suerte, he podido encontrar, a lo largo de la vida, a muchas personas nobles. Pedro y Paolo lo eran, Ávalos y Brad también, cada cual a su manera, por lo menos conmigo.

Jenna y yo apenas estábamos juntos, solo si coincidíamos en el retorno de los innumerables viajes para realizar el trasporte. Procuraba coincidir con ella por la noche, alguna no fue así, pero sí la mayoría. Arropados por una buena fogata y cubiertos por las pieles, llegamos a hacer el amor en varias ocasiones, ojalá lo hubiera hecho todas las noches, pero el cansancio podía más que nuestro deseo. Gocé más que nunca de ella, bajo la luz de las estrellas, acompañados de la luna y el aullar de los lobos que la hacía estremecer entre mis brazos. Disimulaba su miedo riendo y apretujándose contra mí. Qué dulce, qué inocente pasión me mostraba. Había despertado en ella el deseo de mujer siendo aún una joven poco más que adolescente. No guardaba recato alguno, mas no había un ápice de lascivia en ella, sentía por mí un amor puro que había desatado su sensualidad y deseo sexual. Dada su inocencia, me lo mostraba tal y como lo sentía.

El bosque, de abetos en su mayor parte, era una inmensidad blanca durante el día. Gigantes mudos que balanceaban sus ramas cuando el viento arreciaba, la nieve acumulada en ellas salía de estampida y sin estar nevando lo parecía.

El camino, poco más que una senda por todo lo andado por ella, siendo el más largo trecho, solían ir por él la mayoría, ya que otros, más cortos, pero bordeando barrancos o grandes desniveles, se habían cobrado muchas vidas. Las personas, agotadas, lo mismo los animales, daban algún traspié y eso les hacía caer a muchos. Si uno caía cargado como iba, no podía levantarse si alguien no le ayudaba. Me empeñé con que Jenna hiciera el recorrido siempre coincidiendo con otros, pero yo iba solo con frecuencia. No tenía miedo, eso no, pero el silencio me agobiaba, es muy sonoro el silencio. Oyes tu respiración, los latidos, el susurro del viento por leve que sea. El discurrir del agua o el goteo, hasta tu pensamiento parece de escándalo. Lo peor eran los lobos, nos seguían, no llegabas a verlos más que de tarde en tarde, solo su respirar escuchabas, el rechinar de sus dientes y en la noche los aullidos. Cuando la luna llena, podías despedirte de dormir, la serenata era total.

Jenna llevaba con ella los caballos, muy dóciles, viejos, la verdad, pero cargados no le daban mayor problema y así no teníamos que acarrear tanto y de alguna manera ella parecía ir más acompañada. Les hablaba y acariciaba como si fueran personas, ellos la seguían igual que corderos. Nunca se sentó sin ocuparse primero de los caballos, darles su comida, taparlos, vigilar sus patas que las llevaban envueltas para paliar el frío. Fue muy buena decisión llevarlos, nos evitaban muchas idas y venidas.

A pesar de ser más liviano el recorrido que el de otros, era tremebundo andar y andar montaña arriba hundiendo los pies y parte de las piernas en la nieve. Si tenías la suerte de que no nevaba y ya habían pasado otros, era más liviano el recorrido porque la nieve estaba endurecida y parecía suelo. Nevando día sí y día también, con ventisca que te helaba las cejas y las pestañas, solo esa parte llevábamos descubierta y el hielo que acumulaba te impedía mirar más allá del suelo. En más de una ocasión pude ver algún muerto, no, digo mal, solo los restos, porque los lobos daban buena cuenta enseguida del cuerpo y las personas de sus pertenencias. Uno vi congelado, petrificado. Estaba sujeto en alto en un árbol, como un ahorcado, solo que la soga no estaba en el cuello, sino por debajo de los sobacos. Ignoro si fue él mismo que se puso así al sentirse mal o alguien decidió que muriera de esa manera. No me molesté en bajarlo, nadie lo hacía, los muertos no le importaban a nadie.

Los reencuentros con Jenna me aliviaban el malestar que iba creciendo dentro de mí. Gente que subía sin llevar apenas nada, luego no podía seguir porque no le dejaban los guardias o no llegaba y volvía o moría sin más. Alguno que se paraba o caminaba un rato a tu lado te contaba una historia que parecía sacada de un libro de terror. Pero no eran inventos, la realidad era más cruda, cruel y mísera que lo más inverosímil que alguien pudiera inventar.

Ese afán por el oro, esa locura me parecía propia de desquiciados totales, dadas las circunstancias. Para mí la ganancia estaba relacionada con el esfuerzo, con el trabajo. Ambos conceptos se daban en este caso, pero el riesgo para la vida tan alto, no había oro que pudiera justificarlo. Llegué a mirar con desprecio a todos los que iban en busca de oro, los consideré disminuidos mentales y de moral baja. Yo estaba por encima de todo eso y Jenna, a fin de cuentas, tenía por objetivo encontrar a su familia, el oro no era importante para ella.

Para el tipo que nos acompañaba, tampoco parecía que fuese importante, más bien se dejaba llevar, como si no tuviera realmente nada mejor que hacer. Rot se llamaba, era canijo en extremo, enclenque y torpe, tropezaba con el aire. Con él iban los perros y él trasportaba la mitad de lo que llevaba Jenna, y eso con supremo esfuerzo.

Hacía buen café y tenía cierta habilidad para lograr algún pescado, la carne que llevábamos era seca, todo en realidad, así que venía bien comer algo fresco, y tenía muy buena conversación. Se encantaba contemplando el panorama, yo pensaba que lo hacía por descansar, pero no, era así, soñador de mundos ideales, idílicos. Hacía reír a Jenna con frecuencia y alguna vez reía yo, poco porque me ponía nervioso lo torpe que era para casi todo...

Ava acaba de entrar y la mira poniendo los brazos en jarras.
—Ya sabía yo que no te acostarías, ¿te parece normal esto?
—No puedo dejar de leer, es la historia del abuelo, todo lo que nunca me dijo, lo que quizá no le dijo a nadie. No puedes imaginar la de situaciones que vivió. El amor tan grande que sintió por Jenna, sí, la amó de una manera maravillosa. Oh, Ava, por favor, haz el desayuno y llama al taller cuando sea hora, no voy a ir, tengo que terminar de leer.
—Haré el desayuno y llamaré, pero tú vas a dejar de leer aunque solo sea para desayunar y darte una ducha. Tienes los ojos hechos polvo. Haz el favor de hacerme caso, si tardas un poco más no le hará daño a tu abuelo, pero a ti se te caerán los ojos.
—Está bien, tienes razón, ahora me ducho.
En cuanto termina el desayuno vuelve a la habitación a toda prisa, imposible conte-

ner la ansiedad que le provoca el deseo de saber.

"Tuve oportunidad de matar un alce, pero no tenía idea de cómo aprovechar su carne, los lobos se acercaron y disparé varios tiros, supongo que le di a uno, sus aullidos lo indicaban, sirvió para disuadir al resto. El problema era qué hacer con el alce, carne fresca que nos vendría bien comer, pero no podía cargar con aquel bicho inmenso y menos dejarlo allí porque los lobos darían buena cuenta de él de inmediato. Por suerte pasaron unos, sabían cómo despellejar y descuartizar al animal y lo compartí con ellos a cambio de su ayuda. Al igual que te robaban los pantalones si te descuidabas, lo opuesto también sucedía. Tanto era el padecer en el camino que nos echábamos una mano unos a otros en lo que podíamos.

Esa noche fue una fiesta grande, comimos asada la carne, estaba deliciosa y Jenna acabó con la cara tiznada y besándome a cada momento. Estaba tan feliz que nada le suponía sacrificio, pero lo era y mucho. Fue imposible dormir, los lobos olieron la carne y estuvieron acercándose peligrosamente. Aumenté la fogata al máximo, incluso arrastré un abeto caído. Había que tener un amplio espacio entre ellos y nosotros. Obligué a Jenna a que se acostara bajo las pieles, pero yo no lo hice, me mantuve despierto.

El hambre es mortífera para quien la

siente y un peligro para aquel que tiene algo, el riesgo es tremendo en esas tierras de inmenso silencio blanco. Veía sus ojos brillar amenazadores en la cercanía, entre los abetos. No quería disparar para que Jenna pudiera dormir, y lo que hice fue echar de cuando en cuando un tizón hacia ellos. Sentía la muerte en sus miradas, no tuve miedo por mí, pero me estremecía pensando en mi amadísima.

Rot apareció antes de que yo saliera, llevaba la cabeza mal vendada y el vendaje manchado de sangre, tropezó con una rama astillada. Los perros venían muy alterados, lo mismo que él que se asustaba de su propia sangre. Dejó unos cuantos pescados sobre las ascuas y mientras se asaban, Jenna le cambió el vendaje y le tranquilizó, no era gran cosa. Nos los comimos antes de partir, le di un buen pedazo de carne a Rot y los ojos se le iluminaron.

Era curioso, no pasábamos hambre, pero el miedo a no tener comida hacía que comiéramos más de lo habitual, con cierta avaricia. Esta vez hicimos el recorrido juntos Jenna y yo, él se quedó a descansar y al cuidado del resto de las provisiones. El plan era que Jenna descansara en el punto al que llegásemos y yo volviera para hacer otro viaje y Rot conmigo. Me llevé a los perros, así aumentaba lo trasportado y podría volver de vacío sin cansarme.

El día, que no había empezado mal, cambió de pronto y fue de los peores, la ventisca te hería lo poco que dejábamos al descubierto de nuestro rostro y dificultaba en mucho nuestros pasos. Tenías que andar muy inclinado, luchando contra el viento y la nieve. Los caballos iban bien abrigados, cabeza incluida, los cuidábamos más que a nosotros, puesto que nos libraban de mucho esfuerzo. Yo iba delante con el trineo y mi propia carga, detrás Jenna y los caballos.

No la oí, no escuché su grito, si lo dio, quizá ahogado por la nieve. El camino hacía una curva y cuando percibí que ella no venía detrás, ya había pasado un tiempo. Até a los perros a un abeto, me quité la carga y regresé todo lo rápido que pude... El momento más horrible de mi vida lo viví entonces, una manada de lobos la estaban devorando y atacando a los caballos. Me volví loco, disparé y disparé hasta agotar el cargador del rifle y del revolver. Todo fue inútil, maté unos cuantos y los otros huyeron, pero de ella solo quedaban sus botas, sus huesos roídos y restos de la ropa y poco más. Quise morirme en ese instante, grité mientras cargaba las armas y volví a disparar hacia la arboleda, ciego de ira, de dolor, horrorizado. Grité desesperado hasta que brotó sangre de mi garganta. No hay dolor tan grande como el sufrido ese día. Vomité mientras recogía sus pedazos, no había carne, su carne había desaparecido, nada era ella en realidad.

Maldije a Dios, lo maldije a Él y a mí mismo por haber matado aquel alce. Jenna llevaba la carne en su espalda y supongo que la olieron los malditos lobos asesinos. No eran culpables, el hambre convierte a los hombres en fieras y a las fieras en máquinas de matar, demoniacas, imparables. Pero Dios sí tenía culpa y yo con Él...

Estremecida, Jenna dobla la hoja y cierra el dietario. La desazón que siente la lleva a correr al baño para vomitar. Ava, que entra en ese instante, se asusta por verla así. Agitada y lívida.
—Ay, Señor, ¿qué te pasa?
Niega con la cabeza y vuelve a vomitar. Ava tras ella intentando ayudarla.
—Estoy bien.
—¿Sí? Pues ya me dirás lo que es estar mal.
—Tranquila, no es nada. He leído algo muy desagradable, algo que le pasó a la mujer de mi abuelo.
—¿A tu abuela?
—No, bueno, en realidad no fue su mujer porque quien les casó no era pastor, pero vivían como matrimonio. La devoraron los lobos.
Ava se ha tapado la boca ahogando el grito que se le escapaba.
—¿Es necesario que leas eso?
Jenna, ya repuesta, se sienta y mirándola responde con una más que triste mueca.
—Sí, mi padre no me dijo nada, no sé si sabría algo. Pero el abuelo lo escribió para que alguien de nosotros lo leyera y me ha tocado a mí. No sé si papá llegó a leerlo o no lo hizo. Tengo que hacerlo, creo que es

muy importante. ¡Cuánto dolor debió de sentir!

Llora sin remedio, por su abuelo, por su sufrir.

—Solo te faltaba eso, Jenna

—No, estoy bien, de verdad, ¿te vas a ir a comprar?

—Ahora no sé si hacerlo.

—Ve tranquila, estoy bien. ¿Has llamado al taller?

—Sí, me ha dicho Robert que no te preocupes de nada.

—Le he nombrado gerente adjunto, Jeff me dijo que era conveniente que alguien estuviera debidamente autorizado para dirigir. Papá confiaba mucho en él.

—Es muy buena persona, y su mujer lo mismo, viene a veces a oírnos cantar. Me marcho, no es mucho lo que necesito, pero he de recoger la carne. ¿Por qué no bajas el libro y lees en la sala? Cuando vuelva quiero poner un poco de orden en la habitación.

—Sí, tienes razón, ahora bajo.

Jenna, con el estómago un tanto revuelto y la inquietud por todo el cuerpo, quiere leer cuanto antes lo que su abuelo ha escrito, ahora ya es una necesidad vital para ella. Tanto es así que el dolor que siente por sus pérdidas se ha mitigado, distraído con lo leído. Aún no se ha marchado Ava cuando ella ya está en la amplia sala acristalada, cara al sol, pero no llega a molestarla para leer, es un relajo total el leer teniendo frente a ella el color verde del prado y ese sol que la contempla y suaviza la temperatura, aún fresca a esas horas.

"Fueron seis los lobos que maté, pero, por Dios, que hubiera acabado con todos de haber podido. Seguí camino tras enterrar muy profundo lo poco que quedó de ella. No lloré, no lo hice entonces, no hacia afuera, pero dentro de mí fueron lágrimas de sangre las que derramé durante mucho tiempo. Quitar de mi mente aquella imagen me costó un infierno, trataba de verla con su sonrisa, su cara tiznada de la noche anterior, su rubor cuando se excitaba, el brillo de sus ojos cuando me acariciaba... Todo lo que tenía en mi interior de ella no era capaz de sacarlo, solo sus despojos veía una y otra vez sobre el manto ensangrentado de la nieve...

Ahora sí que ha roto a llorar Jenna, porque leyendo eso ha recordado la horrible imagen del coche calcinado con los cuerpos de sus seres más queridos dentro. Cuánto comprende el dolor de su abuelo. Hace esfuerzos para serenarse, sale y puesta cara al sol cierra los ojos, quiere sentir algo de calor que alivie el frío interno. Pasa mucho rato así, entra, enciende un cigarrillo y sigue leyendo.

"Regresé junto a los perros llevando los caballos también, con todo volví atrás. Rot se sobresaltó al verme y cuando le dije lo ocurrido, lloró igual que un niño, tembloroso y sin apenas voz me preguntó.

—¿Qué vamos a hacer Servando?

No lo dudé un segundo.

—Lo que mi mujer quería, eso es lo que haremos. De ahora en adelante iremos juntos. Vamos a mirar qué podemos dejar atrás y nos llevaremos el resto con los caballos y los perros, más lo que podamos cargar. Una boca menos supone menos carga.

Ya llevábamos menos por el tiempo trascurrido, dejamos tirado lo que creí que no nos haría falta, ¡qué equivocado estaba! En la montaña no puedes dejar atrás nada que sea útil o puedas comer, nunca sabes si podrás volver, si te hará falta en un paraje en el que miles de millas te separan de cualquier lugar.

El trayecto lo hicimos en tramos maratonianos. Rot pareció crecerse con la adversidad. Nos comimos el resto del alce esa misma noche, lo vomité al poco rato y él también, nada más cenamos esa noche. Yo no podía apartar de mi mente que quizá fue la causa de que los lobos atacaran a Jenna. Dormimos lo que pudimos, haciendo guardia porque los muy malditos estaban rondando y yo disparaba al menor ruido. Los días siguientes fueron tremendos por el temporal y por mi malestar. Rot no se atrevía ni a hablar, no sé cuál era mi expresión, pero le veía apartar la mirada de mí y exploté contra él.

—¿Qué diablos te ocurre, por qué no miras a la cara cuando hablas?

—No, yo…, yo te miro igual que siempre. Estás cansado Servando, yo he dormido más, deberías descansar. No tienes buen aspecto.

—¡Vete a la puta mierda! ¿Qué aspecto puedo tener? ¿Te has visto el tuyo? A ti no te atacarán los lobos, puedes estar seguro, les espanta tu mierda de cara.

Rot bajó la cabeza sin responder, los perros comenzaron a inquietarse y comprendí que andaban cerca los asesinos. Disparé a diestro y siniestro sin precisar los tiros, aun así di a uno. Vi a Rot apuntando con el rifle de Jenna hacia el bosque, le temblaban las manos, su rostro estaba lleno de sudor a pesar del frío, el miedo se había apoderado de él. Me acerqué y le di dos bofetadas, eso le hizo reaccionar, me apuntó con el rifle aún con temblor.

—¿Quieres matarme? Si te huelen el miedo eres hombre muerto. Baja el rifle, no podrías ni disparar un tiro hacia ellos y menos a mí, no tienes agallas para nada.

Se echó a llorar puesto de rodillas y me dio lástima, me disculpé, y le hice entender que era una lucha a muerte con los lobos y que nosotros no íbamos a perder. Fueron días duros y noches tremendas, acosados a toda hora por los lobos no podíamos dormir lo necesario, cada día hacíamos menos trayecto. Me estaba desquiciando, con Rot solo tenía un niño que lloraba a dos por tres, no sé si por él, por Jenna o por el miedo. Yo solo quería seguir adelante, ya no era posible volver atrás.

Por fin llegamos al lugar en el que teníamos que embarcar, nos controlaron los guardias que allí había. Un tipo, a cambio de los caballos, nos vendió su canoa en la que apenas cabía lo que teníamos que llevar. Construimos una balsa con troncos para poner a los perros y el trineo, nos hacían falta para luego y sobre todo para regresar.

Los guardias canadienses impedían hacer todo el trayecto por el río, había un tramo con rápidos muy peligrosos y las embarcaciones eran poco fiables. Así que tenías que salir del río, cargar con todo hasta pasar esa parte y volver a meterte en el río. Sin los caballos, y, a pesar del trineo, hicimos ocho viajes cargados con todo lo que pudimos y construimos otra balsa, ya que la otra la dejamos al desembarcar. Rot estaba exhausto, pero yo llevaba el demonio dentro y ni descansar quería. Pensar en decir al padre de Jenna, al que no conocía, lo ocurrido, me trastornaba y la energía bullía dentro de mí dándome una fuerza inusual.

No tuve que hacerlo, estaba muerto y enterrado. Su hermano deliraba cuando llegamos, era un esqueleto que apenas latía y solo decía lo que iba a comprar: comida, solo hablaba de comida. Loco, el hambre lo había enloquecido. El tipo que estaba con él, que respondía al nombre de Set, no tenía mejor aspecto, pero coordinaba. Mientras intentaba que el muchacho comiera algo y el otro, que parecía un oso por las muchas pieles que llevaba puestas, comía sin respirar, quise saber.

—¿Qué diablos ha pasado?

Tuve que esperar a que comiera y bebiera el café que Rot preparó.

—No lo sé, yo llegué perdido, mi barca se rompió, iba a una concesión más abajo, pero sin víveres era imposible, solo salvé un macuto y me refugié aquí. El hombre tenía la pierna rota, pero se ha muerto de hambre, yo he comido pescado, solo eso. Él muchacho no, vomitaba cada vez que se lo metía en la boca, solo ha tomado agua. Esperaba que alguien pasara para marcharnos, pero ya dudaba de poder hacerlo. Lleva una semana con las fiebres, a punto he estado de pegarle un tiro porque solo hablaba de comida, ya lo oyes.

Pasé tres días sin dormir intentando recuperar al joven que ni siquiera sabía cómo se llamaba, le daba a comer pequeños pedazos de cuando en cuando, café y agua. No me permití dormir por sacarlo de aquello, tenía cierto parecido con Jenna y le debía a ella cuidar de su hermano, ya que no pude hacerlo cuando ella me necesitó. Por fin pareció que salía de aquel estado, logró hablar con cierto orden.

Tanto fue así, que le dije que me había casado con su hermana y al preguntar por ella, le conté lo sucedido. Sin mediar palabra, antes de que nadie pudiera hacer nada, sacó un revolver, que al parecer tenía bajo la manta, y se disparó en la boca. Los tres nos quedamos helados, salpicados nuestros rostros de sangre. No lo conocía, no sabía de él más que lo que Jenna me había contado y, sin embargo, rompí a llorar como nunca lo había hecho.

Rot hizo café, metió güisqui hasta el borde y me lo dio. Pasé durmiendo un día entero. Al cabo, desperté y allí los tenía a los dos mirándome. Ya habían enterrado al muchacho y recogimos todo. Debajo de las mantas en las que había estado acostado, medio enterrada en el suelo, y con fuerte olor a orín, encontramos una pequeña bolsa con pepitas de oro, no era gran cosa, pero lo repartí entre Rot y Set. Partimos río abajo a mi concesión, cumpliría con lo que Jenna había pensado hacer, si no la había ocupado nadie.

Pudimos ver a unos cuantos trabajando en la orilla del río. Algunos medio muertos, ricos quizá, pero sin comida de poco sirve el oro. Les dimos algo y seguimos río abajo. Por fin llegamos, estaba muy bien señalado, tanto en el mapa que me dio Paolo como en el que Jenna compró. El río formaba un pequeño meandro, había buen sitio para acampar, podíamos encender fuego y montar las tiendas. Antes que nada, decidí que íbamos a construir una cabaña, me miraron como si estuviera loco y creo que en aquel momento lo estaba, pero eso era más seguro frente a los lobos y la hicimos.

No había otra manera, puesto que solo teníamos un par de hachas, que hacerla de troncos enteros y así fue. Lo único que cortamos fue pequeñas aberturas para que entrara algo de aire y luz. Me sirvió lo que aprendí en Cuba construyendo para que la cabaña quedara casi perfecta. Podíamos encender fuego dentro si no llovía, puesto que dejamos un agujero como chimenea, el suelo era la tierra. En ella nos metimos junto con los perros, sin ellos volver sería una misión casi imposible, porque tendríamos que hacer todo el recorrido por el río y su curso iba más al norte, lejos de lo conocido.

Fueron semanas aún muy duras, por fin llegó el buen tiempo y era más fácil vivir allí. Hasta el momento apenas habíamos encontrado algunas pepitas y polvo de oro, todos los días conseguíamos algo, pero bien poco, una miseria. Las provisiones iban mermando a pasos agigantados, ahora éramos tres, comíamos pescado a diario, avena cocida y algunas bayas. Lo cual nos hacía ir con el cuerpo muy suelto, defecábamos varias veces al día hasta el punto que resultaba molesto sentarse, por suerte podíamos lavarnos en el río, porque en más de una ocasión se nos iba patas abajo. A pesar de lavarnos olíamos muy mal los tres.

Decidí salir a cazar un alce, reno o lo que fuese. Partí muy de mañana, sabía que era más fácil encontrarlos por lo alto. Mis dos compañeros se quedaron trabajando, en el rudimentario sistema que habíamos hecho para que por decantación del agua apareciera el oro. Sin tener que estar haciéndolo manual. Fue muy laborioso porque tuve que partir un tronco por la mitad y vaciarlo. Por supuesto, sí que teníamos que echar palas del contenido del fondo del río junto con agua, pero ya no era tan lento como con el cedazo y la batea. Lo usábamos, de hecho, al final de la pequeña rampa estaba el cedazo y la batea, aparte de lavar también directamente en el río. Una cosa es sacar del fondo del agua el oro, muy lento y trabajoso, otra es encontrar una veta.

Por primera vez, desde que salimos de Dawson, sentí placer andando monte arriba. El sol era cálido, el cielo impoluto, oía el trinar de algún ave, que no llegué a ver, pero oía. Es curioso lo que la mente te llega a hacer. Sentí en aquella inmensa paz la risa de Jenna, su voz susurrándome una poesía... Lloré lleno de paz, lloré por ella, por mi amor perdido y por tanta belleza como me rodeaba. Allí, en la inmensidad del bosque, ahora pleno de color, un hombre podía sentirse Dios.

Me sentí Dios, libre de pesares, mi llanto era emocionado, no tenía ya el dolor; el tiempo, el frío y el trabajo lo habían eliminado. Pero la emoción la he sentido durante toda mi vida. Ese día supe que nunca podría amar a otra mujer como la amé a ella. También tuve la certeza de que iba a lograr lo que ella quería, con respecto al oro, a pesar de lo poco que parecía producir la zona. Sentí alegría y hablé en voz alta con Jenna, ¡cuántas veces lo he hecho a lo largo de mi vida!

Logré abatir a una hembra de ciervo, *uapití,* así llaman a los que tienen el culo blanco, era joven y al ser hembra no tenía cornamenta. Pero le corté la cabeza para no llevar un peso que no íbamos a aprovechar. Algo en suma violento para mí. No solo por recordar al alce y sus nefastas consecuencias. El cortar ese cuello me supuso un gran esfuerzo físico y moral, estaba muerto, pero vivo unos minutos antes. Sentí la náusea de estar eliminando una vida, una bella criatura de Dios, como si fuese una persona. Me puse cara al sol y pedí perdón.

Aun siendo de poca edad debía de pesar más de cien libras. Cargué con ella haciendo un soberano esfuerzo, pero ahora iba cuesta abajo y no sería tan duro, como lo mucho que había llevado a mis espaldas por la nieve y monte arriba. No hice los cálculos bien, caí rodando por una pendiente golpeándome con piedras y arbustos. Acabé en un pequeño repecho que frenó de inmediato la caída, sin soltar mi presa, pero muy aturdido, con dolores por todo el cuerpo y la cara llena de arañazos mitigados por la espesa barba. Descansé un buen rato y volví a ponerme en pie, ahora ayudado por una rama que me servía de bastón y de freno, emprendí la marcha hacia la cabaña.

Cuando llegué a la cabaña era ya muy pasado el mediodía, pensé que mis compañeros estaban descansando y lo mismo los perros, aunque nunca ladraban cuando yo me acercaba. Me quedé al medio del umbral sintiendo una furia incontenible. Rot estaba en el suelo con la garganta seccionada, la sangre lo cubría todo a su alrededor. Con una serenidad que aún no me explico, puse algo para comer en un macuto, cargué con más munición, comprobé lo que ya suponía, todo el oro había desaparecido al igual que los perros y la canoa, en lo que no caí al llegar, a pesar de que la teníamos junto a la cabaña. De la balsa ni rastro. Cerré la puerta y salí río abajo por la orilla.

Andar no lo haces tan rápido como navegar, pero yo iba armado con algo más que mis armas. La sed de justicia me daba fuerzas. Si esa mañana me había sentido Dios y luego lamenté cortar aquella cabeza, ahora era el diablo, el fuego interno me daba una energía de bestia.

Nada me detendría hasta localizar al miserable asesino al que habíamos dado comida y cobijo, además de oro. Cuán miserable puede llegar a ser la gente ruin. La avaricia es uno de los peores problemas que pueda engendrar un ser humano, porque le nubla la razón y es capaz de los actos más deplorables. Estaba decidido a que ese canalla no se saliera con la suya. No me importaba el oro que se había llevado, para nada, pero sí la traición y el vil asesinato de un ser tan indefenso como era Rot.

6

Fueron cuatro días en los que no dejé de andar, día y noche, despacio o deprisa conforme me lo permitía el cuerpo, de cuando en cuando paraba, comía o me lavaba los pies para relajarlos y volvía a reemprender la marcha. A pesar de pasar por un par de campamentos, los evité, estaba seguro de que él no se habría detenido. Vi la canoa medio escondida, lo cual era muestra de que descansaba, una pequeña columna de humo me indicó el lugar. En efecto, estaba asando pescado. No tuve prisa, eran muchas las millas y él estaba confiado. Me senté oculto por la maleza, si los perros me habían olido no dieron muestras, lo cual era normal, sabían que yo era su dueño y quien les proporcionaba comida, pero eran muy dóciles y ya habían comido al parecer y no armaban ningún ruido. Dormí unas horas sentado, desperté y me aproximé. Le vi tan tranquilo, recogiendo para marcharse, aunque tenía la cafetera al fuego, le faltaba tomar el café. No se lo permití, me acerqué con el revólver en una mano y el puñal en la otra. Los perros me miraron sin ladrar y entonces él se dio la vuelta al tiempo que intentó sacar su arma.

—¡No muevas un dedo! ¿Qué diablos has hecho?

—¡No, Servando, no he sido yo! Lo encontré así y tuve miedo, por eso me marché, alguien debió de entrar para robar. Me asusté, te juro que temí que volvieran y me mataran también. Yo subí al monte por si te veía, Rot estaba intranquilo porque tardabas, así que salí a buscarte...

Mientras hablaba se iba tranquilizando, convencido quizá de que yo me tragaba el cuento porque enfundé el arma, pero no guardé el cuchillo aunque bajé la mano.

—¿Queda café? Estoy en ayunas.

—Sí, claro, y un poco de pescado, lo asé ayer para comer hoy, pero para ti si lo quieres. ¿Lograste cazar algo?

—Sí, ahora tendré carne para una temporada. Estando solo no tendré que compartir con nadie.

—He pasado mucho miedo, Servando, y estoy harto, muy cansado, ya no me importa nada. No es gran cosa lo que se saca y encima nos lo roban, yo no quiero volver. Me marcho y me ganaré la vida cómo pueda. ¿Lo entiendes verdad?

Estaba haciendo como que bebía el café y él se confió en ello, sacó su arma y no le di tiempo a utilizarla. Lancé el café a su rostro al tiempo que con el cuchillo le arrebaté el revólver. Sin piedad, sin una duda, no vacilé al cortar su cuello, es más, sentí un extraño placer. Pero no quise rematarlo, solo hice lo necesario para que supiera que estaba muriendo tal y como él había matado. Eso es la ley de Talión: ojo por ojo y diente por diente. Tan salvaje como justa en esas circunstancias, no me he lamentado en toda la vida de eso. Volví a sentirme Dios, el diablo ya no estaba en mí, la justicia era divina. Registré todo y no encontré el oro. Aún palpitaba y cierta vida tenían sus ojos, cuando metí la mano en sus pantalones. Lo llevaba dentro del calzón, lo cogí y allí lo dejé a él. No tardarían los lobos en oler la carroña. Y disfruté pensando que comenzaran a comérselo aún vivo.

Medité mucho en lo que me supuso aquello. Llegué a la conclusión de que no solo hice justicia por Rot, también por ella. Estuve confuso mucho tiempo por el placer al cortar su garganta y más aún imaginando su dolor con las primeras dentelladas de los lobos. Somos animales, por muy racionales que nos creamos, cuando nos enfrentamos a la naturaleza o en ella, solo somos animales. Ese día fui solo animal y no me juzgo más por ello.

Escondí la canoa y cargado con lo que él se había llevado de comida y su arma, cogí a los perros y regresé a la cabaña. Los lobos merodeaban frente a la puerta, maté todos los que pude antes de que huyeran, huelen la sangre a mucha distancia. Cavé una profunda tumba y corté varias ramas para cubrir al pobre Rot, lo más parecido a un ataúd, me estaba haciendo experto.

Esa noche llovió de manera torrencial. Como si mi sino más positivo fuese el estar solo, al día siguiente por la mañana el oro brilló. Y así fue en los meses que allí estuve. En ese tiempo solo hablé cuatro veces, gente que bajaba por el río y saludaba sin detenerse. Preguntaban si tenía comida y yo respondía que solo pescado. Mi aspecto no era precisamente de estar bien. Con el pelo y la barba muy largos, pesando la mitad o menos de lo que antes pesaba. Era una especie de loco eremita, como los muchos que había visto volver a Dawson sin nada o con algo, pero medio muertos y desvariados.

No me quedaba café, ni avena, por fin ya no tenía que preocuparme por mi vientre. Juré entonces que no volvería a comer avena y lo cumplí, nadie lo entendió porque nunca expliqué el motivo. Tenía carne y pescado. Bayas y hierbas que cocía en agua y algún sabor daban.

El invierno se acercaba y yo ya había caído en las redes de la ambición del oro. Reía y saltaba como un idiota cada vez que lograba una pepita más grande o un basto trozo. Puro, oro puro capaz de hacer enloquecer solo con contemplarlo y así lo hacía cada noche. Acariciaba los trozos de oro como si fuesen los pequeños pechos de Jenna, pensando en ella, había en ese contacto un placer sensual, una atracción erótica.

Llegué a tener alguna erección solo frotando el oro como si fuese mi pene.

Jenna se ha levantado, entra y coge del frigorífico la limonada que Ava siempre tiene hecha, con ella y un vaso, sale fuera, bebe un vaso entero. Respira hondo, no quiere pensar, pero está sobrecogida por lo último leído. Por la manera tan cruda de relatar lo vivido, por el hombre al desnudo que muestra. Le arden las mejillas.

"Hablaba con los perros, hablaba con Jenna y hasta con Rot. Quería lograr una buena cantidad, algo que pudiera justificar todo lo vivido. Eso me decía, pero ya no era así, la avaricia se había apoderado de mí al igual que de los locos a los que menospreciaba. Y si estoy seguro de que solo era avaricia, es porque nada puede borrar el dolor, solo la paz es capaz de hacerte sentir bien. Cuando subía a la montaña a cazar sentía la paz, era palpable, como si el estar más cerca del cielo me uniera a él, dando sentido al sinsentido que era mi existencia.

Decidí curar mi obsesión, enterré el oro y me fui a la montaña, solo, sin los perros. Les puse comida, huesos y carne cocida para que no se aficionaran a la carne cruda y acabaran comiendo la mía. Los dejé dentro de la cabaña sueltos.

Pasé, no sé los días, quizá fueron diez, quince o veinte, perdí la noción del tiempo durmiendo en cualquier parte, comiendo lo que encontraba, bayas diferentes y hasta flores. El pescado seco que llevaba fue acabándose, no me importó, ni cacé nada. Mi cuerpo tenía que limpiarse por dentro tal como mi mente. Bebí el agua más pura que jamás pueda beber nadie. Sintiéndome dueño y señor de la montaña, del cielo y las estrellas. Desnudo, cara al sol, dejaba que se calentara mi cuerpo, que el viento alejara cualquier atisbo de maldad que pudiera tener en mi interior. Quería limpiar todo el horror vivido, entender el porqué de mi comportamiento en los últimos tiempos. Quería oír reír a Jenna y sentir la calidez de sus besos en mi piel. Quería ser libre de toda atadura, ser el hombre que en realidad era y que ya parecía no existir. Tan quieto llegué a estar que algún pajarito se posó sobre mi pelo y picoteó en él.

Volví a ser Dios aquellos días y me llené de paz. El silencio era ahora interior y exterior. El hombre que yo era había vuelto y crecido, tanto que me sorprendía a mí mismo la tranquilidad que logré alcanzar. Fui capaz de pasar en ayunas varios días sin sentir necesidad de comer ni de beber. De quedarme quieto y desnudo durante la noche, cuando ya la temperatura era muy baja y sin notar el frío. Percibí en el silencio todos los sonidos que antes no escuché. Estaba libre de obsesiones, podría buscar oro o no, pero tuve la total certeza de que ninguna pasión material me doblegaría jamás y así ha sido a lo largo del resto de mi vida.

Volvió a llover de forma torrencial y

aguanté el aguacero sin buscar cobijo, dejando que la lluvia limpiase lo que pudiera quedar de sucia miseria. Al cabo, decidí regresar. Los perros habían desaparecido y la cabaña estaba medio destrozada, no solo por ellos. Alguien había asaltado todo buscando el oro, hasta en la tumba de Rot y en la del hermano de Jenna y la de su padre rebuscaron. Sus huesos estaban descubiertos y los lobos no habían comido nada, porque nada quedaba en realidad. No me alteró, volví a cubrirlos y recé, no lo hice el día que enterré a Rot, pero sí en ese momento, lo hice por él.

No fue una oración, sino una disculpa, le pedí perdón por todo lo que pude hacer que le molestase y por no darme cuenta de sus cualidades. Un hombre débil en lo físico, sensible, más cerca de un niño que del hombre que por edad era. Ahora era capaz de entender que nos quería a Jenna y a mí, cuando yo no supe darle un mínimo afecto.

Los lobos aullaron esa noche como nunca, pero yo dormí tranquilo, nada me inquietaba ya. Por la mañana, bebí el caldo de hierbas y me acerqué a la explotación, el oro estaba a la vista. El agua había arramblado parte de la orilla, descubriendo una veta. Me metí en el agua hasta la cintura y apenas cavé lo saqué con las manos, algo increíble. El primer trozo grande lo guardé como recuerdo, aunque nunca dejé que nadie lo viera.

Pasé el día sin comer, sacando oro sin parar y sin que ello me alterara lo más mínimo. Era dueño de mí mismo y decidí sacar lo que la naturaleza me regalaba. Ya no era locura, solo una lógica reacción que no alteraba mi pulso. Dos semanas después, tras asar varios pescados y otros ya secos que tenía, todo metido en el morral, decidí volver al mundo.

Amaneció nevando y con ventisca, eso no me amilanó, eché a andar cargado con lo que tenía. Lo único que suponía mayor peso era el oro y las armas, incluida un hacha y una pala, pero no pensaba deshacerme de nada. No por el oro, por los lobos de cuatro patas y los de dos que pudieran tener interés en acabar con mi vida.

La canoa seguía en el sitio en el que la dejé, ya en el río, a ratos remaba y a ratos dormía dejando que la corriente me arrastrara. Pude disfrutar de los colores del cielo más increíbles que pueda alguien imaginar. Pese a la inmensidad del espacio y la total soledad, ir por el medio del río, que casi parecía un mar, dejándome llevar, fue una de las experiencias más plenas que he sentido. El placer que la naturaleza te hace sentir no es comparable a nada. Ni siquiera si lo compartes puedes decir que sientes lo mismo, es un placer único, individual, privativo de cada ser. Y yo tenía la suerte, además, de sentir en ese silencio y en la inmensa soledad, la presencia de Jenna, ya ni siquiera necesitaba hablar, aunque lo hacía, la sentía a mi lado, la veía y a momentos lloraba de alegría. Una locura que me llenaba de felicidad y quería que no terminase, tan inmenso era lo que sentía. La madre naturaleza me devolvía a mi amada y con ella la felicidad y la paz.

Las noches, plenas de luz, con una luna tan cerca, que crecía sobre mí y me impulsaba a bañarme, a pesar del frío, solo por sentir el placer de verla reflejada en mi cuerpo y junto a mí en el río. Jamás había visto el cielo tan estrellado ni tan próximo. La infinidad de estrellas, que parecía imposible que existieran tantas, se reflejaban con su luz en el agua tal que diminutos seres brillantes danzando en ella. Fueron las noches más bellas que he visto a lo largo de mi vida. ¡Cuánto gocé en ese río! No hay oro que pueda compararse.

Pero el río llevaba una dirección que no era la mía, tenía que dejarlo y estudié los mapas, hasta localizar el punto en el que Jenna pensó que debíamos desembarcar definitivamente y seguir por tierra. Debí de errar al comenzar el camino, fueron muchos los errores, el trayecto fue más de lo que tenía calculado, casi el triple, comprobé días después que me había desviado mucho de lo trazado por mi querida Jenna.

Las tormentas de nieve aumentaron y ya no tenía más posibilidad que comer pescado que tardaba en asarse porque se congelaba, a veces ni eso tenía. Las bayas solo, porque hasta los matorrales estaban congelados. Mis manos eran cada vez más torpes por el frío y lo envueltas que las llevaba. Cavaba como si fuese mi tumba y encendía fuego alrededor, me metía dentro con todo lo que llevaba, cubierto con las pieles y luego con tierra. Apenas dejaba la cabeza al descubierto y el brazo con el rifle preparado, así dormitaba. No llegaba a un dormir profundo, los lobos me lo impedían.

También suponían peligro los osos, aún no invernaban en esa zona, pero estando los lobos cerca, ellos se alejaban. Vi alguno, siempre a lo lejos, y gracias a que fue así, no sé cómo hubiera reaccionado de tener uno cerca. Mas no alteraban mi ánimo los inconvenientes, hacía frente cómo podía, sabía que el hambre no iba a descontrolarme, a poco que pudiera comer soportaría lo que fuera. Calentaba agua con cualquier raíz y bebía ese brebaje por dar calor a mi cuerpo. Cada cinco o seis días me desnudaba y me metía en el río durante unos minutos, lo que podía aguantar, dado que el agua estaba muy fría, luego volvía a ponerme la ropa sucia, caliente porque la dejaba junto al fuego, y ya era un hombre nuevo. Perdí la cuenta de los días como perdí mi peso. Las costillas eran muy visibles, mis genitales apenas, sabiamente engullidos, porque el cuerpo es sabio y sabe protegerse. Como poco ingería, apenas nada defecaba y menos era lo que orinaba. Pero no me sentía débil, la fuerza procedía directa de mi mente y hacía accionar a mis músculos.

Solo alguien que ha vivido en la montaña puede entender lo que se siente andando días y días con nieve o sin ella en absoluto silencio. Un silencio que lejos de angustiarme ahora me crecía. Ya ni siquiera necesitaba a Jenna, bastaba el silencio para alimentar mi fuerza. Dios era yo mismo...

Llegué a Dawson al anochecer, la ciudad parecía muerta y yo un cadáver móvil. Entré en mi bar y a Eric le cayó el cigarro que llevaba en la boca. Según me dijo, solo por mis ojos me reconoció. En la parte trasera teníamos los baños, unas cubas en las que ponías agua caliente y te metías dentro. Por lo general, dado lo poco que se lavaba la gente, era necesario mucho rato para devolver el cuerpo a su natural. El jabón que se usaba era el mismo que para la ropa, la única forma de dejar la piel medianamente limpia. Yo no tenía necesidad de tanto, pero sí de sacar el frío de dentro. Darme ese baño, dejando que Eric frotase mi espalda, fue lo primero que hice. Después, mientras estaba tratando de que mi cuerpo recuperara la temperatura, echando Eric de cuando en cuando más agua caliente, me cortó el pelo y tras cortar la barba me afeitó. Me miró sonriendo, una de las pocas veces que le vi sonreír.

—Amigo, estás hecho de la piel del diablo, pero ¡que me aspen! Si te conozco. Solo te queda nariz, que no sé cómo no se ha congelado.

—Llama al médico, tengo un par de dedos congelados, quiero que los corte.

—¿Estás seguro?

—¿Qué otra cosa puedo hacer?

—No sé, pero últimamente viene por aquí un indio que es capaz de resucitar a los muertos. Además, el médico cogió una buena que acabó con un par de tiros en su tripa, una de las putas le disparó. El muy cabrón se fue sin pagar. ¿Quieres que llame a una? Eso también reanima.

—No necesito nada, café, un poco de comida, no mucha, y dormir sin estar pendiente de los lobos.

—Tendrás que estar pendiente, si se corre la voz de que tienes oro, habrá que estar en guardia.

—Llama a ese indio y veremos si es verdad que resucita muertos.

Al vestirme con ropa normal y limpia, sentí placer y pesadumbre, me sobraba toda. Mi apariencia era tan enclenque como la de Rot, aunque solo en apariencia. Entrar en mi habitación y recordar a Jenna, me hizo temblar mientras rozaba con los dedos sus escasas pertenencias, que quemé al día siguiente. Lloré, no con dolor, con profunda emoción, recordando cada instante vivido allí con ella. No pude dormir a pesar de no tener cerca a los lobos. No la tenía a ella.

Por el oro estaba tranquilo, había tenido la precaución de enterrarlo antes de entrar en la ciudad y solo mostré un par de bolsas, que si bien podían alentar a algún miserable, para muchos solo desprecio supondría.

Si ganas, en lo que sea, la gente te ensalza como héroe, no importa si es o no mérito tuyo. Te encumbran como más listo que el resto. Si pierdes, aunque te hayas esforzado al máximo, te desprecian o los menos agresivos sentirán lástima de ti. Nadie valorará tu esfuerzo. Tienes que triunfar para que la gente te respete, te envidie, te admire, incluso que te quiera. Ni lo uno ni lo otro deseaba. Estaba decidido a marcharme sin más y no volver la vista atrás. Lo que podía ver me había dolido demasiado. El silencio en los recuerdos es imprescindible para poder vivir en paz. Por eso decidí dejar pasar los años, sin decir ni escribir, para olvidar, solo por olvidar lo inolvidable.

Llegó el indio y no sé qué hizo, recuperé los dedos, sin llegar a moverlos, pero evitó que tuviera que cortarlos. Ahí están, como dos palos, pero siguen siendo míos. La ciencia no es capaz de explicar esas cosas, solo aquellos que están cerca de la naturaleza saben de sus remedios.

Esperé un tiempo para recuperarme, sin hablar con nadie de lo sucedido, salvo mencionar que Jenna murió y Rot también, a nadie expliqué nada. El hecho de que me pusiera a trabajar al día siguiente, de que fuera a la oficina del cambio y me dieran veinte mil dólares por mi oro. Dejó claro a todos que eso era lo que había conseguido, y salvo venir alguno que otro a pedir que le invitara, nada más sucedió.

La vida ya no era lo mismo en Dawson, muchos se habían marchado. La euforia, de los que volvían ricos, evaporada definitivamente. Nadie se hacía rico, unos cuantos miles para salir del paso, solo eso. A la ciudad le había pasado lo mismo que a mis carnes, desaparecidas en esa lucha con o contra la naturaleza. Era un cementerio, apenas se movía nada, los que allí quedaban lo hacían porque realmente no tenían a dónde ir. Otros por pereza, y algunos, como Eric, se habían acoplado a esa manera de sobrevivir y se sentían a gusto.

Eric me entregó las cuentas de las ganancias durante mi ausencia. Tengo que decir en su favor, que fue honrado. Él, sin exponer su vida a tantos peligros y sinsabores, había ganado unos buenos miles, mi parte superaba los ciento cincuenta mil limpios. No era de muchas palabras, pero me hizo la pregunta.

—¿Mereció la pena ir?

—No, solo fui por dar gusto a mi mujer, solo por ella lo hice. Ya no tiene sentido que siga aquí, no estando ella, y esto cada vez más muerto, acabará muriendo del todo. Supongo que me iré cuando haga mejor tiempo, o quizá me levante un día y coja el caballo…, por cierto, tengo que comprar uno.

—¿Qué piensas hacer con el negocio?

—No pensaba nada, pero ya que lo dices, podemos seguir como estamos, si te parece bien. ¿Seguirás aquí? Si es así, incluso será mejor que seamos socios al cincuenta por ciento.

—Yo estoy a gusto, no necesito gran cosa, si soy socio seré dueño, nunca he tenido nada en realidad. De acuerdo.

Alargó su mano y yo la mía, ni siquiera hicimos un documento…

Jenna se levanta, es hora de comer, aunque Ava ha llegado hace rato, no ha dicho nada, supone que tendrá hecha la comida. Mientras comen apenas dicen alguna que otra palabra. Come con la prisa puesta y Ava la riñe.

—¿A qué viene esa manera de comer? Haz el favor de masticar, estás engullendo.

—No voy a ir al taller tampoco esta tarde, quiero seguir leyendo la historia del abuelo. ¿Vas a salir?

—No pienso hacerlo si tú estás aquí leyendo barbaridades.

—No pasa nada, algo tan horrible es normal que me haya hecho sentir mal. Lo demás no ha sido tan terrible.

—Puede que tengas más relatos parecidos, aunque así no sea, cogeré un libro o veré la televisión, aquí estaré.

—Haz lo que quieras, estaré en el despacho, ahora hay demasiado sol en la terraza.

Abre el dietario en la página doblada, sin dejar que sus ojos vayan a releer lo anterior, tiene ansiedad por llegar al final y no es poco lo que queda.

"Partí sin decir a nadie que me iba salvo a Eric, pero el caballo estaba en un establo público y unos tipos me siguieron, a pesar de intentar despistarlos no lo conseguí, pensaba que sí. He cometido muchos errores en mi vida y ese fue uno de ellos. Me dirigí cauteloso al lugar en el que tenía enterrado el oro, lo saqué y lo guarde en las amplias alforjas. Seguí cabalgando y no tardé en escuchar un sonido que me llevó a ponerme en alerta total. Mi ventaja sobre aquellos tipos es que yo estaba acostumbrado al silencio y eso me permitía oír lo que otros no. Iba muy bien armado, ahora eran dos los revólveres además del rifle, me preparé un revólver en esa mano y con la otra cogí el rifle. Al ver un pequeño hueco entre la arboleda, lancé de pronto el caballo hacia allí, los disparos comenzaron de inmediato, yo había saltado del caballo que se adentró en el bosque. Disparé como cuando lo hacía contra los lobos, sin pararme a apuntar y sin detenerme en el mismo lugar, guiándome solo por los fogonazos. Fui de un lado a otro disparando, todos cayeron salvo uno que picó espuelas hacia la ciudad. Me acerqué rápido, dos estaban heridos, nada importante y no les di tiempo a que pudieran volver a disparar. Les maté casi a quemarropa. Rematé a los otros que sí tenían heridas de gravedad. En total fueron cinco, los reconocí, dormían en el establo. Solo eran unos pobres diablos, la miseria, el hambre les había empujado a matar para robarme, igual que los lobos. No sentí nada, seguí mi camino pensando que solo el diablo me había ayudado en esa ocasión. Uno se acostumbra a todo, incluso a matar si es necesario y sin remordimiento. Jamás he lamentado esas muertes, puede que incluso les hiciera un favor, sus vidas no eran nada...

"¡Nada! ¿Cómo puedes decir…? Lo entiendo, puedo entender que te defendieras, pero los mataste sin piedad alguna y sin necesidad. ¡Dios, abuelo! No puedo entenderlo".

Tiene la respiración alterada, resopla varias veces. Tan imbuida está con lo que ha escrito su abuelo que responde como si lo tuviera delante. Anda de un lado a otro hasta lograr serenarse y sigue leyendo.

"Conforme iba bajando todo era mejor: la temperatura, la comida, las ciudades, la gente. Me llevó tiempo llegar a Seattle, no tenía prisa por ir a ninguna parte. El mundo no existía en mi realidad, solo era yo y mi silencio interior. Realmente nada me importaba, cabalgaba y cuando me parecía descansaba en cualquier parte, sin objetivo, no había ningún proyecto en mi mente. Fue casi como la ida hacia el norte, pero sin Brad nada era igual. Fui dando un giro a mi aspecto. Para no tener que llevar demasiado, porque ya era mucho el oro y el dinero, me compraba mejor ropa y tiraba la anterior. Comía en buenos sitios y dormía en el mejor hotel que encontraba. Bien vestido, con otro caballo, siempre escogiendo el de mejor aspecto. El caballo iba mejorando a la par que yo.
Nunca he llegado a engordar, pero recuperé algo de peso y con la vestimenta adecuada parecía el señor que había sido en mi juventud, pero tan diferente en mi inte-

rior que ni yo mismo podía encontrar al que fui ni lo deseaba. Sí mis principios, mis buenas raíces que jamás han vuelto a abandonarme. Me trataban como al caballero que parecía y lo cierto es que lo era y más, por todo lo que dentro de mí había crecido.

Lo primero que hice al llegar Seattle, no sé bien porqué, fue depositar mi dinero y el oro en un banco. Hasta ese momento, a pesar del largo trecho, no tuve ni pensamiento en guardar nada en el banco. Era mi destino, lo he tenido claro después. Pero ese día lo hice sin más, y después me dediqué a pensar, mientras iba recorriendo los alrededores. No tenía idea de qué hacer, ni si seguir viaje, pero cualquier cosa que quisiera era posible, gracias a la fortuna acumulada. Si bien fue mucho el oro logrado, mi mayor riqueza me la había proporcionado el bar. Era un hombre muy rico solo con eso, y podía realmente hacer lo que quisiera. Entonces uno podía vivir con la renta de veinte mil dólares, el bar me había proporcionado más de un millón y medio. Pero qué quería, no lo sabía, nada había en mi pensamiento y decidí hacer lo que hice sin ser muy consciente en Dawson y que tan buen resultado me había dado. Observar el entorno y ya surgiría o si no seguiría adelante.

Pasaron días en los que fui mirando por aquí y por allá y nada me surgía. La verdad es que esa ciudad poco me atraía, pero por alguna extraña razón allí seguía. Hasta que una tarde tropecé con el director del banco y me invitó a cenar en su casa. Vivía en una buena casa con su mujer y dos hijas. Una de ellas, Carol, dulce, tierna, de pálidas mejillas, cabellos dorados y ojos azules. Aunque nada se parecía, de alguna manera me recordó a Jenna y apenas unas semanas después, cuando aún no tenía decidido qué hacer con mi vida, pedí su mano.

Había estado visitándola varias veces y era consciente de que no le era indiferente. Yo era algo exótico para ella, aunque con muchos años más, al igual que con Jenna, triplicaba su edad, pero parecía halagarla que me interesara por ella. En lo físico he sido afortunado siempre, sin ser un hombre con el atractivo que Brad tenía, mi aspecto era por lo menos agradable y jamás, ni siquiera ahora, he aparentado la edad que tengo. Parezco más joven, decir joven a estas alturas suena ridículo, pero nadie es capaz de dar la cifra exacta. En esos momentos me vino muy bien.

Formalizada la relación, era necesario tener una casa y un negocio. El terreno que compré me lo aconsejó mi futuro suegro, iba a ser subastado en partes porque era mucho y nadie parecía dispuesto a gastar lo que entonces suponía una gran cantidad. Lo adquirí todo sin subasta a muy bajo precio. Fue un abuso total de la situación del dueño que solo quería coger lo poco que quedaba para él y marcharse, el resto era para el banco. El tipo, según me contó mi ya casi suegro, lo había adquirido a su vez en subasta y luego lo había empeñado para comprar un barco. Su intención de emprender un negocio en el comercio marítimo había ido al traste con la crisis y de ahí su mala situación, que a mí me vino de perillas.

Mi padre seguro que hubiera considerado eso casi como un delito, o sin el casi, y en otros tiempos quizá también yo. Pero entonces ya era el hombre duro que soy y nada me importó. Salvo lograr una gran extensión en un lugar privilegiado, lejos de Seattle, que para nada quería vivir allí ni en otra ciudad parecida. Mi camino lo trazaba el destino y no le di la espalda.

De pronto sentí la necesidad de aislarme, porque tuve claro que un solitario y amplio espacio iría mejor al nuevo hombre que era. El terreno tenía todo lo que podía desear, me fascinó cuando fui a verlo y hubiera pagado el doble sin dudarlo. Pero exprimí a aquel tipo sin ningún miramiento. Todo lo que veía que iba a ser mi propiedad, formaba parte de alguna manera de mis imágenes interiores más relajantes, incluso de mi primera juventud. El mar, un río, un prado, bosque. Solo me faltaba una casa y algo en qué entretener mi tiempo, un trabajo. Era perfecto, eso pensé y el tiempo me dio la razón.

No solo podría construir mi casa, la parte de bosque ya suponía una renta segura e inmediata y pensé en un aserradero para no depender de nadie a la hora de vender la madera. De eso entendía, puesto que había trabajado en mi casa, mi familia poseía una extensión que entonces me parecía enorme. Ahora, al compararla, podía casi reír, aquí tenía mucho bosque y un gran terreno para lo que quisiera.

Anduve por la zona, por los pueblos cercanos y los arrabales de Tacoma, buscando gente que me inspirara confianza para trabajar y más aun en lo personal. Contraté a Tom, fue el primero, sabía de construir, y entre los dos y tres más, hicimos la cabaña en la que luego vivió él y sigue viviendo. Pero por entonces esa fue mi casa, quería estar en mi propiedad y fue lo primero que hicimos.

Tom ha sido siempre un amigo fiel, trabajador, honrado, buen conversador. Una de las personas que más he apreciado, desde su manera sencilla de obrar, apenas sabía leer, aunque aprendió porque le insistí en ello, siempre ha demostrado ser muy digno. El hecho de ser negro nunca me importó, compartí la cerveza con él muchas veces y se sentó a nuestra mesa en ocasiones como invitado de honor. Creo que mi aprecio por Tom y por su madre, mi atención hacia ellos, ha sido una manera de compensar mi desconsideración con los esclavos en Cuba. Con el tiempo, fui más consciente de que no hice lo debido con aquellos hombres que se partían la espalda trabajando para mí por nada. No es fácil reconocer los errores o pecados, ese fue uno de ellos y no pequeño. Mi amistad con Tom, mucho más joven, aunque no fue algo premeditado puesto que surgió de natural, de alguna manera sí puede decirse que era de justicia. En honor a la verdad, él me dio más que yo a él. Pero siento cierta satisfacción, orgullo podría decirse, que mi amistad con él, su madre y luego con su mujer, me sirviera para lavar un poco el pecado cometido con los negros cubanos. Tom sigue trabajando para mí y supongo que lo hará para mi hijo hasta que muera. Y aunque no pueda trabajar, podrá vivir en la cabaña el resto de su vida, porque así lo tengo mandado.

Siempre me había gustado dibujar, de muy joven lo hacía a diario, y eso hice los primeros tiempos, dibujar mi casa, que quise que fuera de ladrillos, por mejor, más sólida y menos propensa a los incendios.

Ese tiempo que pasé vigilando la construcción y dibujando lo que venía a mi mente, fue cuando pensé en construir un taller para hacer muebles. Habían talado los árboles que tocaba por ser la temporada, pero yo no quería utilizar madera nueva, si no salvar la usada. Jenna, en aquel pequeño cuarto que ella trasformó en salón, hizo unas cuantas composturas con maderas viejas, quedó perfecto y bonito. En su recuerdo, por ella, decidí construir muebles con maderas viejas. Eso la mantendría viva a ella, en mi silencio interior. Nunca mencioné a nadie su existencia, me era demasiado íntimo su recuerdo para compartirlo.

Aún no estaba terminada la casa cuando ya comencé a trabajar en el taller, que lo acabamos antes. Había hecho algunos contactos al respecto y sin tener ningún mueble aún, ya tenía unos pedidos. Desde el primer día funcionó de maravilla. La madera vieja, deteriorada, adquiría vida en mis manos y en las de los cuatro que contraté al principio para trabajar conmigo, uno de ellos Tom al que dejaba como jefe cuando yo me ausentaba. Mandé unas fotos a muchas tiendas por todo el estado y los pedidos aumentaron de inmediato. El trabajo, la dedicación, el placer que sentía con lo que hacía, todo ello junto o por separado era mejor que el oro. Y no fue gracias al oro que pude poner en marcha mi empresa. Solo una parte que no llegaba al tercio, reservé para mí.

Diseñé los muebles de mi casa pensando en cómo los hubiera hecho Jenna, siempre la tuve de referente en mi pensamiento y la sigo teniendo. Sabía que no volvería a amar a otra igual que a ella. Pero cuán presente la tendría toda mi vida, no pude ni imaginarlo.

La boda se celebró cuando la casa estuvo a punto. Carol era tan niña o más que Jenna, porque no tenía su vitalidad. Virgen como ella, con sus dieciocho años apenas sabía nada de la vida. Le gustaba la poesía, bordaba, tocaba el piano; una flor delicada y digna de vivir en una preciosa casa que yo había hecho pensando en otra. Solo el piano que hay en el salón compré pensando en Carol. Nunca llegué a amarla como a Jenna, ni nada parecido, pero la hice feliz y lo fui a su lado. La quise y la respeté siempre, no concediéndome buscar en lo físico a ninguna, a pesar de que surgían oportunidades. A un hombre de mi posición siempre se le ofrecen flores, por más cardo que uno sea. De hecho, he pensado muchas veces que su padre hizo lo posible para acercarme a sus hijas, o más bien hacia la mayor, que ya contaba con veinticuatro años y no estaba comprometida. Ya casados, me habló de un negocio en el este, allí tenía al parecer algún pariente o conocido y esperanza de casar a su hija mayor con él. Le di el dinero que necesitaba, comprando su casa por el doble de lo que valía. Años más tarde la vendí por el triple, él creyó hacer un buen negocio, pero yo fui quien lo hizo, tanto por elegir a Carol como en comprar su casa. No volvimos a vernos. Carol recibía cartas de tarde en tarde y una vez muerta ella, ya no llegaron más. Su hermana, no llegó a casarse, murió joven.

La vida fue trascurriendo en paz, nació mi hijo, una mezcla de lo que éramos Carol y yo, algo más de ella, mucho más. Lo sentí desde el primer momento muy mío, no quería imponerle nada porque le veía tan dulce y buen muchacho como su madre, pero traté de inculcarle mi amor por la madera, el respeto por las personas y la naturaleza. Lo conseguí, era dócil, tanto como su madre, pero con poca maña para el dibujo. Me resigné a desarrollar en él la curiosidad por el trabajo, el trato respetuoso con la gente a la que compraba o vendía, a distinguir la calidad y luego a convertir aquellos desechos en algo hermoso y útil. Creció fuerte en lo moral y en lo físico, muy bien educado, un hombre de bien. Siempre he considerado que mi actuación como padre, sin ser perfecta, ha sido de lo mejor que he hecho. No pudimos tener más hijos, Carol no tenía mucha salud, su aparente delicadeza lo era en todo, su cuerpo, débil, se resentía con nada.

Desde el primer día de casados, la madre de Tom se ocupó de la casa. Por suerte, Anna era muy organizada y no necesitaba que le dijera qué tenía que hacer. A decir verdad, Carol ni siquiera sabía mandar, fue siempre alguien a quien cuidar, y eso hice. Una delicada flor, perfecta para adornar una familia, pero no para gobernarla. Nunca despertó mi pasión, sí mi afecto y, por supuesto, mi respeto.

El taller fue creciendo a la par que lo hacía mi hijo, pero no pretendí nunca tener una gran empresa, que requiere de mucha gente y un control que tienes que dejar en manos de unos y otros. Todo eso lleva a problemas que no deseaba, mi vida tenía que ser la que era, tranquila, llena de paz, como el amanecer en la primavera y por eso Carol encajaba en ella. Y así fue durante años.

No puede decirse que era una hombre feliz, tenía demasiado en mi pasado de qué arrepentirme, y el dolor, que si bien ya no lo sentía, ahí estaba la emoción para recordar en el menor descuido. Lograr la paz interior lo había conseguido gracias a silenciar los recuerdos y a mi fuerza interior. Realmente no he llegado a olvidar, pero sí he logrado que nada perturbara, aunque tampoco me daba ese control la felicidad. Hubiera sido feliz, plenamente feliz con Jenna, no tenerla a mi lado impedía que lo fuera del todo. Pero vivía bien y cuento en mi memoria con muchos momentos felices junto a mi mujer y a mi hijo y después de casarse él, más aún, mucho más.

Se casó mi hijo con una buena muchacha a la que, no sé el porqué, caí bien desde el primer día y quiso a Carol como si su madre fuese. Ella no tenía madre, la había criado una tía. Su padre, ya casado con otra, se fue a California y la dejó con la tía. Así que Kate entró en nuestra casa abrazando a toda la familia y fue una bendición para todos. Mi hijo estaba feliz, pienso que por completo, y eso aumentó mi bienestar. La quiero como hija, como tal se ha comportado siempre. Es la mujer perfecta para mi hijo, tiene la fuerza que a él le falta, la decisión y el temperamento; al tiempo, hay en ella tanto candor que la vida fue algo mejor desde que llegó a nuestra casa.

Por aquellos tiempos, yo iba con frecuencia a Seattle, recibía mercancía o la mandaba desde allí. Solía ir al mismo bar a comer, quedaba cerca de la oficina en la que facturaba y los guisos eran aceptables. No tanto el ambiente, pues era, al igual que otros de la zona, refugio de estibadores y marineros que se emborrachaban en cuanto tenían más de un dólar en el bolsillo. Un local de poca monta en el que no me correspondía entrar, si yo hubiese tenido en cuenta mi posición, pero estaba por encima de convencionalismos y de las aburguesadas normas sociales que siendo joven tanto respetaba.

Había una joven, guapa, trabajadora, muy diligente para atender. Con una sonrisa preciosa y una risa que alborotaba a los peces. Apreciaba en ella cualidades más allá de su belleza. Había nobleza en ella y una actitud de espontánea y sincera cordialidad. A pesar del ambiente bronco en el que se desenvolvía como pez en el agua, tenía un resplandor propio, puro e inocente. Me enamoré de ella, nunca se lo dije, jamás le di muestra de mis sentimientos, pero aquella pasión que sentí por Jenna, solo ella la despertó, no tan fuerte, pero con la misma magia.

Ava, ese era su nombre,...

Jenna casi salta del asiento, su respiración alterada, va resoplando dando vueltas por el despacho. Abre la ventana, le falta aire. Cuando ya parece relajarse un poco vuelve a sentarse. Con cierto temblor en las manos retoma la lectura.

"... estaba casada con un tipo duro, de buen ver, pero de mal hacer. La insultaba a dos por tres delante de todos. Yo, que jamás he dicho ni una sola palabra malsonante a una mujer, me indignaba cada vez que presenciaba ese maltrato. Un día, estando yo allí comiendo, el tipo no se limitó a insultarla, la golpeó con tal saña que no pude dejar de intervenir. El canalla era fuerte y joven, yo ya no era lo uno ni lo otro, aguanté los golpes cómo mal pude. La muchacha intentó ayudarme cogiéndolo por detrás, la empujó violentamente y, harto quizá de la pelea, sacó una navaja y me hirió en un brazo. También yo estaba cansado de una lucha desigual, saqué al demonio que vive en mi fondo y contra el cual pocos pueden hacer nada. Le arranqué la navaja y no me conformé con herirlo, pude hacerlo, pero lo maté con toda la intención. Jamás conté lo sucedido a mi familia. Fui a que me curaran antes de volver a casa, disimulé de la mejor manera la molestia que sentía en el brazo y por los golpes recibidos.

Nunca me he arrepentido de ello, ni siquiera cuando ella, llorando como una loca, se abrazó a él y me maldijo. Esa muerte no tuvo ninguna consecuencia legal, yo era viejo y no estaba armado, además, había defendido a una mujer. Todo fue a mi favor y pude irme a casa sin problemas. He pensado a veces que si lo maté, no fue por lo que hizo ese día o lo que me hizo, no. No creo equivocarme al considerar que fue la manera de borrar de la faz de la tierra a alguien indeseable que disfrutaba lo que yo no podía y lo hacía de la peor manera. Mi pasión por Ava fue el verdadero motivo de dar muerte a aquel hombre, lo reconozco, y jamás lo he lamentado.

No volví al bar las varias veces que fui a

Seattle. Pero un día ella me salió al paso, se puso de rodillas frente a mí y me pidió perdón. La pobre había necesitado vivir en el silencio para entender lo ocurrido. Llevaba mala vida en aquel bar, el dueño abusaba de ella y decidí contratarla. Kate estaba ya cerca de parir, la madre de Tom se ocupaba de la limpieza, pero por deferencia, no tenía necesidad de trabajar, ya estaba mayor y con vivienda gratis, el sueldo de Tom les sobraba para vivir bien, aunque casado no tenía hijos. Así que Ava vino para atender la casa y a la familia. Una bendición para todos, nunca ha decepcionado a nadie. La tratamos como teníamos costumbre, una más de la casa, y ella así correspondió.

Tuve que echar mano de mis silenciosos recursos para no dar un mayor ni mejor trato a Ava del que había dado a la madre de Tom. Me costó, pero logré esa tranquilidad y me conformé con lo que podía. Verla rebosante de salud y hermosura, una rosa estallando cada día, una mujer de cuerpo entero, joven, pero no una niña. Contemplarla el resto de mis días ha sido un placer oculto, quizá por ello mayor. No he dejado de querer a Ava, ni me he culpado por ello. No le quité nada a Carol, seguí queriéndola como siempre, aun siendo una flor marchita, su dulzura lo compensaba y guardo muy grato recuerdo de lo que sentí por ella. Hay que respetar a cada cual en lo que es y eso hice. De haber sido más joven, al morir Carol me hubiera casado con Ava, pero ya era tarde para eso. Mi interior mantenía la fuerza, el deseo y la pasión. Mi cuerpo ya no acompañaba lo suficiente, seguí amándola en mi silencio. Mi pecado, si lo tuve, lo pagué con la penitencia de no dar muestra jamás de mis sentimientos…

7

Ava acaba de entrar y Jenna cierra precipitada el dietario.
—Aún estas con eso. La cena ya está. Jenna tienes que controlarte un poco,
—Ya, bueno vamos, la verdad es que tengo hambre.
—Por fin dices algo sensato.
Salen juntas hacia la cocina, ha dejado el dietario en la mesa del despacho y vuelve sobre sus pasos, lo guarda en un cajón que tiene llave. Nunca ha visto que ella mirara nada, pero por si acaso se le ocurre. No sabe ya qué pensar de su abuelo. Era muy mayor cuando eso ocurrió y, sin embargo, se enamoró de Ava. No logra comprender su personalidad, esa que muestra y ocultó a todos, que la desborda, la desconcierta, la inquieta y hasta en parte le repele.
Ava le dice que no va a cenar.

—Voy a la ciudad a cenar con mis amigos. Si quieres venir pasarás un rato distraída.

—No, son tus amigos. Tienes que tener tu espacio.

—¿Espacio? Aquí no le falta espacio a nadie. No estés hasta las tantas leyendo, ¿me has oído?

Mientras habla ha puesto todo sobre la mesa, hasta el vino en la copa y deja la cafetera preparada.

—Vale, deja, ya lo haré yo, ve tranquila y pásalo bien.

La ansiedad la domina. Una y otra vez se pregunta si su padre llegó a leerlo, casi está por asegurarlo y por eso lo volvió a guardar sin comentar nada. Cómo iba a decir todo lo que hizo el abuelo. Tampoco ella piensa decir nada, o bien poco. En cuanto termina de cenar, vuelve a leer, esta vez en la cocina.

"El día que nació mi nieta fue el más feliz de mi vida, pedí a mi hijo y a Kate que le pusieran Jenna, sin darles explicación, les gustó y así se llama. Era producto de mi producto, la prolongación de mi vida más allá de mi muerte. A Jenna, mi nieta, es a la única persona que he querido más que a la otra Jenna. Aunque he vivido mucho, mis antepasados casi todos fueron muy longevos, no ha sido suficiente. Hubiera querido ser el guía en su adolescencia, apenas la vi florecer. Disfrutar siendo su refugio en los posibles tropiezos en la vida y alimentar su sed de conocer y comprender.

Un hijo es algo maravilloso, pero cuando nace tienes muchas ocupaciones y no dispones del tiempo que deberías darle. Pero con mi nieta yo ya no me ocupaba de tanto y pude llevarla de la mano a diario mientras aprendió a andar, a leer, a mirar y comprender lo que veía. Cuánto me hubiera gustado que fuese hija o nieta de Jenna, y que ella la hubiese disfrutado.

Nació perfecta, una muñequita sin tacha alguna. Vivaz, inteligente desde la cuna, y ya entonces le hablaba, le decía cosas que no era el momento, pero tenía claro que el joven puede morir y el anciano no puede vivir. No sé cuánto de lo que he dicho a mi nieta permanecerá en su pensamiento, en ese fondo que todos tenemos medio olvidado y que aflora cuando lo necesitamos. Quería darle lo mejor de mí mismo, esa parte divina. Sí, quise que Jenna heredase al Dios que soy, que todos somos en realidad, pero que pocos lo sabemos. Quería que aprendiera a encontrar su silencio y en él la paz. Nos sentábamos en el prado frente a la casa, cara al sol y guardábamos silencio. Era demasiado niña para ello, aun así callaba y de cuando en cuando me tocaba, me besaba o sonreía. Metía su mano en el bolsillo de mi chaqueta buscando un caramelo, dos en realidad, porque le quitaba el papel a uno y me lo ponía en la boca, al tiempo que sus deditos acariciaban mi cara. Tras darme un beso, sin decir nada, chupaba con deleite el suyo, sonriendo con cierta picardía, demostrando ya su femenina naturaleza y su inteligencia.

Lo hacíamos como un juego, no había otra manera con la edad que tenía, la cuestión era que se acostumbrara a mirar el cielo, el bosque, el agua, los pájaros. A sentir toda la vida que nos rodea sin decir una palabra que perturbase ese momento. Lo hizo muchas veces, pero no sé si comprendió para qué servía eso. Hubiera querido explicarle que era la paz lo que podía encontrar con ello. Una manera de dejar quieto el pensamiento, para llegar a la claridad interior y tomar decisiones sin alterar el ánimo. No sé si guardó esos momentos en su memoria. Para ella solo era un juego y cuando uno crece deja de jugar.

Por fortuna le gustó desde muy niña el dibujo y fui yo quien le enseñó a dibujar mesas, sillas, camas..., todo tipo de muebles, de detalles, un sin fin de pequeñas cosas que no hacemos, quizá ella las haga porque realmente tiene lo necesario para la creación. Buena mano con el dibujo, imaginación, ilusión por lo que hace y un especial y exquisito gusto por el detalle.

¡Qué dulces sus besos! Cuánto amor he recibido de esa niñita encantadora, no creo merecer tanto, a pesar de quererla con toda mi alma, no me siento lo bastante digno para ella. Su pureza no merecía a alguien como yo capaz de dejar suelto al demonio a pesar de sentirse Dios...

Jenna ha dejado de leer, las lágrimas corren por sus mejillas. Como en una nebulosa recuerda esos momentos, ese juego que le gustaba al abuelo, y, sin pensarlo dos veces, a pesar de ser ya de noche, sale fuera y se sienta en el prado mirando al infinito repleto ya de estrellas que titilan sin cesar. La luna no ha aparecido aún, su corazón late acelerado y quiere frenarlo para poder oír en el silencio. Y en ese húmedo silencio, lo primero que retoma su mente es el coche calcinado. Su callado llanto se convierte en desgarrado. Llora en un grito desconsolado durante un buen rato, poco a poco va cesando y acaba en una serena calma con la respiración en orden y con la imagen del abuelo Servando sentado junto a ella. Casi la hora ha trascurrido cuando ve aparecer por el fondo a la luna, tímida y recortada, pero bella. Y sonríe relajada. Aún permanece allí una hora más, cuando entra en casa es la paz la que con ella anda.

Ava ha dejado preparado un pastel, se sirve una ración y la acompaña con una copa de vino. Come despacio, saboreando bien, está delicioso y relame sus labios con placer. Hacía tiempo que no comía tan a gusto como lo está haciendo, tendrá que dar las gracias a su abuelo.

"Siento que mi tiempo está llegando al fin, estoy bien, nada me duele, nunca he necesitado un médico, salvo aquella vez por los dedos y la herida del brazo, pero tengo esa sensación que me lleva a escribir con cierta premura, no quiero olvidar nada.

Han sido tantos los años sin mencionar, ni siquiera en mi interior, tantas cosas, que ahora quizá deje alguna importante sin exponer.

Si he querido dejar constancia de mi vida, no lo he hecho por confesar pecados o presumir de hechos nobles. De todo he tenido en abundancia. Pero sí tengo una deuda para con los míos porque nunca les he dejado ver realmente al hombre que soy. Si bien es cierto que mi manera de comportarme, la que todos conocen, es buena, y soy apreciado por ello. No deja de ser una cierta falsedad. Quiero que me conozcan en todo, en lo bueno y en lo malo, en el dios y en el diablo que he sido y que mantengo en mi interior.

Eso, siendo importante no es lo primordial. El motivo principal de escribir todo esto, es que dejé cosas por hacer, promesas por cumplir, y alguien tendrá que hacerlo por mí. Y ese alguien debe, tiene derecho a saber qué fui y qué hice.

Dudo que sea mi hijo quien cumpla mis promesas. Es muy responsable, prudente, sensato, con gran corazón, pero le falta un punto de fuerza, de arranque ante lo desconocido, de imaginación o de ese impulso irracional que te lleva a la aventura. Soy culpable de ello, lo reconozco, le llevé de la mano demasiado tiempo porque tenía mucho de su madre. Al igual que ella, era de naturaleza tranquila, pocas cosas podían alterarlo, siempre dispuesto a acompañarme, pero un paso detrás de mí. Nunca me dio problemas, como otros jóvenes las dan, yo mismo.

A veces los padres no somos conscientes de que tanto guiar, puede hacer perder la aptitud para emprender el camino solo, sí, es muy posible que otro de mis errores sea haber dirigido en exceso sus pasos. Por eso dudo de que mi hijo llegue a cumplir nada de lo que pido, lo haría si yo fuera a su lado, de eso estoy seguro, pero sin mí, no.

Mi esperanza está en mi nieta, a ella, sin ser aún consciente, le fui dando las bases de la vida que me hubiera gustado que viviera. Pero sin marcarle los pasos, solo con las raíces de la ilusión, de esperanza, de fuerza en el destino y en la magia que supone descubrir nuevos mundos, otras gentes. De todo eso le hablé a mi nieta cuando ni siquiera sabía escuchar, lo cual nunca hice con mi hijo. Sé, tengo confianza en que Jenna herede un poco de mi espíritu aventurero. Su manera de dibujar da muestra de un mundo interior pleno de ilusiones; cree en la magia, es muy impulsiva. Todo ello puede que el paso del tiempo lo vaya moderando, pero siempre le quedará algo, espero que lo suficiente para vivir plenamente la vida, arriesgando cuando algo la ilusione, y mantenga su imaginación viva.

Retomo pues el pasado con la esperanza de que alguien lo haga presente. De aquella Cuba que conocí poco o nada queda, supongo que Pedro ya murió y quizá ni disfrutó de ser propietario. La lucha por la independencia en Cuba acabó con unos sueños y forjó otros. Pedro andaba lejos de esos nuevos sueños si siguió siendo como yo lo recuerdo. Su mayor ambición estaba cumplida con la casa, la mujer, los hijos que ya tenía y el trabajo que podía hacer. Nunca le he olvidado, pero tampoco hice nada por saber de él. Lo que allí había mío, hoy seguirá siendo de sus hijos, de otros o de quien haya heredado a Ávalos. Nada importa, lo único que me importaba era Pedro y nunca llegué a pensar en volver a verlo.

En Dawson, ningún documento hice con Eric, ignoro si seguirá siendo de mi propiedad el negocio, si es que existe algo, que lo dudo después de tantos años y la falta de formalizar las cosas. No pretendo que nadie pierda el tiempo en averiguar nada al respecto. Lo borré todo lo que pude borrar de entonces durante años, solo ahora he manifestado lo que nunca hice antes.

En el balance de aquella época, salgo perdiendo como persona. Me comporté como un gran desalmado al aprovecharme de aquella gente miserable, porque hasta la sal cobré como si fuese oro. Eso en lo económico. Peor fue en lo humano, demasiada dureza y violencia, excesiva indiferencia ante la crueldad. No es fácil comprender en la distancia toda la violencia que llegué a ejercer. Aquellos momentos son equiparables a la guerra, no he estado en ninguna, la tuve entonces y siempre fui ganador, perder significaba morir. Gané como hombre el gran amor que sentí y la fuerza interior que creció en mí y que nunca he dejado de tener. Soy como soy por todo lo vivido en esa etapa, así que tengo que dar por bueno incluso lo que no lo fue.

Quizá en este resumen demuestro mi profundo egoísmo, porque al final, solo yo contaba. A fuerza de ser sincero, tengo que aceptar que era la única manera de salir airoso. Está claro que si tienes un objetivo, has de entregarte en cuerpo y alma. Cualquier muestra de debilidad o consideración hacia los demás puede hacerte fracasar. Yo no tenía un objetivo premeditado, lo fui forjando en el día a día, casi minuto a minuto. Las circunstancias me impulsaron a seguir hacia delante pisando fuerte, y, gracias a eso, logré resultados que actuando de otra manera jamás habría conseguido.

Sí hay algo de ese tiempo en Dawson por hacer. Una promesa incumplida que es necesario que alguien satisfaga. La que le hice a Paolo en su lecho de muerte. Cierto que con falsedad, no tenía intención de ir a buscar su oro, pero lo hice, y gracias en parte a ello he podido ser quien soy y vivir tal y como vivo. No ya por el oro en sí, sino que lo que supuso para mí, hizo que luego mi vida fuera lo que es. Ello ha trascendido a mis descendientes, por tanto, viene obligado, quien quiera que sea, a cumplir en todo o en parte con esa promesa.

Bien poco he dicho, en realidad, de la vida de Paolo. No era joven, y no solo por su edad y al final el pésimo estado físico, que le hacía parecer un viejo muy decrépito. Paolo salió viejo de Italia por todo lo sufrido, por creer en ideales que de nada le sirvieron. Por pensar que podía salvar de la miseria a su gente, sin pararse a meditar un momento qué iba a obtener para sí mismo. Cuántos y cuántas han luchado por y para los demás, logrando solo un fracaso para su propia vida. Yo solo lo hice en ocasiones puntuales, mi egoísmo me salvó de perecer. Cuando uno lucha por otro, puede que logre satisfacer al otro, pero seguro que al final él pierde, por lo menos el tiempo, si no todo.

Guardé en su momento lo que tenía que dar a la familia de Paolo. Invertí en unas pólizas la mayor parte del oro, las metí en un maletín y se las entregué a Sam, para que lo guardase y se lo diera a mi hijo cuando yo muriera. En una caja de seguridad en el banco está la dirección en la que hay que entregarlo. Lo hice así porque no sabía cuándo ni quién llevaría a cabo la entrega, mientras, el dinero habrá producido unos intereses que compensarán el tiempo trascurrido o por lo menos esa fue mi intención. La llave la tiene Sam, él ignora todo lo que aquí he dicho, solo sabe que hay que hacer dos partes y entregar cada una a quien corresponda de las direcciones que hay en el banco. Seguro estoy que no habrá mirado siquiera qué hay en el maletín.

Conocí a Sam cuando empecé con el taller, era abogado, con poca experiencia, pero con muchas ganas para trabajar. Él se ocupó desde el primer momento de todo lo legal. Al tiempo que de manera espontánea surgió la amistad entre nosotros, poco le importaba que yo fuera más viejo. He conocido a mucha gente buena, he tenido suerte, pero Sam se salía de la media. Con él aprendí a pescar en serio y ambos tuvimos la satisfacción de que nuestras mujeres compartieran también esa amistad. Si tienes un amigo y no lo es de tu mujer, es difícil mantener la relación. Sam y yo pasamos muchos buenos momentos, nuestros hijos nacieron el mismo año y fueron compañeros de juegos desde pequeños.

Me hubiera gustado tener más hijos, no ya por mí, porque mi hijo tuviera compañía. Por suerte, Jeff y él crecieron casi como hermanos o mejor, no tenían que pelear por temas de familia. Tengo la tranquilidad de que mi hijo tiene un amigo leal y tan noble como lo es su padre. Ha demostrado siempre un gran afecto por todos nosotros y le correspondo con lo mismo.

Toca hablar de mi familia, de mi familia en España. Lo he dejado para el final, porque las faltas con la familia son más dispensables, y si no tenía tiempo de todo, esto era lo que menos importaba incumplir. Por más que es mi deseo, mi expresa voluntad de que alguien cumpla lo que yo no hice. Ignoro todo sobre ellos, dejé de escribir cuando salí de Cuba y no he vuelto a hacerlo. Nada saben de mí, de mis andanzas, de la fortuna que alcancé o desaciertos en los que he incurrido. Pero si debo a Paolo, a su familia, parte del oro que conseguí. Bien cierto es que lo que me permitió llegar a Dawson fue el dinero que mi padre me dio para emprender un negocio, y prometí devolverlo con creces por su sacrificio. De la misma manera que hice el depósito para Paolo, está hecho el de mi familia y guardadas las señas en la caja.

Nunca he hablado de ellos, para qué, nada tenía sentido puesto que yo no pensaba volver, claro que tampoco pensé nunca en no volver. No fue algo premeditado, inicié el viaje a Cuba con la ilusión y la inconsciencia propia de la edad que tenía. No llegué a pensar en mi familia ni en España cuando me embarqué con Brad. Anduve un camino que yo junto al destino decidimos, o quizá fue más el destino que yo mismo. En ese camino no había otra dirección más que seguir hacia adelante, y luego solo la que tengo de mi casa.

Ya no era el mismo muchacho que salió de España sin saber nadar ni siquiera fumar. Que nunca había insultado ni golpeado a nadie, las palabras robar o matar eran pecados mortales y no tan graves, pero ni siquiera las malsonantes había pronunciado antes. ¿Cómo presentarme delante de mi familia y decir todo o parte de lo que hice? Nunca me lo planteé, ni siquiera pensé en ellos. Lo hago ahora, y creo que hice bien andando hacia adelante sin volver la vista atrás. Mi indignidad, porque parte de mis hechos me hacen indigno ante mi familia, me impidió pensar, no ya en volver, ni siquiera en ellos. Les hubiera manchado con solo mi pensamiento.

Los Arnáez, descendientes de nobles, siempre lo fueron y yo ya no lo era. Llegó un momento en el que me sentí indigno hasta de llevar el anillo y el crucifijo, incluso el reloj, regalo de mi abuelo. Sigo orgulloso de mis antepasados, pero qué poco puedo yo aportar. He hecho mucho bien, pero si resto el mal no sé si algo queda, no soy el héroe que quise ser. Por eso no soy digno de mi familia y lo lamento. Con los años he llegado, no a añorar nada, pero sí a valorar y echar en falta, que no he sido el buen hijo que mi padre educó, tal y como a él lo había educado el suyo. La vida te fuerza a vivir de una manera, puedes dar la vuelta y retroceder, pero si sigues adelante, tienes que hacerlo en lo que la vida te da y eso hice.

Aunque he hablado de pecados, no creo en ellos en el sentido que me enseñaron. Mi fe en Dios, tan cuestionada y aceptada como rechazada, nada tiene que ver con la fe que me dieron en mi familia. Creo en Dios como parte de Él que soy, me siento Dios porque todos los somos. Pero esto sería motivo de excomunión en la iglesia que conocí, por tanto, ni mencionarlo.

Tenía padres y un hermano y hermana, solo supe que mi padre murió, del resto nada ni ellos de mí. Quizá han muerto todos, pero algún descendiente seguirá vivo y consciente o no de mi existencia, ese alguien merece recibir lo que no recibieron sus antepasados.

Mi casa allí era una buena hacienda, no éramos pobres, nunca lo fuimos, pero la abundancia ya estaba ausente en nuestra familia, por causas ajenas a la buena administración que siempre tuvimos y que yo bien conocí. Es posible que nada les haga falta o todo lo contrario, sea cuál sea su situación, quiero que reciban lo que les corresponde. Si nunca he sido realmente un ladrón, no deseo parecerlo después de muerto.

Tan seguro estoy de que mi hijo no llevará a cabo nada de lo que pido, que me dirijo a ti, Jenna, a mi querida nieta, porque de ti sí confío en que lo hagas. No sé cómo es tu vida, ni si eres feliz, estás soltera o casada. Si tienes alguna duda, siéntate en el prado cara al sol, guarda silencio y espera, lo que sembré en tu interior dará su fruto. Hazlo sola, sin nadie a quien regalar tus besos ni tus sonrisas, de todas y cada una de ellas te doy las gracias porque siempre pensé que no merecía tantas. Espera en silencio la respuesta de tu interior, llegará tarde lo que tarde, como parte de Dios, eres Dios, y sabrás hacer lo justo.

La paz esté contigo tal y como yo la tuve siempre a tu lado".

Está firmado por su abuelo tres meses antes de su muerte. Jenna relee una y otra vez ese último párrafo. Como una estatua se ha quedado con la mirada perdida, mientras la luna, ya muy visible, inunda con su luz la acristalada terraza y parte de la cocina.

Llega Ava y aún está en la misma posición. La mira extrañada.

—Vuelves muy pronto.

—¿Pronto? Son las doce de la noche, ¿has cenado?

—Sí, y he comido un pedazo de pastel, estaba delicioso.

—¿Qué te pasa Jenna? Estás muy rara.

—Nada, he terminado de leer la historia del abuelo. Tengo que hacer algo que él no hizo, pero no me siento con fuerzas aún. Tendré que esperar. Tiempo, Jeff siempre me dice que hace falta tiempo y tiene razón. Mañana sacaré todas las cosas, tengo que hacerlo, ¿me ayudarás?

—Cariño, te ayudaré a lo que sea, ¿te refieres al arcón?

—A la ropa de mis padres, de mi marido y todo lo del niño...

Ha terminado llorando y con ella Ava que se ha acercado y, sin llegar a levantarse de la silla, Jenna se abraza a su cintura y llora con desconsuelo.

—¡Señor! No he debido dejarte sola tanto tiempo. Vamos a calmarnos. Escucha, puedo hacerlo yo cuando no estés en casa. ¿Quieres?

—No, Ava, gracias, pero debo hacerlo yo, aunque tú me ayudes es cosa mía. No he tomado café, eso sí me gustaría que lo hicieras tú.

—Dime, qué es eso que tu abuelo no hizo y tienes que hacer.

—Hay un depósito de dinero para una familia, que supongo que vive en Italia, y otro para la familia de mi abuelo en España.

—¿Se lo mandarás? ¿Por qué no lo hizo él?

—No sé realmente, tengo que pensar mucho, volver a leer todo muy despacio para comprender. No puedo mandarlo, ignoro si las direcciones serán las correctas. Supongo que tendré que ir personalmente.

—¿Pero qué dices? ¿Piensas ir a esos países sin más? Eso está muy lejos.

—No sé por qué te he dicho nada, cuando no tengo claro ni cómo ni cuándo. En todo caso no sería problema, hay vuelos a Europa todos los días.

—No pienso dejarte ir sola a esos mundos en los que solo Dios sabe en qué condiciones viven. ¡Europa! La guerra hizo desgraciadas a muchas familias, y ahora tú quieres ir allí sin saber qué puedes encontrar. ¿Y si te pones enferma? No son capaces de curar a tu cuñado, ¿qué pasará si te pones enferma?

—Ava, por favor, ya no hay guerra y mi cuñado no tenía un resfriado, era tuberculosis, aquí también se muere la gente con eso. Él no está muerto, va mejorando, pero es lento. Es tontería hablar de esto, no sé aún qué haré, pero ten por seguro que iré cuando lo sepa. Pon el café de una vez, se va a enfriar.

—Después de tantos años muerto, ahora

qué quiere tu abuelo. Si está en el cielo, y así lo creo, debería saber que no es el mejor momento para ti.

Jenna se queda mirándola muy pensativa, tanto que Ava se sienta y guarda silencio esperando que diga algo.

—Eso es, justo eso. El abuelo sabe que es este el momento adecuado. Tranquila, no me iré mañana.

—No, ni mañana ni pasado, si vas a ir iré contigo, eso métele en tu cabeza, porque no pienso dejarte ir sola.

—¿A esos mundos en los que solo Dios sabe en qué condiciones viven? ¿Estás segura?

—Tan segura como que estoy aquí sentada.

Han terminado riendo las dos.

Ya en la mañana, entre las dos han empacado toda la ropa para darla a los pobres, a las dos les ha costado un sin fin de lágrimas. Han cargado la camioneta con todo, incluidos los muebles del niño y sus juguetes. Es Jenna la que conduce sin decir una palabra, apenas han dicho nada en todo el tiempo, tratando de frenar así la enorme emoción sentida.

Junto a la iglesia está el local en el que unas cuantas mujeres se ocupan de recoger lo que alguien da y luego lo distribuyen a quienes lo necesitan. Ha sido Ava la que ha entrado para hablar primero y al momento salen varias y proceden a descargar todo. Jenna se ha alejado un poco, ha encendido un cigarrillo y de espaldas fuma tratando de calmar su profundo sentir. Han terminado y ahora es Ava la que se pone al volante y va hasta donde está Jenna.

—Sube, vamos a comer al puerto, así nos dará el aire. Además, no tengo nada preparado.

—Quedaba asado.

—Es para la cena. Dime, ¿has hablado con Jeff del posible viaje?

—No, no le he dicho nada.

—Pero él qué piensa de eso.

—Jeff no sabe nada.

—Era su abogado y antes lo fue su padre y, ¿no sabe nada?

—No, el abuelo dejó el maletín con las pólizas al cuidado de su padre, pero nada más.

—Qué cosa más rara, ¿por qué lo hizo así, lo sabes?

—Quería olvidar y solo el silencio le ayudó a ello.

—Sí, eso es cierto. Pero a veces es bueno hablar de lo que uno lleva dentro. Hay que ser muy fuerte para lograr el silencio en tu interior, la mente no para nunca. Mira, ¿no es ese el coche de Jeff?

—Sí, puede que haya salido a navegar.

—Me gusta ese hombre cada vez más. Es un buen hombre y te quiere mucho. Lo aprecio de verdad. ¿Quieres buscarlo o nos sentamos a comer sin más?

—No, si está por aquí comeremos con él.

Han dado una vuelta por el puerto y al fin lo ven. Jeff está sentado contemplando el ir y venir de los barcos. Sonríe al verlas, pero frena su sonrisa al tener de cerca a Jenna y distinguir sus ojeras. Abre los brazos y ella se refugia en ellos, tras el fuerte abrazo, la besa en la frente y Jenna sonríe con tristeza.

—Hace un día precioso, ideal para pasear y comer en la terraza. Hola, Ava cómo estás.

—Bien, Jeff, a eso hemos venido, a comer viendo el panorama.

—Estupendo, vamos pues. ¿No has dormido Jenna?

—Sí, ya sabes que desde que Ava duerme en casa descanso mejor, pero hemos estado recogiendo la ropa y ha sido duro. Tenía que hacerlo.

—Sí, es duro, vamos a tomarnos un buen vino. No te he dado las gracias, Ava, de ahora en adelante yo también podré dormir mejor.

—No me des las gracias Jeff, a mí también me viene bien estar cerca de ella.

—Cómo es que estás por aquí hoy.

—Fui a recoger una pieza para la radio y he venido a traerla para tenerla lista el domingo. Pocas veces puedo acercarme entre semana y es una pena, justo es cuando puedes andar por aquí con menos gente. Me alegro mucho de haber venido y encontrarme con vosotras.

Los tres se han esforzado durante la comida en hablar de distintas cosas y es ya con el café cuando Jenna comenta a Jeff el encargo de su abuelo. Él la mira con cierto asombro.

—Nunca mencionó nada al respecto. Tengo la llave, es cierto, ya te lo dije, pero al igual que guardó el maletín mi padre y luego yo sin saber su contenido, tampoco de eso sé nada. Bien, si quieres, trataré de averiguar lo que sea de la familia de tu abuelo y la de ese hombre. Tendremos que abrir esa caja.

—No creo que eso sea lo que el abuelo quería. He de volver a leer todo con detenimiento, pienso que lo que realmente deseaba es que yo fuese allí. A fin de cuentas, pudo encargar a tu padre o a ti hacerlo, si no lo hizo, no voy a hacerlo yo.

—Bien, Jenna es tu decisión, por supuesto que puedes hacer lo que creas conveniente. Pero si decides ir, yo iré contigo, eso quiero que lo tengas claro. Si dejó a nuestro cuidado en depósito tanto el maletín como la llave, ten por seguro que la misma responsabilidad tengo para contigo.

Interviene Ava con vehemencia.

—Lo mismo le he dicho yo, si va, iré con ella.

Jenna ríe por lo bajo mirando a los dos y asintiendo con la cabeza.

—Lo tengo claro, tendré que cargar con vosotros. De acuerdo, iremos los tres, lo que no sé es cuándo.

8

Han pasado tres años desde el accidente de su familia. En ese tiempo Jenna ha recobrado la serenidad, sigue llorando a sus seres queridos. Aunque no como antes, lo hace en su interior. A ello ha llegado tras muchas horas sentada en el prado cara al sol, así, tal y como su abuelo le enseñó, llegó el silencio y la paz.

Ha trabajado mucho en el taller, pensando en que más pronto o más tarde tendría que ausentarse, ha preparado a James, uno de los más antiguos, para que se ocupe de estar al frente de los trabajadores y formado a los cuatro que ha contratado nuevos. James es el padre de Brenda, la ya definitivamente diseñadora oficial, porque Jenna no ha vuelto a diseñar más que en algún momento, pero no dedicando todo el tiempo como antes. Sí ha seguido dando el visto bueno o rectificando alguno de los diseños y dando las directrices para todo lo nuevo.

El tiempo que no ha dedicado al taller lo

ha empleado en saber del país en el que nació su abuelo y de Italia, rebuscando la historia en los libros de su abuelo. También ha leído incontables veces lo escrito por él, aumentando su sinsabor por mostrarle un hombre tan distinto al que ella conoció. A momentos sintiendo cierta aversión hacia él, llegando a extremos que la perturban. Según en qué parte de lo escrito se detiene. En otros, llora su dolor o siente su íntima felicidad. No logra afianzar la imagen que tenía de su abuelo, es otro hombre el que ahora conoce y que la lleva a sentimientos contradictorios.

Aún no ha ido a ver el contenido de la caja en el banco. No ha querido hacerlo por no sentirse preparada para emprender el viaje, al que ya está más que decidido que la acompañarán Ava y Jeff, a los que ha dado clases de español a ratos. Ella lo aprendió con su abuelo primero y luego lo estudió al igual que el francés. Además, están asistiendo los tres a unas clases de italiano. Jenna no quiere presentarse sin poder comunicar de la mejor manera con quién sea que allí encuentre. Este tiempo ha propiciado una relación aún más estrecha con las dos personas que siguen muy pendientes de ella, tratando de ayudarla a superar el inmenso dolor. Han compartido cenas y han ido a conciertos juntos. Todo ello ha contribuido a esa serenidad que hoy es capaz de mostrar con alegría.

Poco o nada se dice en la prensa de esos países a los que irán, si no está relacionado con algún ciudadano estadounidense o por la visita de alguien del gobierno. Aun así, los tres van a la caza de cualquier artículo desde que salió en la revista LIfE el reportaje *Spanish Village* (Pueblo español) de Eugene Smith, en 1951, que mostraba escenas cotidianas de la vida de la gente y del trabajo que hacían en ese lugar. Fue de gran éxito, aunque no reflejaba la realidad de todo el país, sí de muchos pueblos, aun estando las fotos muy preparadas, poco naturales en realidad. Daba la imagen de un país pobre, muy atrasado y el aspecto de la gente burdo. Pero era lo que quería venderse y fue muy aplaudido.

Hoy es Ava la que espera impaciente la llegada de Jenna, sentada en la terraza. La ha llamado y solo ha querido decir.

—Ven en cuanto puedas, tengo una sorpresa para ti.

—Supongo que siendo una sorpresa no me lo dirás, pero adelántame algo.

—Los Rubiales.

—¿Qué significa eso?

—Es algo que quiero que leas, yo lo he leído ya tres veces y no te vas a creer cómo me he quedado. Creo que ha llegado el momento de ir a Europa.

—¡Cielos! Siempre estás diciendo que no corra en ir y ahora eres tú la que tiene prisa, termino un par de cosas y voy de inmediato.

Aunque siempre hace el recorrido a pie, ha cogido uno de los coches del taller y ya está aparcando en el garaje. Ve a Ava de pie y agitando una revista.

—Ya veo, un artículo sobre Italia o España, ¿es eso?

—Más que eso, es historia, la historia de los Rubiales. Un periodista de esos que van por ahí escribiendo sobre la gente, habla sobre una familia. No quiero desvelarte nada, siéntate, porque puedes caerte de culo si no lo haces.

Jenna ríe, ya lo hace con fuerza, su sonrisa ha vuelto tan deslumbrante como era, no de continuo, pero ya la deja ver muy a menudo. Se sienta y alarga la mano, Ava aún mantiene la revista bien cogida.

—Ya estoy sentada, venga, deja que lea eso tan especial.

Lo primero que ve son unas fotos de un pueblo de España, un hombre, ya mayor, tocado con una boina, sentado en lo que parece la puerta de un bar. La foto del periodista, de mediana edad, y ya a continuación el título:

"Los Rubiales, gente noble de España".

Jenna respira hondo al ver los versos con que inicia el artículo.

> Lloran los yermos campos,
> rugen estómagos vacíos,
> mueren recién nacidos.
> Mientras con la mano alzada
> la gente canta, canta…
> Cara al Sol.

Aún no asoma el sol siquiera en el pensamiento, sin embargo, en la hacienda de los Rubiales todo el mundo está ya despierto. Los llaman los Rubiales porque todos son rubios, menos los padres y los abuelos. Lo cual ha dado qué hablar, y no poco, a la escasa vecindad del entorno y del pequeño pueblo montañés y agrícola de gentes con angostas mentes. Les viene bien hablar de algo que no sea trascendente para ellos.

La guerra ha terminado hace ya más de una década, pero sus consecuencias están muy presentes en la vida cotidiana. La escasez de las cosechas, por una persistente sequía en el país, unido al aislamiento internacional que mostró así su rechazo a la política del general Franco, entre otros factores, propiciaron una falta de productos durante largo tiempo. Ya parece no ser así, pero los recursos para lograrlos siguen siendo bien pocos. A eso se añade la represión existente que aún gobierna por doquier. El hambre, los piojos y la sarna reinan entre las familias más humildes y en otras, que no lo son tanto, como si fueran miembros de ellas.

Qué mejor, en un lugar recóndito en el que escasean las noticias, que ocupar el tiempo ocioso con hablar de los Rubiales. Quiénes son y su procedencia, todos lo saben o creen saberlo. Eso forma parte de la endemia popular en los pueblos chicos, todo el mundo conoce a todo el mundo y, por tanto, están capacitados para hablar lo que sea, defienden su punto de vista cargados de razones, aunque sean disparatadas.

Hay una opinión, más o menos generalizada, de que la gente de pueblo es más noble que la de ciudad. Nada más lejos de la realidad.

El chismorreo pueblerino ha arruinado vidas enteras en este país y en otros, en este quizá más por esa afición tan arraigada a ocuparse de la vida ajena. Cualquier vicisitud es tema de conversación, uno dice y otro lo cuenta, al poco ya nada es lo que debiera. Cada uno que abre la boca lo hace a su manera, añade o recorta, da un tono u otro y al final, de la verdad, si la había, nada queda.

La diferencia está en el tamaño del entorno, no en la gente, he podido apreciar que es así. En las ciudades no llega a conocerse el personal, excepto en pequeños círculos. De ahí que no trascienda igual cualquier acontecimiento, salvo los de aquellos que son muy importantes y salen en la prensa. La prensa local en cualquier pueblo es el boca a boca. Las personas son iguales: buenas o malas, vivan en pueblos o en ciudades. En los pueblos pequeños, las cuatro familias destacadas por su posición económica o social, solían ser, y aún es así, tema de conversación por cualquier hecho o anécdota. La guerra acabó con muchas cosas, pero no con eso. Si no pueden hablar de política, de los que gobiernan, ni de la Iglesia o el ejército, ¿qué les queda? La cultura casi nunca es motivo en los pueblos, así que lo único que ha sobrevivido al desastre nacional, es esa afición tan popular y tan arraigada a los cotilleos que, tanto los que han ganado como los que han perdido tienen en común.

He podido comprobarlo en muchos pueblos y esto es solo un ejemplo, basta sentarte en un bar y encontrar al personaje adecuado, uno con ganas de hablar con un vaso de vino como pago. Hablé con varios, pero el que mejor me informó, quizá por ser el de más años y por mostrar cierta formación, fue Agapito, de profesión sacristán, alguacil y enterrador de un pueblo que apenas llega a los mil habitantes. Sus tres quehaceres hacen que uno se fije en él, ya que van unidos, según él mismo me hizo notar, a los tres poderes: la iglesia, la política y por último el poder divino, que no por ser el último tiene menos importancia.

Agapito en momentos, por cómo hablaba, pareció ser republicano, en otros, lo contrario. Al final, tuve que concluir en mi impresión sobre este personaje, que era más bien un observador de la vida, un tanto ajeno a intereses, quizá por expresar una cierta filosofía, no sé si muy consciente o no de ello. Si algún día vuelvo no me importará buscarlo y charlar con él de lo que sea, hablamos de mucho y en todo dio muestras de saber de qué hablaba.

Él me habló de los Rubiales y lo hizo con cierto orgullo. Esto no es más que un trozo de historia de una familia en una España que comienza a caminar y a levantar la cabeza a duras penas tras lo sufrido y lo que aún duele. Una pequeña muestra de gente que lucha por sobrevivir y de la que no hablará nadie. Me gusta contar historias que nadie contará y pocos leerán, esta es una de ellas.

Jenna mira a Ava levantando un poco los hombros, no ve qué importancia puede tener. Y solo la oye decir.
—Sigue, pasa a la página siguiente.
Al leer el primer párrafo se detiene.

"A pesar de que la familia Arnáez, que ese es el nombre de los Rubiales,...

—Quizá es un apellido muy corriente por allí.
 Ava insiste.
—Sigue leyendo, no te detengas, no sé si es o no corriente, pero son los tuyos sin duda alguna, es de tu familia de la que hablan. Y no te entretengas más, ya hablaremos cuando termines. Voy a traerte un café y algo de comer.
Jenna, con cierta inquietud, sigue leyendo lo que Agapito le contó al periodista buscador de historias que nadie cuenta.

"… no fueron nunca de dar motivos para la murmuración, sin querer los dieron años atrás. Viejos son los temas, pero el cotilleo tradicional lo va trasmitiendo puntualmente, pasa de los ancianos a los jóvenes y así perdura y forma parte de la historia local y, con lo que va sucediendo, ampliándose, actualizándose; usted me entiende.

Se sabe de ellos desde la Edad Media, nadie es tan antiguo en el lugar. Hay un conde en su árbol genealógico. Entonces el título lo heredaba el primogénito y, no se sabe el porqué, dejó de ser de la familia hace más de cien o doscientos años. Pero todos recuerdan que los Rubiales descienden de un conde. No como algo negativo, todo lo contrario, imprime un cierto sabor a casta noble, de la cual carecemos los demás, como si eso pudiera ser algo de lo que enorgullecerse al mencionarlo, haciéndose partícipes de ello. El tener un vecino de renombre siempre ha sido presumido por quienes consideran que las personas valen según su título, posición social, dinero o guapura.

La quimera de la ignorancia, ya ve usted, porque a fin de cuentas, la persona solo vale por lo que es como tal, no por los adornos. Y eso puedo decirlo porque veo en lo que nos convertimos todos, ricos y pobres. Al morir todos nos igualamos, solo huesos que van pudriéndose y ahí ya no importa si la caja era más o menos buena, y el sudario de fino hilo o de tela de saco, al final solo polvo.

Sigamos con ellos, a lo largo del tiempo, como todos, los Rubiales han sufrido altibajos, pero no tantos como para perder sus tierras. Su casa sí que la perdieron, por la invasión del 1808 de los franceses que por ahí anduvieron y quemaron todo lo que les salía al paso y su casa fue de las primeras. Los gabachos arrasaron con lo que quisieron, se llevaron el ganado, el trigo, el dinero y las joyas que pudieron encontrar. Mataron a unos cuantos que se resistieron o les enfrentaron. Humillaron a algún que otro cura, violaron, y acabaron con viejos o enfermos cuando no pudieron vencer a los jóvenes que, huidos al monte, estuvieron pegando tiros de cuando en cuando. Poco podían hacer unos cuantos labradores o leñadores, contra un ejército que había paseado triunfante por toda Europa.

Puede usted imaginar si sabe algo de la historia de Napoleón, simpatías o no aparte, ese hombre sabía lo suyo de hacer la guerra. Pero aquí no le sirvió, nosotros, los españoles, siempre hemos sabido inventar, ¿comprende usted? Eso fue lo que hicimos, o más bien lo hicieron aquellos a los que les tocó en su momento. Lo que quiero que le quede claro, es que ese es el espíritu del español, aunque a veces no lo parezca por esa fama que tenemos de hacer la siesta, que la hacemos, y de andar tocando la guitarra y haciendo palmas, que también. Aquella guerra fue como la de David y Goliat y costó, pero el final fue igual, venció David.

Por el valle andaba la cuadrilla de Sarasa, un valiente con más vista que un águila, les causó bastantes bajas, pero no fueron suficientes, y los franchutes lograron vencer y se apoderaron de la zona. Pero una batalla no sirve para ganar la guerra. Tenían fácil el traer tropas y armas por la calzada romana que cruza estas tierras y llega a

Francia. En realidad, hasta Roma llegaba en los tiempos aquellos en que la hicieron. En invierno la cosa se complica por la mucha nieve, pero no es imposible avanzar por ella hasta el país vecino. En cuanto la primavera asoma, es el mejor camino para andar estas montañas, incluso hubo un tiempo en que fue usada por los peregrinos jacobeos. De hacer calzadas sabían mucho los romanos y bueno fue que la hicieran, pero como casi todo en la vida, lo bueno puede ser malo según quién y para qué lo utiliza. Así fue, por ahí entraron muchos franceses.

A los Arnáez entonces aún no les llamaban Rubiales, no había ningún rubio en la familia, eso les vino por parte de madre después. Volvieron a levantar la casa, es la que tienen. Una gran obra, cuadrada y de tres alturas, un tanto afrancesada, como muchas de la zona. Ya la verá, si quiere, y podrá sacar alguna foto si le parece. De piedra toda ella, con el techo muy inclinado, de teja romana roja, tan en pendiente que casi parecen alas que descienden. Lo requiere la zona que es dada a las nieves, como toda la comarca. Sin balcones, pero con buenas ventanas. Resguardada del frío por el monte, mirando al este y frente al valle que la circunda. Es la mejor zona del valle y muy aprovechada para la escasa agricultura.

En ese campo crece el trigo y la cebada. Aprovechan los lugareños cualquier vaguada para sembrar, la tierra es buena, aunque ahogada por el monte y cortada por barrancos. Hayuelos enormes, pinos negros, abetos, de todo hay en abundancia y mucha caza sin tener que andar demasiado. Agua no falta en las zonas bajas, a pesar de la sequía general. Se siembra trigo donde no se riega y, aunque escasa, rica es la huerta en las riberas de los riachuelos que los hay por doquier, a veces apenas son nada, pero cumplen un papel muy apreciado para abastecer de hortalizas en lo necesario y suficiente para la familia. Comida no ha faltado nunca de lo básico y demás, ahora sí, no de lo básico, pero sí del resto, por lo que requisan las autoridades. Hay que pagar el coste de la guerra, ¿entiende usted? De esa guerra civil que algunos querían y todos sufrimos, unos más que otros, durante la contienda y después; aún, sí, aún seguimos sufriendo.

Grandes fueron las penalidades durante el tiempo que duró, pero lo peor estaba por venir, ¡quién lo iba a decir! La posguerra ha hecho doblar la cabeza a muchos, incluidos los Rubiales. Sirve esta época para enriquecer a unos cuantos, los que desempeñan algún cargo. Las leyes lo permiten, pero no tanto como lo que abusan algunos del poder que tienen. Lucen el orgullo de vencedores que les lleva a pasear mirando con desprecio a los que perdieron. Humillando todo lo que pueden sin más motivo que el de hacerse notar o engrosar sus arcas. Va la cosa cambiando muy poco a poco, pero estoy seguro que al final no será así, quiero decir, que habrá más respeto y todos podremos dormir más tranquilos. Aunque no te toque de cerca, si ves malestar a tu alrededor, cuando llega la noche uno se inquieta y no se descansa conforme.

Pero volvamos a la gente esta que tanto le interesa. El tiempo que tardaron en construir la nueva casa, la familia Arnáez vivió en las cuadras, malvivió más bien. Eso les valió en su momento una alta consideración como tenaces luchadores, que es lo que son, no podrían seguir siendo ellos si así no fuera. Más de dos años tardaron en poder cobijarse. Pasaron de tener empleados para todo, a trabajar ellos mismos la tierra y procurarse el sustento y los cuidados. Solo para la tala del bosque contrataban, y lo siguen haciendo, eso no es trabajo para un solo hombre ni para pocos. Es mucha la tarea porque tienen una gran extensión, y su mayor fuente de ingresos, a pesar de los tiempos y el control de precios fijados por el gobierno. Ese control de precios ha hecho que muchos no produzcan lo que más falta hace. El trigo, por ejemplo, aquí no es importante la producción, muy poca cosa, casi para el consumo particular. En aquellos sitios en que es lo principal no hay libertad de precio, está controlado lo que se siembra, en varios productos ocurre lo mismo. Seguro que usted sabe más que yo de eso.

A lo que íbamos, los ingresos hoy son bien pocos para todos y eso también afecta a esta familia. Aunque al poco de vivir ya en la casa, volvieron a tener personal para que les atendiera en los menesteres propios del hogar y de las tierras, no eran tantos como los que allí servían antaño, y así ha sido durante más de cien años. Pero desde la guerra que nadie trabaja allí, salvo para la tala, nada más, ellos lo apañan todo, sin importar apellido y sin remilgos.

La historia se cuenta siempre por terceros, ya lo ve, rara vez es uno mismo el que puede y quiere hacerlo. Por ello, los datos están aumentados o tergiversados, no con mala intención, ocurre por falta de información directa de los afectados. Y por ese afán que todos tenemos de ser protagonistas, aunque sea la historia de otro y, al contar interpretamos, damos nuestra versión. Yo poco añado, pero puede usted comparar con otros y verá, ya verá como meten paja a montones.

Hoy en día nadie sabe qué pasó realmente con la fortuna de los Arnáez. Si bien puede que gastaran en la casa lo que tuvieran ahorrado en su momento, lo cierto es que han pasado muchos años. Es posible que guardaran el dinero en una tinaja y al cambio, tras acabar la guerra, no les dieran ni para cerillas. Porque esa ha sido otra grave consecuencia de la crueldad de la contienda. El dinero en vigor ya no valía. Podías entregarlo y te daban el equivalente. ¡Qué ironía! Una burla total, señor, eso se lo puedo asegurar. Nunca fue, no ya parecido, ni remotamente cercana la cantidad. Otro abuso del poder, ahí sí que no sabes si por el afán del gobierno, por aquello de no tener los recursos necesarios o que algunos se beneficiaron al hacer de intermediarios. Sea como fuere, el caso es que los Arnáez dan la impresión de no tener un duro. Y de eso estamos todos convencidos, porque si lo tuvieran, seguro que tendrían gente a su servicio, a fin de cuentas son unos señores, pues de raza le viene al galgo ser noble y ellos siempre lo fueron. De lo que sí pueden aún presumir es de ser generosos, si alguien llama a su puerta, le reciben y algo de ayuda dan, si es eso lo que pide. Porque la gente les sigue considerando en lo que son, los más ricos de la zona, aunque sea en bienes y no en moneda corriente.

Nunca fueron de muchos hijos, no se sabe si por decisión o imposición de la naturaleza. Hay familias que tienen diez o doce, siempre alguno muere, cosas de la naturaleza, aun así quedan bastantes. Yo vengo de una familia de catorce, a la edad de adultos llegaron once y ahora solo vivimos siete, así son la mayoría. Lo cierto es que si los Arnáez han podido seguir controlando su hacienda bajo una sola voz, es porque no tuvieron que repartir con nadie. De una u otra manera, siempre quedó uno solo para recoger el legado de los padres. Y puede que eso formara parte de su manera de llevar adelante la vida y la propiedad. Dejando todo a uno no se diluía, también era bueno tener a otro con estudios y bien colocado o dedicarlo a lo religioso, que salvo ese tiempo de lucha, los que algo eran en algún convento tenían y tienen su influencia. Incluso hoy más que ayer. Ya le digo, yo mismo tengo una hermana abadesa y nada pido, pero si lo hiciera, estoy seguro de que sería atendido. En casi todas las familias encontrará usted un cura, monje, una monja o varias.

De esa parte de la familia que estrenó la casa, la hija, que era la mayor, acabó en un convento, allí murió con casi cien años. A pesar de que fue uno de los que asaltaron y robaron los franceses lo que pudieron, también llegaron a quemar algo, las monjas se salvaron de puro milagro. Dicen que no existen los milagros gratuitos, que hay que ser muy devoto y todo eso, en este caso debió de ser así, porque esa gente entraba a saco en todas partes. Las pobres monjas, que dedicaban su tiempo a la atención del huerto y los bordados, cuando no estaban rezando, tuvieron la ocurrencia, puro milagro, de esconderse en lo que debió de ser una cripta o algo parecido. El caso es que ahí estuvieron y no sufrieron los atropellos franceses. Siguieron viviendo en el convento y allí siguen las que hoy están, aunque en la guerra civil también tuvieron sus más y sus menos.

La política en este país va ligada siempre a la religión o más bien a la Iglesia, pero confundiendo lo uno con lo otro. Al inicio de la guerra civil y durante ella, no fueron pocos los religiosos, curas, iglesias y conventos que sufrieron las iras de los más exaltados. No digo yo que no hubiera razones para ello, porque está claro que se pusieron los que algo podían decir, me refiero a los mandos de la iglesia, del lado de los nacionales. Pero la mayoría de veces solo por lo que eran se les dio el tiro de gracia, no por lo que hubiesen hecho. Así son las guerras de parciales, injustas, crueles con los propios y los ajenos.

Desmanes los hubo en todas partes al empezar, durante ella y al terminar más, y aún, aún colea la ira, eso es bien cierto. Y eso que aquí no nos podemos quejar de nada, hay buena convivencia, es un pueblo pequeño, ya lo ve, nos conocemos todos y estamos medio emparentados la mayoría.

En los primeros años de posguerra acabaron con mucha gente, depurando ideales que no interesaban, que enfrentaron a unos con otros solo por el pensar, otros huyeron como pudieron. Hay en la cárcel un gran número y sus familias padeciendo infortunio. En alguna ocasión han fusilado por no responder al ¡Arriba España! O por no cantar el Cara al sol que todos aprendimos nos gustase o no. Llegó a hacerse popular y la gente, las mujeres sobre todo, la siguen cantando como si fuese un cuplé o cualquier otra canción, mientras hacen sus tareas. También hay hombres que la silban, así es, al pasar el tiempo, una canción más. Claro que la ignorancia hace que no se tenga en cuenta el sentido de las cosas, porque esa canción era el himno de La Falange y parece que ya no hay tanto interés en esas ideas. Pero bien, la canción ha sido obligada para todos y luego voluntaria sin más. Uno se acostumbra a todo. Y lo mejor es lo que tiene, mientras cantas Cara al sol, la cabeza deja de pensar, se acalla el bullir del pensamiento y bien viene no dar vueltas a lo que te pueda atormentar. ¿No le parece?

En los sitios pequeños, en los que todos se conocen, los hechos acaecidos revisten mayor crueldad. A veces se saldan rencillas enquistadas durante años, aprovechando la coyuntura. Otras es para bien la relación y, gracias a ella, se salvan de la quema algunos. Así fue con los Arnáez, el haber ayudado uno de sus hijos a combatir a los franceses echándose al monte como cualquier labriego y pegando tiros hombro con hombro, les dio mayor nombre, gente de bien, defensores de la patria y de los intereses del lugar. El tratar siempre con respeto a los que trabajaban para ellos, fue otro punto a su favor. Nunca se dijo nada malo en ese aspecto, los que allí trabajaban presumían del buen trato que les daban y la paga siempre al día. Muy educados y respetuosos con todos, porque eso siempre lo han tenido, a la buena educación me refiero. Ayudar a algunos que solicitaron su apoyo en momentos difíciles, también sumó y no poco, ya he dicho que, a pesar de todo, aún lo hacen.

Resumiendo, aunque por su posición elevada al poseer la mayor propiedad de la comarca, pudieron sufrir agresión en los primeros tiempos o un trato vejatorio, porque aquí mandaban los de la izquierda, no fue así. Les respetaron durante todo el tiempo que esta zona pasó en manos de los rojos, hasta que los sublevados, es decir, los nacionales, ya me entiende, lograron el control de la comarca. Y también entonces recibieron buen trato.

Todo hay que decirlo, dieron de comer a unos y otros. De los dos bandos se alojaron en su casa, y fueron atendidos como señores algunos que antes les sirvieron, pero los Arnáez supieron llevar eso con dignidad. La verdad es que con guerra o sin ella, pobres o ricos, son unos señores, no en balde descienden de un conde y eso, al parecer, tiene su influencia en el carácter.

Ahora, en la posguerra, solo tienen lo que la mayoría: La obligación de pagar, dar lo que producen en gran parte, que en eso consiste de alguna manera el control de precios. Acudir a misa los domingos y fiestas de guardar. Saludaron a mano alzada mientras duró ese saludo, ya nadie lo hace, pero todos lo hemos hecho y ellos también. Por lo demás, les han dejado vivir, quizá porque ya era mucho lo sufrido por todos. Y también porque nadie de esa familia participó en la guerra directamente en ninguno de los dos bandos. Los hijos eran pequeños, los abuelos viejos, y el padre, aún en edad de combatir, no podía hacerlo porque andaba enfermo, algo del hígado. Se libró por ello de que lo reclutaran.

Rebuscando en su historia, de los que estrenaron la casa, no vamos a irnos más lejos, aunque podría, yo me sé todo de esa gente. Como le decía, en esa época nos encontramos con que uno de los dos hijos, solo eran tres en total, le dio por marcharse a Cuba. No sé si usted sabe, que lo sabrá, que también los Estados Unidos tuvieron sus más y sus menos con España por aquel territorio. Bien, lo que le digo, siguiendo la tradición, uno de los hijos estudiaba y luego se buscaba la vida. Una vida buena, por supuesto, porque siempre fueron bien preparados y con buenos contactos para colocarse en algún cargo de importancia.

Odón era el mayor de los chicos, pero muy joven. Él fue el que se unió a unos del pueblo para enfrentarse con los franceses. Estaba en Madrid interno en un colegio, hasta entonces siempre estudiaron allí, tenían parientes e influencias. Al suceder los altercados del Dos de Mayo y la represión posterior, su padre le mandó volver a casa. Apenas llegó, y a pesar de sus pocos años, se sumó a la lucha clandestina, a la guerra de guerrillas que fue la manera de derrotar al ejército francés.

Eran unos cuantos, los más jóvenes de la comarca. No fueron en ningún grupo, actuaban por su cuenta. Tuvieron que pasar una buena temporada por el monte, malviviendo y arriesgando la vida. Cazaban para comer, pero el mero hecho de bajar del monte a buscar comida suponía un riesgo importante. Odón siempre iba voluntario a esa misión y a todas, ganó buena fama de valiente y buen compañero. Luego, cuando todo acabó, volvió a Madrid, siguió estudiando y llegó a ingeniero. Más tarde se fue a Cuba, ya todo iba bien y él era todo un hombre, como puede usted suponer, había ejercido aquí de ingeniero, tenía su experiencia. El pueblo entero salió a despedirle como si eso fuera más mérito que el tiempo que enfrentó a los napoleónicos.

Por aquellos tiempos Cuba aún era muy española y atractiva para quien buscaba aventura, incluso para hacer fortuna, más de uno volvió rico de allá. Los primeros años, los Arnáez recibían noticia de él de tarde en tarde, pero dejaron de llegar las cartas y nada se supo de Odón. Muerto está, aunque hubiese durado lo mismo que la hermana, pero la familia no llegó a saber de él más palabras, ni si tuvo o no descendencia. Para el caso fue lo mejor, ya que así la propiedad pasó entera al heredero que quedaba.

Nicasio se llamaba, era muy joven aún, cuando se marchó el hermano, y estaba maltrecho, cojo; andaba torcido en lo físico, que no en lo intelectual, creció entre libros. Ya era un hombre con años y seguía soltero, no se decidía, pero al final lo hizo, y casó o lo casaron con una de Tarrasa, muy joven ella.

Los Arnáez siempre tuvieron buenos contactos fuera de la zona y casaban a sus hijos con gente de bien, aquí no había nadie con su categoría para emparentar. No faltó a la tradición este matrimonio y tres hijos tuvieron. Tan así fue que igual que sus padres: una hembra y dos varones.

La muchacha ingresó muy joven en el convento y el mayor fue a Barcelona, rompiendo la tradición de estudiar en Madrid, quizá por lo ocurrido con los franceses o por la ascendencia de su madre. El caso es que en la casa solo quedó el pequeño, Servando, que era muy chico aún...

Jenna siente aumentar sus latidos, ahora ya no le queda ninguna duda de que esa sea la familia de su abuelo, y la ansiedad por saber la lleva a leer más deprisa.

"Por entonces, gobernaba la finca el padre, hombre de fuerte salud y gran lucidez mental. Mientras que su hijo pasaba el tiempo entre libros, precisamente por carecer de ella, a la salud me refiero, solo salía a caballo algún rato, por tomar el aire, porque de nada se ocupaba.

Servando creció al lado de su abuelo, aprendiendo a dirigir todo. No salió de casa para nada y poco por el pueblo, ni siquiera lo mandaron a colegio alguno. De formarlo en lo tocante a cultura se ocupó su padre, porque en eso sí era muy ilustrado, ya le he dicho. Cuando murió el abuelo, ya cerca de los cien y cuerdo hasta el final, fue él quien ocupó su puesto. Era apenas un mozalbete y ya mandaba sobre todo lo habido y por haber. Su padre estaba al tanto, pero era él quien se entendía de todo y no lo hacía mal, tenía fama de recto y serio, a pesar de la corta edad. Su hermano, que estudiaba leyes, enfermó y volvió a casa. Sus padres decidieron que no siguiera estudiando.

Servando aprovechó para marcharse. Quiso seguir los pasos de su tío Odón, por saber de él y porque tenía el espíritu aventurero, se fue a Cuba. Aún vivía su padre que le dejó marchar no siendo, porque eso lo sabe todo el mundo, de aventuras ni de riesgos innecesarios. A pesar de que Servando era quien dirigía la hacienda desde que su abuelo había muerto, y el padre poco valía para eso, le dejó marchar, a fin de cuentas tenía al otro.

La historia se repitió, aunque su padre, como murió, ya no se enteró. Los primeros años llegaron cartas de Cuba, bastante tiempo, y luego nada. Nunca más volvió ni se supo de él después de dejar Cuba, si es que la dejó. En su última carta les dijo que pensaba ir a los Estados Unidos, si fue así o no, no lo supieron. En realidad poco se supo, porque el abuelo era de contar, pero su padre no, y salvo eso que he mencionado, de Servando nada se decía. Estalló la guerra allá y quizá lo mataron, nuestro ejército fue derrotado y volvieron todos los que estaban vivos para casa. Alguno quedó allí seguramente, pero vamos que, en este caso, otro Arnáez perdido allende los mares y muerto, aunque no fuese en la guerra, dados los años trascurridos.

Veremundo era el nombre del hermano, que ya lo mandaron a estudiar porque no tenía mucha salud desde chico, había salido al padre. Débil, daba lástima verlo, según decían. Se casó, igual que su padre, ya muy mayor, con una chica catalana, no recuerdo de qué parte, algún apaño hicieron gracias a la hacienda, y sin verlo, porque quién iba a querer al pobre Veremundo por más hacienda que hubiera de por medio. Muy delgado, poca cosa, tímido y con poco pelo, todo lo tenía escaso. Contaban que apenas le salía la voz, de poca conversación, pero saludaba a todos, era muy educado y hablaba muy bien el francés. Poco más tenía que pudiera apreciarse.

A veces las apariencias engañan. El matrimonio fue más prolífico que sus ascendientes, seis hijos tuvieron, uno tras otro, antes de morir el pobre Veremundo de una caída del caballo. Se le abrió la cabeza contra una piedra y allí quedó desangrado. Lo encontraron dos días después, la mayoría del pueblo salió a buscarlo, ya que el caballo regresó solo a la casa. Las desgracias nunca vienen solas, y ese mismo año murió uno de los niños por fiebres y al poco tiempo una niña por lo mismo o parecido. Y eso que trajeron un médico de la capital, pero de nada sirvió. Al final quedaron cuatro, dos chicos y dos chicas, demasiados para lo acostumbrado.

La muchacha de más edad, poco agraciada y muy religiosa, optó por meterse a monja siguiendo la tradición familiar. No se sabe a ciencia cierta si lo decidió ella o sus padres, ya que hubiera sido improbable conseguir un marido para ella. En la orden de las Carmelitas ingresó, así no tenía que ver a nadie y hacer sufrir con su presencia, foto de ella no he visto, pero siempre han dicho que era fea con ganas, vamos que no se parecía a la familia que siempre fueron bastante agraciados.

La viuda de Veremundo, Felicia, murió sin llegar a muy vieja. No sin antes atender al porvenir de los hijos que le quedaban. Logró que su hijo mayor, Emilio, que estudiaba, contrajera matrimonio con una pariente suya que vivía en Barcelona y cuya familia tenía una empresa de cierta relevancia, dedicada a la importación y exportación de productos. Allí lo acogieron, porque la muchacha era hija única. Emilio comenzó a trabajar de inmediato a las órdenes de su suegro sin acabar los estudios. Tenía que aprender a dirigir la empresa.

A la otra niña, la mandó con una tía suya que era soltera y vivía en Vich, quería que estudiara allí y se formara como la señorita que era y correspondía a su posición. Pero Micaela, María de los Ángeles Micaela era su nombre completo, ya andaba rondada por alguno de aquí y volvió al poco tiempo por pasar la Navidad con los suyos en casa. Algo más hizo que pasar las fiestas. Se casó con el que la rondaba, a pesar de que era más pobre que las ratas. Logró el permiso de su madre porque se dejó embarazar. Razón más que de peso, ¿no le parece? Se querían, el primer matrimonio en esa familia que no fue apañado, ya los tiempos estaban cambiando.

Doña Felicia, que era hija de una notable familia, quizá nunca hubiera accedido a ese matrimonio. Eso decían los viejos del pueblo, y puede que tuvieran razón. A lo hecho pecho y dio cobijo a los recién casados, pero Micaela no era de estar quieta y el Venancio, su marido, de pocas normas. Le gustaba cazar y beber en la taberna, de trabajo poco o nada. Lo cual no era bien visto por doña Felicia y alguna riña tuvo con la hija. Al final, aún ella embarazada, y a pesar de que la salud de la madre ya andaba quebrada, se fueron a Barcelona. Dicen que con muy buena dote debajo del brazo, vamos que les arregló el bolsillo para que pudieran disponer de lo necesario, como correspondía a su posición.

Micaela nunca volvió. De todos es sabido que ni siquiera mandó recado de lo que parió. Porque eso sí, el correo está más que controlado por la gente del lugar, carta que llega para alguno, no es que la lean, hasta ahí podríamos llegar, pero saben que ha llegado, quien la manda y para quien.

Rufo fue el que quedó en casa y se ocupó de la finca cuando su madre murió. Y la desgracia siguió y él también murió a los pocos años, sin llegar a casarse, así que Emilio heredó y regresó a casa con su mujer. Tenía dos chicos y dos chicas. Dejó en Barcelona a los chicos, iban al colegio y a fin de cuentas tendrían que hacerse cargo de la empresa de su mujer, los abuelos aún vivían los dos. Solo trajo a las niñas. Una niña falleció al poco de escarlatina.

Al estallar la primera gran guerra, Jaime, uno de los hijos de Emilio, estaba en Bélgica por asuntos de la empresa y por allí se quedó. Tuvo su importancia como espía, aunque era muy joven, en un grupo que lideraba un tal Mir. Ese tiempo le valió para tener contactos de todo tipo y vivir una vida azarosa que le hizo aburrir el trabajo en la empresa de su abuelo. Aunque regresó a Barcelona y vivía con su abuela, era su ojo derecho. Alegre y bromista, le gustaba la juerga, a quién no, ¿verdad? Cuando venía al pueblo a visitar a la familia, andaba con las mozas, invitaba a todo el mundo a vino. Solo estaba dos o tres días, su abuela no le permitía más, mandaba ella, a fin de cuentas ella lo mantenía y quizá por evitar otro casamiento como el de Micaela, a la que dicen que mantenía su hermano a pesar de todo, porque el Venancio nunca llegó a trabajar, eso cuentan. En cierto nada o poco se sabe, en tocante al dinero la gente suele guardar más la lengua.

Jorge, el mayor de Emilio, dirigía la empresa allá en Barcelona, el abuelo ya había muerto. Se casó muy joven, otro apaño, y esta vez lo hizo su abuela que por lo visto era de armas tomar. Emparentó con una chica guapa, de buena familia, la costumbre de sumar. También Jaime se casó al final y volvió a la finca, tenía que hacerse cargo de ella, su padre ya estaba mayor y su madre había fallecido. Su casamiento fue organizado por su abuela, no porque le faltaran mujeres, más bien por lo ya dicho, les gustaba sumar y lo hizo con una chica muy joven, podía ser su hija, con cara de niña, lo era en realidad. Diega llegó a la finca acompañada de su marido y una hermana, Clotilde. Menos guapa y más joven aún, acababa de salir del convento en el que estuvo a punto de coger los hábitos. Vino por una temporada y nunca se marchó, ahí sigue, porque esto ya es la historia actual.

El feliz matrimonio, feliz porque nunca dijo nadie lo contrario, tuvo cinco hijos. Engracio, el segundo, pero al ser chico siempre ocupan el primer lugar para todo. La primera fue niña, Gracia. Siguieron a Engracio unas gemelas, Dulce y María, eso es una novedad, seguro que de parte de madre, porque los Arnáez nunca tuvieron gemelos. El último, Fernando que tendría que estar estudiando, pero la economía familiar no lo permite.

Gracia era muy guapa, de escándalo, eso tan cierto como que estamos aquí y no es de cuento, yo mismo lo pude apreciar. No era cuestión de meterla en un convento y su padre, que estaba más vivido, tampoco era de eso. La mandó a Barcelona. Su hermano Jorge, que no tenía hijos, se ocupó de la sobrina en todo, la mandó al colegio y la trató como hija.

Cuentan que muy jovencita ya era algo ligera de cascos, se parecía al padre con las ganas de fiesta y siendo tan guapa lo tenía fácil. Pronto destacó entre la clase elevada, por sus muchos novios. Tanto fue así que su tío quiso que volviera a vivir con sus padres, por controlarla un poco. Ella se negó, hizo todo lo contrario, de fiesta en fiesta, sin recato alguno logró vivir sin ayuda de la familia y sin trabajo conocido. Vivía a lo grande, cubierta de joyas y pieles. Gastaba más en un mes que lo hacía toda su familia en un año. A veces aparecía en algún periódico su foto acompañando a alguien en actos sociales. Para todos estaba claro que Gracia Arnáez era una mantenida, una cortesana por decirlo de manera menos agresiva.

Cuando estalló la guerra civil, ella se fue a París y allí pasó el tiempo que duró. Apenas terminó la guerra, Gracia regresó a Barcelona, y pocos fueron, de aquellos que tenían algún alto cargo, que no tuvieran algo que ver con ella. Era la más famosa y hasta en coches oficiales paseó con frecuencia. Por entonces, además de sus complacidos patrocinadores, Gracia se enamoró de un pobre diablo, con buena planta, eso sí, pero sin un duro en el bolsillo. Como un marqués lo trató, de señorito iba a diario cuando era hijo de un timador profesional, que había estado en la cárcel por ello, y si no lo mantenían en ella es porque era de misa diaria y tenía un tío obispo, que por él conoció Gracia a su amado. Sí, no se extrañe usted, entre sus clientes tuvo desde obispos y frailes, hasta altos mandos políticos, policías y algunos de La Falange. Se decía que no había secreto en Barcelona que no conociera Gracia, por sus muchas relaciones.

Muy joven comenzó y muy joven terminó su fulgurante carrera de meretriz. Una noche acabó su vida, la degollaron. Detuvieron de inmediato al novio, que aún tenía manchas de sangre en su ropa. También al padre, y a otro cómplice no llegaron a cogerlo, porque se suicidó con cianuro al día siguiente de los hechos.

Aunque la prensa dio pronto carpetazo al luctuoso hecho, en el pueblo no fue lo mismo. Nadie creyó que fuese verdad lo que contaron. ¿Cómo iba a matarla su amante si lo estaba manteniendo? Es verdad que las joyas que llevaba esa noche valían una fortuna, lo normal en ella, pero más tenía en casa y no las tocaron, cuando el novio llevaba la llave encima. Para la mayoría estaba y está claro, alguien importante había querido acabar con Gracia por algún motivo. El encargo lo hicieron esos desgraciados, pero no fue su decisión, quizá los obligaron con algo. Ya hace cinco o seis años del suceso y aún hay quien saca nuevas noticias al respecto, no en portada, pero siguen escribiendo. Se ha hablado mucho de la historia de Gracia, mucho. De hecho, el supuesto asesino fue indultado hace un año y por la calle anda. Para mí eso es una clara muestra de que hizo lo que le mandaron, y quien lo mandó meaba alto, ¿no le parece? Usted que anda por el mundo sabrá más que yo de sacar conclusiones.

Su tío hizo trasladar el cuerpo al pueblo para que fuera enterrada en el pabellón familiar, el único que hay en el cementerio.

Todo el mundo asistió al funeral y al entierro posterior. Fuera lo que fuese, era una Arnáez. Pude verla, nada me lo impedía, pero no lo hice, cumplí con mi trabajo de enterrador con el mayor de los respetos. No hubo lágrimas en ese entierro, salvo las de su tía Clotilde, esa mujer lloró lo suyo en silencio. Sus padres, Jaime y Diega, se mostraron muy dignos, fríos y dignos.

La familia creció en dignidad con su muerte. Sus joyas, muy valoradas, hablaban de millones, abrigos de pieles, un piso en la ciudad, un palacete en la costa, hasta dos coches, todo lo vendieron y lo donaron a un colegio de huérfanos. Ese gesto, que la gente lo interpretó como muy generoso, dada la evidente escasez de su economía. Más bien fue la manera de limpiar su nombre, tan avergonzados estaban por la vida que Gracia llevaba. Había hecho lo peor que podía hacer un Arnáez, perder su dignidad al vender su cuerpo. Se llevó al otro mundo lo que vivió, nada más, lo mismo que todos, ricos o pobres, buenos o malos, el equipaje es el mismo, lo que has vivido.

Los Rubiales ahora son una familia numerosa, su hacienda es grande y pedregosa en la parte por la que anda el ganado. Dependiente del cielo en el que apenas pueden creer puesto que da frío a mansalva, el sol ardiente en verano, viento y heladas. No abunda la lluvia en la zona donde pastan sus animales y eso es lo que más necesitan. Como asociada para mal, la sequía en la posguerra hace estragos. El trigo, la viña, la huerta que les surte, los animales y las personas mismas, todo y todos dependen del agua que no llega y los riachuelos no bastan porque es todo un trasiego el que hay que hacer para llevarla a donde se necesita. Vamos que morir de sed no mueren, pero sufrir para beber sufren lo suyo. Parece que Aquel que dicen que está allá, más arriba de las estrellas, poco se acuerda de los creyentes y de los que sin serlo lo aparentan obligados. Porque eso sigue así, hay que parecer, por lo menos parecer, que uno cree en Dios, en los santos y respeta a la Iglesia y sabe cantar el Cara al sol y responder bien fuerte a la voz de ¡Viva España! ¡¡Viva!!

9

Me pareció que el buen hombre había dado por concluida la historia, pero solo era que estaba muerto de hambre, llevaba mucho tiempo hablando y solo había tomado vino. Pedí para cenar y vi brillar sus ojos, aunque dijo que él nunca había pasado hambre de verdad, alguna carencia, pero que carecer de lo mínimo no. Al ver el cordero asado frente a él, se frotó las manos, sonrió y me dijo que le contase algo de Estados Unidos y mientras él descansaría la lengua y seguiría tras la cena. Eso hice, aunque también yo cené y puedo dar fe de que estaba exquisito el cordero y el pan. Por suerte ya no hay escasez, ni cartillas de racionamiento, ni siquiera en este pueblo que no llega a mil habitantes.

Agapito ha encendido un extraño puro que nos han traído, yo también, retorcido, muy basto y fuerte. Una copa de coñac para cada uno nos han servido. Me extraña que tenga tan buen beber, porque entre unas cosas y otras lleva ya como botella y media en su cuerpo, yo apenas lo he probado. El vino era bueno, de la comarca, pero el coñac es muy fuerte. Sigue contando y ahora parece que su voz es más viva.

"Lo primero que hacen los Rubiales al salir de madrugada corriendo a los tres excusados que tienen, es mirar al cielo, por si atisban una pequeña nube que les anuncie algunas gotas, más que por ellos, por el ganado. Ya me dirá, acarreando agua a diario para subirla hasta donde lo tienen, es un buen trecho y cuesta arriba. Entrar al excusado causa a menudo enfrentamientos matinales, incluso alguna que otra pelea o voces más o menos alteradas. Solo lo usan los hombres para hacer de vientre, orinar lo hacen en una tinaja, puesta al uso para recoger el orín y poder utilizarlo de manera eficiente…

Por primera vez interrumpo su monólogo.
—Perdone, Agapito me ha dicho que hicieron la casa nueva. ¿No hay baños en ella?

"Sí, claro que los hay, pero no en la manera que pueda usted encontrarlos por ahí. Solo tienen agua corriente en la planta baja, y ahí no hay baños. La suben a mano para bañarse o lavarse por la mañana. Y si por la noche hacen alguna necesidad, están los orinales y las poltronas para ese menester. Abajo, al lado de la casa, están los excusados que los hicieron nuevos no hace muchos años.

Las mujeres sí usan del excusado para todo si están cerca de la casa. También cuando andan con la tarea por el campo, procuran hacerlo en lugar señalado y provisto para aprovechar bien los detritus como abono. Mezclados con restos de plantas secas, hojas, ceniza o lo que la naturaleza permite, en tal de hacer una compostura que luego echan en el campo. Una fuente de riqueza que no pueden desperdiciar ni en una meada. Abono natural, pura agricultura ancestral, la tierra vuelve a la tierra, obligada y muy pensada por la matriarca de la familia. Doña Diega, como buena catalana, sabe aprovechar bien el valor de cada cosa.

Doña Diega no es muy apreciada en el pueblo, a fin de cuentas ella no es Arnáez de sangre, solo consorte. A los Arnáez se les respeta solo por ser Arnáez, cómo le diría, el santo patrón del pueblo es el santo patrón y todos lo respetan, pues lo mismo a los Arnáez. Aunque es respetada por algunos, dada su tenacidad para mantener sus tierras en las mejores condiciones posibles, mientras su marido andaba en la guerra y ahora. Si bien no participó este hombre en la contienda civil, por un problema importante de salud o por lo menos así lo justificó. Al estallar la segunda guerra mundial, a pesar de sus años, le llamaron sus contactos internacionales y allá que fue.

Jaime no volvió pronto de esa guerra, herido de gravedad, no en el frente, su participación fue como espía o preparando sabotajes, el caso es que le estalló un artefacto y pasó la mayor parte de la contienda convaleciente. Cuando por fin regresó a casa, era más viejo que la edad que tenía, lo era su cuerpo tullido y más aún de mente. Casi inmóvil, se arrastra al andar, va a paso muy lento con dos garrotes. Ciego del ojo derecho y sordo del oído de ese lado. Su fortaleza de antaño, su vitalidad y alegría tan valorada y apreciada por todos, ha desaparecido. El hombre que regresó llora con frecuencia, angustiado por su precaria salud, por falta de buenos cuidados como de una mejor alimentación en el tiempo trascurrido por allá. Volvió sin recuperar las fuerzas, a días está bien y a otros mal. Consciente de la gran tarea a la que se ha enfrentado su mujer sí lo es, pero incapaz de afrontar, ni siquiera dirigiendo, el quehacer necesario para llevar adelante la hacienda. Por todo ello y porque le nace mandar, sigue doña Diega al frente de la hacienda, de la familia y del cuidado de su marido.

La Espartana la llaman por el pueblo. Apodo ganado a pulso de rigor, por la dura y férrea disciplina que ha impuesto a sus hijos e hijas. A toda la familia en realidad, salvo al marido, al que cuida con esmero y mima a escondidas, según él mismo ha contado en alguna ocasión. Pero de eso solo él sabe, ni siquiera los hijos. Le sigue gustando acercarse al pueblo, de tarde en tarde, toma un vino y si alguien se pone a su lado a parlotear, invita, sigue siendo un señor, tullido, pero un señor. Y aún muestra su buen humor, claro que, solo viene al pueblo cuando se encuentra bien. Es hombre de hablar con todo el mundo.

El padre de Jaime ya murió, creo que ya dije que su madre había fallecido. Los padres de Diega aún viven los dos y allí están refugiados desde la guerra, vinieron huyendo de los bombardeos en la ciudad. Lo que yo creo es que vinieron no solo por esconderse, más bien para paliar el hambre, no dan muestras de capital alguno. Además, también está la hermana, señora paciente y muy buena hilandera. Pasa el día hilando o cosiendo. Remienda con primor, no en balde estuvo en el convento, en esos sitios aprenden esas cosas. No hay dinero para ropa, ni tampoco en el pueblo pueden comprar gran cosa, y más allá no se les ve que vayan. De un pantalón viejo grande, ella monta un par pequeño y guarda lo que sobra para aprovecharlo en otro. La cuestión es que todos vistan decente y ella lo consigue. Clotilde ya está mayor, pero no tanto como años tiene, se mantiene bien y se ocupa también de cocinar para todos, ayudada por las gemelas.

Un tío carnal de doña Diega, Anastasio, hermano de su padre, el único de la familia que recibió estudios en un seminario, del que salió a punto de cantar misa y vive en Madrid. Tuvo cierto papel en la organización de la exposición universal de París y desde entonces va y viene, mantiene amistades allí y decidió llevar al joven Engracio con él. Hombre vividor y poco dado al conformismo de un trabajo estable. En relación con políticos de un lado y otro, pintores y artistas. La familia nunca sabe muy bien a qué se dedica, pero sí está claro que vive como un señor y bien mirado en los círculos más altos de la sociedad cercanos al régimen. Da la impresión de no hacerle falta gran cosa. Viste de lujo, con botines, y siempre cubierto con un buen sombrero. Viene en coche con chofer y eso cuesta lo suyo. Suele pasar unos días en verano visitando a sus parientes, y también por Navidad se acerca a felicitar las fiestas y a dar algún detalle al joven Engracio, pues es su ahijado.

Aunque no fue muy del agrado de la familia que el joven fuera a París, para la madre un lugar lleno de peligros, consintieron ante la insistencia de Anastasio. Prometió volver pronto, en unos días, pero no fue así. Engracio pasó varios meses en París, apenas acabada la guerra allí. No solo pudo practicar bien el francés, siempre hablado en la familia como si fuese la lengua vernácula, conoció a Amélie y se enamoró. Cuando volvió a casa, lo hizo ya casado y con Amélie embarazada.

Amélie, a la que de inmediato cambiaron el nombre por el de Amelia, es muy francesa, apenas sabe cuatro palabras en español y no se empeña en aprender, como todos hablan francés, no se esfuerza en aprender lo nuestro. Quedó impresionada por la gran casa y la tierra que poseían. Pero su espanto fue mayúsculo al saber que no había agua corriente más que en la planta baja y que el excusado era un lugar fuera de la casa que olía fatal, en el que pululaban moscas y otros visitantes ávidos de porquería que les alimentase. Decidió desde el primer momento que ella no entraría en semejante sitio. Instó a Engracio a construir de inmediato varios excusados en orden, con la amenaza de volverse a París en el primer tren si no lo hacía.

Amelia es quien ha inculcado ciertos cuidados en lo concerniente a la recogida de los residuos. Antes había un solo excusado, con un pozo ciego, al que iban a parar todos para defecar, si no lo hacían en los baños de la casa y luego cargaban con el recipiente para echarlo en el excusado. Cuando el pozo se llenaba lo vaciaban con grandes esfuerzos.

Amelia había visto en París otros métodos menos peligrosos y de limpieza más frecuente, pero que precisan agua, y sin pereza la llevan a diario desde los arroyos. Pusieron las tazas y un depósito para el agua y cada cual coge un cubo cuando tiene necesidad. Lo cual hace que vaya todo a otro depósito en la parte de atrás que vacían a menudo. Los pozos negros pueden producir infecciones al mezclarse con las aguas subterráneas o por el mucho tiempo almacenado sin más protección que la rudimentaria tapa. Los gases son tóxicos, eso lo sabemos todos y así hemos vivido, pero los tiempos cambian y van modernizando las cosas. Aquí ya tenemos alcantarillado y agua corriente, ha costado lo suyo, pero ha valido la pena, por la higiene y la comodidad. Pero el coste que eso tiene está lejos de lo que puede permitirse esta familia.

Gracias a ese cuidado en la recogida de los excrementos y en su uso, la hacienda de los Rubiales parece mejor que otras. En las que también usan como abono los residuos, pero de manera menos provechosa.

Resumiendo, apreciado amigo, en la actualidad, ya ve que estamos en 1953, hemos hablado de ciento cincuenta años, el tiempo vuela, pero la vida trascurre con menos prisa, apenas estamos saliendo de la posguerra y debería ser ya otra cosa. En casa de los Rubiales viven hoy los abuelos, es decir, los padres de doña Diega y el matrimonio que forman Jaime y doña Diega, junto con sus cinco hijos. Más la hermana de doña Diega y la mujer de Engracio con los dos pequeños que ya tiene el matrimonio.

Nunca, que nadie recuerde, ha vivido tanta gente en la finca. Sí eran muchos los que allí vivían contando a los criados. Pero lo que es familia, jamás fueron tantos. Siendo así pueden valerse de sus propias fuerzas para todas las tareas y lo hacen. No se sabe por qué esta vez ninguna hija se ha metido monja, aunque casi viven como legas. Está claro que la guerra algo ha cambiado a los Rubiales, por cierto, que los hijos de Engracio y Amelia también son rubios. Algo inexplicable.

Y ya no hay más que contar, si quiere ir, puedo acompañarlo. Suelo hacer alguna visita si Jaime no se acerca por aquí, y siempre soy bien recibido. Foto de ellos no le dejarán hacer, ni hablarán de su vida. Son gente discreta, aun así casi todo se sabe. Ellos siguen viviendo con mucha dignidad, la que les viene de aquel conde y que han sabido mantener, a pesar de no tener un duro. Gente de bien, luchadores, nobles y dignos, pero sin ambiciones. Así son los Arnáez, conocidos como los Rubiales.

Me despedí del buen hombre con un sabor agridulce. No quise ir a molestar a esa gente de bien, que está claro que, como el resto de España, intentan seguir viviendo, de la mejor manera que pueden con los escasos recursos que la situación económica del país y la política permiten.

Ava, sentada frente a ella espera que diga, pero guarda silencio y es ella la que lo rompe.

—Desciendes de un conde, eso es importante, ¿no?

—No, Ava, no lo es, ya no. Lo que importa es que mi abuelo no cumplió su promesa, yo tengo que hacerlo y cuanto antes. Están viviendo como lo hacía el abuelo en Dawson, sin agua corriente ni baños adecuados. Por Dios, ni siquiera pueden atender la tradición de que estudie uno de la familia, eso ya es miserable y ni eso. Si él hubiera cumplido en su momento, esas personas habrían podido vivir decentemente, estudiar y formarse. No puedo entenderlo, cada vez entiendo menos a mi abuelo, para nada. Ya no tengo su imagen del hombre bueno que conocí y ahora aún menos.

—Poco has contado de lo que él ha dejado escrito, pero nada bueno parece, por tus dudas, y no está bien que juzgues a tu abuelo. Siempre lo has tenido en un pedestal, y todos de por aquí lo mismo. Jenna te has ilusionado con cumplir sus promesas y eso ha sido para bien, te ha permitido recuperarte de todo el dolor con mayor rapidez de la que podría esperarse. Es algo positivo y lo has logrado gracias a él. Yo no pienso cambiar mi opinión y tú no deberías.

Durante días, Jenna se encierra en sí misma, ha vuelto a leer lo escrito por su abuelo. Ava, preocupada, pero no le dice nada, sabe que debe ser ella la que tome sus decisiones y respeta su silencio.

Hoy es domingo y apenas desayuna suele salir a correr, mas no lo hace, se ha sentado en el prado, en el sitio en el que solía hacerlo con su abuelo y allí, cara al sol, permanece largo tiempo.

Ava anda arriba y abajo en su quehacer, mirando de vez en cuando hacia afuera y suspirando. Ha llamado a Jeff y le ha contado su inquietud.

—No podemos hacer más, querida Ava, ella tiene que decidir lo que crea conveniente, es su responsabilidad y nosotros solo debemos estar a su lado en lo que decida. Realmente no sé qué pensar, porque apenas ha dicho de lo que Servando ha dejado escrito y, con franqueza, no puedo entender ese cambio de actitud hacia su abuelo. Mientras vivió creo que le quería más que a su madre, y siempre ha guardado su recuerdo como lo más sagrado. Si ahora no es así, está claro que es por lo que él ha contado. Si está en el prado es porque va a tomar alguna decisión, eso se lo enseñó él y si sigue con sus enseñanzas es porque aún es importante para ella. Ya me dirás, llama si crees conveniente que vaya.

—Gracias, Jeff, está comiendo bien y parece que duerme, pero que ande sin apenas hablar me pone muy nerviosa.

—Ten paciencia, ya lo hará, no la atosigues. Demos gracias porque se ha recuperado en tan poco tiempo y ha vuelto a ser ella. Lo que pasó aún lo tenemos clavado en el corazón y ella ha demostrado lo fuerte que es, si ahora algo la perturba, tendremos que apoyarla en lo que sea.

—Sí, por supuesto, ¿has quedado con alguien para cenar?

—No, estoy libre.

—Pues ven a cenar, por favor, estaré más tranquila si vienes y hablas con ella.

—Iré, no te preocupes más.

Jenna ha pasado casi toda la mañana en

la misma posición, ya casi a la hora de comer, ha entrado, se ha puesto el bañador y ha bajado al río a nadar. Tal y como hacía su abuelo. Regresa ya estando la mesa puesta.

—¿Ya está la comida? Voy a vestirme.

Ava suspira sin decir nada. Vuelve y en silencio están comiendo y no lo resiste.

—He invitado a Jeff a cenar, ¿te parece bien?

—Sí, claro, ¿qué te pasa?

—¿A mí? Nada, en todo caso eres tú la que no estás normal y supongo que podrás entender que eso me altere.

Jenna sonríe.

—Eres peor que mamá, todo quería saberlo, ella preguntaba directamente, tú quieres saber, pero no lo haces.

—Pues te pregunto, ¿qué te pasa?

—Todo y nada. No sé ni cómo estoy, he tenido una inquietud por dentro desde que leí el artículo, no, ya la tenía antes, pero eso la aumentó. Tienes razón, es hora de que vaya y le dé a esa gente lo que es suyo. Ha llegado el momento de cumplir las promesas del abuelo.

—¿Cuándo quieres que nos vayamos?

—Ya que viene Jeff, hablaremos con él, yo puedo ausentarme del taller en el momento que quiera, todo está controlado. Pero quizá él no pueda, no quiero causarle ningún trastorno en su trabajo. Escribiré a Max y le diré que vamos, tengo pendiente responder a su última carta, o le mandaré un telegrama ya cuando sepa la fecha. ¿Qué opinas?

—No se ha portado mal, Jenna. Tardó, pero por fin se decidió a escribirte y ha mantenido una relación familiar, está bien que correspondas ahora con una visita. Ya no es nada tuyo, pero los dos habéis sufrido una pérdida importante y eso une.

—En una de las cartas le hablé del motivo de ir a Europa y también le mencioné que no me sentía con fuerzas aún. Dijo que podría acompañarnos, ha estado un par de veces en España y algo más en Italia.

—Sí, claro, fue en Italia donde tuvo el accidente ¿no?

—No me refiero a ese tiempo, después, ya estando fuera del ejército. No sé, ya veremos. Me siento torpe, no he salido nunca del país, apenas conozco nada de aquí y ahora tengo que cruzar el océano y es como si no supiera andar.

—Eso no tiene que preocuparte, te defiendes bien en los idiomas y si Max nos acompaña, seguro que él resolverá lo que sea. Porque Jeff tampoco sabe gran cosa de viajar, en eso es casi tan torpe como yo.

—Son más de dos años en los que ha escrito y he contestado siempre, nuestras cartas han ido creciendo y algo nos conocemos, al principio apenas eran cuatro líneas. Pienso que es un buen amigo, más que otra cosa, siento afecto por él, pero no me parece bien aprovecharme de su amistad. Quiero saludarlo, hablar cara a cara con él un buen rato, que nos enseñe París. Hacer que venga a acompañarnos es como si ir a verlo fuese una excusa, no quiero que piense eso.

—Ah, cariño, no puedes controlar lo que piense o deje de pensar. Iremos y conforme veas ya podrás tomar tu decisión. ¿Has estado pensando toda la mañana cara al sol en eso?

—No, he tratado de estar en silencio y lo he logrado. No podía acallar a mi mente, todo lo que he llegado a saber estaba dando vueltas dentro de mí, necesitaba silencio para aclararme y decidir. Lo he decidido mientras me vestía. Supongo que en ese silencio había tomado la decisión, pero se ha hecho visible luego. Vamos a ver una película, ¿te apetece?

Cuando Jeff llega, lo primero que hacen es cenar y luego le dan a leer el artículo, tras ello se queda mirando a Jenna.

—Esto significa que ese anillo no es un simple adorno. Bien, qué piensas hacer.

—No aclara dónde es el pueblo ese, pero estará la dirección en la caja de seguridad. ¿Podemos ir mañana? Tengo el pasaporte de mi abuelo, así que por lo menos esa parte la tendremos segura antes de partir, si coincide.

—Estás ya decidida entonces.

—Sí, iremos mañana. Cuándo te vendría a ti bien hacer el viaje, por mí no hay problema y Ava ya está dispuesta.

—Estás nerviosa Jenna, qué te preocupa.

—Nada en realidad, es solo la inquietud

de encontrar a esas personas que quizá no recuerden al abuelo para nada o para mal.

—O para bien, no dicen nada malo ahí. Por mi parte no tengo problema, mi ayudante se ocupará de despachar lo que sea. Habrá que solicitar los pasaportes y reservar los vuelos y el hotel. Cuál será el primer destino.

—En principio, París, escribiré a Max y le diré que vamos a ir. Esperaremos su respuesta y en primer lugar quiero que sea la familia, o sea, España.

—Entre unas cosas y otras nos llevará un mes o así. Hay que cambiar esas pólizas por dólares y ver cuál es la mejor manera de llevar ese capital. Mañana aprovecharemos la visita al banco para preguntar al respecto. No tengo idea de cómo pueda hacerse eso. La cifra es importante y no es conveniente llevar esa cantidad encima.

Han seguido charlando hasta tarde y al final han bromeado al respecto por la falta de experiencia que los tres tienen en viajar.

A primera hora de la mañana ya están en el banco, en la caja solo hay dos sobres, uno con la dirección de la familia de Servando, que Jenna comprueba que es la misma que figura en el pasaporte. El otro sobre contiene el pasaporte de Paolo, dos fotos de su familia y una medalla. Ya con ello han pedido hablar con el director. Jenna lleva el maletín con las pólizas. Al verlas el director se echa las manos a la cabeza.

—¡Qué barbaridad! Esto es sorprendente.

Llevo aquí casi veinte años y solo una vez vino un cliente con diez, pero esto es un monto considerable. Esperad un momento, quiero que el contable nos dé exacta la cifra, depende del año y estas son del primer año. Estaban bloqueadas, una inversión muy inteligente, nada podía afectar a estos valores. Jenna, tu abuelo sabía muy bien lo que hacía, otros con mayor rentabilidad lo perdieron todo con la crisis del veintinueve.

Ha salido y al quedarse solos, Jenna enciende un cigarrillo. Jeff no pierde un segundo la vista de ella que da la impresión de estar serena, pero muy seria y su manera de fumar delata su inquietud.

—Relájate, cariño, ya ves que no hay problema.

—No esperaba que lo hubiera, es solo que ya estamos en marcha y no sé qué he de decir. Qué puedo decir a esas personas, han sufrido y quizá no hubieran pasado necesidad si ese dinero les hubiese llegado en su debido tiempo. No me ha dejado dormir el pensar en eso.

—Tú no tienes la culpa.

—En parte, yo también podría haber ido antes. He heredado el problema y con ello la indignidad, esa que tan alta tuvo siempre mi abuelo.

Su tono ha sido muy irónico.

—¡Jenna! No es momento de hablar, pero sea lo que sea que hayas podido saber de tu abuelo, debes recordarlo en lo que fue desde que vino a esta ciudad, desde que fue tu abuelo, la persona que todos conocimos. Y ese hombre no solo fue digno, fue un gran hombre.

El director acaba de entrar frotándose las manos y con una sonrisa de oreja a oreja.

—Jenna, no puedes imaginar, la cifra es redonda. Trescientos sesenta mil dólares, ni un céntimo más ni uno menos. Aquí tienes la cotización oficial y la cuenta. ¿Qué quieres hacer con este dinero, vas a ingresarlo?

—No, tengo que darlo a dos personas en Europa, es un mandato de mi abuelo y voy a ir para entregarlo. Cómo puedo hacerlo.

—No hay problema, con un cheque, lo mejor sería del banco central, el nuestro no tiene sucursales por fuera. Abres la cuenta, depositas allí el dinero, nosotros mismos podemos encargarnos de ello una vez tengas una cuenta. Y nada más, cuando llegues allí, firmas el correspondiente cheque y asunto resuelto. Incluso puede el mismo banco hacerte el cheque en cuanto trasladamos el dinero a su caja, lo que prefieras, pero si quieres mi consejo, de esa manera lo tendrán más fácil para hacerlo efectivo.

Los días siguientes Jeff se ocupa de averiguar los vuelos necesarios, saldrán desde Nueva York, lo cual ya les supone un primer viaje, no llega a solicitar ninguna reserva puesto que ella está esperando que Max responda y la carta no llega hasta un mes y medio después.

"Hola, Jenna, cuánto celebro que por fin te hayas decidido a venir. Aunque siento comunicarte que no estoy en París, he dejado el trabajo que tenía. Mi amigo Carlo, del que tantas veces te he hablado, ha heredado una villa en la Toscana, quiere ser viticultor. Me invitó a ir con él y trabajar juntos, no lo pensé ni un minuto, acepté de inmediato, ya llevo dos meses aquí. Estaba a punto de escribirte y comunicarte mi nueva dirección, cuando me remitieron tu carta desde mi anterior domicilio, por eso he tardado en responder.

«Solo tienes que decirme qué día y a qué hora llegará tu vuelo, iré a Roma a recogerte, podrás alojarte en la villa y estar el tiempo que quieras. Tu casa está situada en un lugar privilegiado, pero te aseguro que quedarás fascinada cuando llegues y veas que esto es el Paraíso.

«La dirección es la que te pongo al pie. Tienes todo mi afecto y espero poder darte un abrazo muy pronto".

Sacudiendo la carta en la mano entra en la cocina para cenar. Ava lleva días que nada pregunta, espera que ella decida cuándo hablar, sabe que es de Max la carta y que no la ha abierto al mediodía, como si no fuera de su interés, cuando lleva un mes esperándola. Por fin habla tras un par de bocados.

—Estaba pensando en no acercarme a París, dado su desinterés en responder. Pero, vaya, no iremos de todas formas, porque

Max no está ya allí. No podía entender que no contestara, lo siento íntimo, creo saber bien cómo piensa y me tenía muy disgustada no recibir sus noticias, ahora está claro. Vive en la Toscana, es la región a la que tendremos que ir porque la dirección de Paolo está en esa zona. Mañana iré a la biblioteca a ver los mapas. Son países pequeños en realidad, si los comparamos con el nuestro. Pero no tengo idea de si está cerca o lejos un lugar de otro.

—¿Te refieres a Italia y España? Dijiste que estaba al lado.

—No, hablo del sitio en el que vive Max y del que consta en la dirección de Paolo. Los dos pertenecen a la zona de Florencia, que es una ciudad como si dijéramos Seattle, más grande, los otros sitios pueden compararse a Tacoma. Allí todo es diferente, necesito más información, no está el territorio divido en estados y condados como aquí. De todas formas, esto lo cambia todo. Llamaré a Jeff para que averigüe si podemos ir directamente a España, no hay vuelos directos a todos los países, quizá tengamos que aterrizar en París o Londres, no lo sé, de eso se ocupa él.

—¡Ay, Señor! Eso sí que me espanta, volar como los pájaros parece que sea plantar cara a Dios.

—Vamos, Ava no me salgas con esas, por favor. Podríamos ir en barco, pero lleva tiempo y todo entraña riesgo. Volaremos, querida Ava, y no nos estrellaremos, hay que cumplir las promesas del abuelo.

—Algo ganamos, parece que estés más animada.

—No es que esté o no animada. Tengo miedo de enfrentarme a esas personas, de que me digan cosas peores de mi abuelo, eso ha hecho que fuera retrasando el tomar la decisión de ir. Tengo dentro de mí una lucha, ya no sé si creer en él tal y como lo he hecho siempre. No quisiera perder lo que aún siento por él.

Jenna ha cerrado los ojos y un par de lágrimas se deslizan silenciosas por su bello rostro, ahora con el gesto ensombrecido.

—No puedo opinar, en realidad, ya que no has querido contar de lo que has leído, de esa historia que él te ha dejado escrita y de la que nadie sabemos. Pero piensa un poco Jenna. Él siempre fue tu maestro, si te ha dicho cosas suyas negativas, es porque quiere que sepas la verdad igual que te la decía de todo. Te está enseñando a conocer, a que dejes de pensar en él como una niña y lo hagas ya como una mujer adulta capaz de comprender lo que conoces. Yo te he hablado de mí, cosas que no sabías, de mi vida vulgar y sucia en algunos aspectos. No creo que me aprecies menos ahora que sabes eso. ¿Me equivoco?

—No, no te equivocas, y puede que tengas razón y mi abuelo solo haya querido mostrarme al hombre que fue, porque para mí solo era el dios que también fue y nunca vi al diablo. Él me lo ha mostrado, y me duele profundamente. Tiempo, tiempo, siempre el tiempo para comprender y asimilar y aprender de ello en el silencio.

10

Por fin es en septiembre de 1954 cuando, tras un vuelo hasta Nueva York, embarcan rumbo a Madrid con un avión de Iberia, la compañía española. Hace apenas un mes que se ha puesto en marcha la línea entre esas dos ciudades. Irán pues directos a España en un vuelo que si el tiempo acompaña durará entre once o doce horas.

Ava parece estar rezando y Jenna ríe por lo bajo.

—Sí, ríete, tú no te has visto la cara, ahora estás bien, pero hasta hace un rato estabas lívida.

—Este avión es nuevo y más grande que el otro, podemos confiar en que todo irá bien. ¿Qué dices Jeff?

—Digo que solo pensando en que irá bien estaremos tranquilos y lo mejor será que durmamos un poco, ¿no os parece?

El vuelo trascurre sin incidencias y al llegar van directos al hotel Ritz, ubicado en la mejor zona de Madrid y el más lujoso de la ciudad. Es de noche y ya la entrada les sorprende por su magnífico aspecto. Jenna viste de pantalón y de inmediato le hacen notar que el protocolo del hotel no lo permite.

—¿Perdón, cómo dice?

—Es obligado para poder acceder al comedor, que las señoras vistan como corresponde, al igual que la corbata para los señores, que observo que sí lleva el caballero. Este es un gran hotel, señora, nuestra exquisita clientela merece la compostura adecuada.

Jenna se queda mirando a Jeff con sorpresa y el gesto entre cabreado y divertido. Él se apresura a responder.

—Por supuesto, no se preocupe. El largo trayecto obliga a vestir más informal, nos cambiaremos para la cena. Quisiera solicitar para mañana un coche con chofer, tenemos que ir a los alrededores de Pamplona, y si fuera posible que el chofer conozca la zona, nuestro destino es el Valle de Roncal.

—Todo lo que nuestros clientes solicitan, no solo es posible, nos esmeramos por complacerles. A qué hora desean que esté a punto.

—En cuanto desayunemos, que lo haremos a primera hora, mantendremos las habitaciones, quizá volvamos en el día o al siguiente.

—No está cerca, caballero, les llevará bastantes horas el viaje de ida y otro tanto la vuelta. Tomo nota y su petición será atendida. Les deseo una feliz estancia.

—Gracias.

Mientras suben a las habitaciones, acompañados por un diligente y perfecto uniformado botones y otro mozo con las maletas, los tres observan todo lo que van viendo sin decir palabra. En cuanto entran a la que ocuparán Ava y Jenna se quedan sin palabras las dos. El lujo es superior, más parece que estén en la habitación de algún palacio real. Y Ava así lo entiende.

—Esto hace juego con tu anillo, ¡Señor! Qué barbaridad.

Al momento vuelve Jeff que había ido a la habitación asignada para él y Jenna no puede reprimirse.

—¿Cómo se te ha ocurrido escoger este hotel? ¿No hay más normales?

—Ah, Jenna, por favor. No tenía idea de lo que podíamos encontrarnos y este era seguro que estaba en condiciones. Querida, después del reportaje que vimos, aquí no podemos arriesgarnos. Supongo que llevarás algún vestido.

—Sí, pero dudo que esté a la altura de la alfombra, fíjate qué maravilla. Por aquí no ha pasado la guerra, por lo visto. Por un momento he estado tentada de darme la vuelta, no me gusta que me digan cómo he de vestir.

—Sí, por eso he respondido de inmediato, estaba temiendo que le saltaras al cuello. Bien, pues vamos a cambiarnos, poneos lo mejor que tengáis y bajaremos a cenar, no sé vosotras, pero yo estoy impaciente por probar la comida que hacen aquí.

El comedor es tan exquisito como el resto y lo que les sirven todo tiene nombre francés. Cubiertos de plata y vajilla de Limoges. Ava apenas ha dicho una palabra desde que han empezado y a cada plato escudriña con extremo cuidado y come muy despacio. Jenna mira a Jeff y ríe por lo bajo.

—Nuestra querida Ava está explorando los ingredientes.

—No te burles Jenna, pero esto es demasiado para mí. Lo que no entiendo es que estando en España nos sirvan comida francesa.

—Es que son tan palurdos que creen que lo francés es más elegante, suerte que no estaremos aquí mucho, porque si tuviera que estar, desde luego que nos íbamos a cualquier otra parte. No soporto que me estén mirando mientras como. Curtis es un perfecto camarero y jamás se comporta de esa manera tan atosigante.

—No estamos acostumbrados al lujo y el servilismo extremo, cariño, pero mira qué tranquilos parecen los demás.

—Sí y quizá mi abuelo lo soportaría mejor, él sí estuvo en sitios en los que exigían la etiqueta de calidad solo para traspasar la puerta.

—¿Ha hablado de eso en esas memorias?

—De todo, Jeff, de lo bueno que vivió y de lo malo. Solo que lo malo supera a lo bueno. El vino es excelente.

Ha cortado el decir más de su abuelo y el resto de la cena solo comentarios de lo que comen, al terminar salen a pasear un poco por los alrededores, sin llegar a alejarse del hotel. Una hora después ya están acostados.

Son más de las diez cuando parten rumbo a Pamplona. Antes de partir, el chofer, José se llama, les dice que entre detenerse un par de veces por descansar y comer, llegarán mediada la tarde. Por lo que Jeff pide en recepción que les reserven un hotel en los alrededores o en Pamplona, para pasar la noche. Han tenido que esperar a que les confirmaran el lugar.

Ya en el camino poco tráfico es el que aprecian. El chofer va alborozado.

—Han tenido suerte los señores, este coche está casi sin usar, es muy bueno, un Austin inglés. La mayoría de los que circulan son viejos, muchos no alcanzan los cuarenta o sesenta kilómetros, pero este es una maravilla y nuevo.

—¿José conoce la zona, el Valle de Roncal?

—Sí, señor, yo nací allí y pasé la época de la guerra, nos libramos de milagro de morir en Belchite. Estábamos allí, pero nos trasladamos al empezar el jaleo a casa de otros parientes. Mi padre murió en la guerra, pero a nosotros nos salvó de morir Dios, porque en Belchite fue horrendo. Al acabar nos vinimos a Madrid, mi madre ya ha fallecido, el horror y el hambre han matado más que las bombas. Si a los señores les viene bien, podríamos acercarnos y verían cómo quedó aquello. Yo no he vuelto, pero me gustaría verlo.

Jeff mira a Jenna que afirma con la cabeza.

—Bien, pero primero iremos a lo que hemos venido, a la vuelta, si le parece, nos podemos acercar a ese sitio.

—Sí, porque por el valle no verán gran cosa, quiero decir que allí estaba más tranquilo todo. Ah, pero esa zona es una maravilla para vivir. Y, oiga, el hotel ese al que vamos es muy bueno, todo en esa tierra lo es. Mire, ¿ve los carros? Así sigue la gente apañándose, hay motorizado poco aún. Ya van comprando algunos camiones y circulan autobuses nuevos, pero la mayoría es viejo. Una cosa es Madrid, ahí hay todo tipo de vehículos, pero en cuanto sales hacia provincias la cosa cambia mucho. Lo que sí tenemos en circulación bastante son los motocarros en la ciudad, son muy prácticos y no consumen gran cosa...

José habla y habla, ellas nada y Jeff de cuando en cuando interviene. Se han detenido tres veces, han comido de manera sencilla en una posada y llegan a Lecumberri, el pueblo en el que está el hotel. Esta vez Jenna se siente a gusto apenas pone el pie. Piedra y madera, nada de mármoles ni sofisticadas alfombras que casi parecía un delito pisar. Y una atención más familiar, de hecho, los propios dueños son los que lo regentan y nadie le ha pedido que se quite los pantalones, para sentarse a la mesa. La cena ha sido copiosa, hasta el punto que han protestado.

—Oigan, aquí sus compatriotas no protestaron nunca, son de buen comer, por eso les he servido lo que tenemos por costumbre. Claro que si prefieren la cocina francesa del Ritz, también podemos hacerlo.

Es Jenna la que responde con una sonrisa.

—No, para nada, pero diga, ¿vienen norteamericanos aquí?

—No tanto como quisiéramos, pero tenemos el honor de que el señor Orson Welles se haya alojado aquí, y el muy apreciado señor Hemingway.

—Vaya, eso sí que es una sorpresa. ¿A qué vinieron?

—A pasar las fiestas de San Fermín, a eso vienen todos. Total estamos a poco de la capital y aquí se puede dormir a pierna suelta, toda Pamplona es un bullicio mientras duran las fiestas. Es una lástima que no hayan venido antes, podrían haber presenciado la mejor fiesta del mundo.

Apenas son cuatro casas y poca luz hay, no salen a ver nada, tras una larga charla se acuestan. Jenna no logra conciliar el sueño y antes de salir el sol ya está paseando por fuera, fumando nerviosa. Ava aparece y la riñe.

—¡Ay, Señor! Fumando sin desayunar, vamos, entra, he pedido que nos lo sirvan. No he querido abrir la boca, pero oírte dar vueltas toda la noche me ha desvelado a mí también. Escucha una cosa, vas a hacer algo bueno y eso no tiene que ponerte nerviosa. Así que trata de controlar esos nervios.

—Ya, sí, tienes razón, pero hasta que no les vea la cara, creo que no me sentiré bien. Temo apreciar su resquemor, lo temo Ava, no puedo evitarlo. Y no sé cómo podría defender a mi abuelo, a pesar de todo, quiero hacerlo.

El chofer ha hablado con unos y otros, ya tiene claro cómo llegar a la finca, los caminos no están muy señalizados, ahora ya no es una carretera nacional y cuesta orientarse. En el valle son varios los pequeños pueblos que hay y van dejando de lado, aunque eso no les impide apreciar la maravilla del paisaje. Monte alto, entre valles que recogen a los diminutos pueblos. Ahora entiende Jenna que no localizara en el mapa el pueblo. Parece que la vida esté estancada en otro espacio, pura naturaleza. El silencio solo lo rompe el motor del coche, la frescura a esas horas de la mañana, alivia la tensión que sienten Jenna y sus acompañantes, por verla a ella nerviosa. Por fin llegan a la que, por la descripción del artículo, es sin duda la casa de los Arnáez, conocidos como los Rubiales. Ella es la primera en bajar, los demás lo hacen, pero se quedan junto al coche.

Una joven aparece, rubia, vestida muy corriente, como van la mayoría de la zona, sin ningún lujo. Sin embargo, algo en ella marca una diferencia, nada vulgar. Jenna viste con la ropa que le es más cómoda, lleva pantalones, una camisa y la chaqueta. Avanza hacia ella y la inquietud que lleva la hace hablar sin rodeos.

—Buenos días, soy Jenna Arnáez, nieta de Servando Arnáez, vengo a conocer a la familia de mi abuelo, ¿es usted pariente?

Estupor es lo que ve en el rostro de la joven que abre la boca y no llega a decir nada, porque en ese momento aparece un hombre, que se apoya en dos garrotes, es ya muy mayor, el pelo todo blanco. Jenna lo identifica como Jaime, descendiente directo del hermano de su abuelo y lo saluda.

—Buenos días, señor Arnáez.

La muchacha repite atropellada lo que Jenna le había dicho y la mirada del anciano se ilumina y una sonrisa temblorosa aparece en su boca.

—¡La nieta del tío Servando! Ja, ja. Qué maravilla, pasa, pasa. Quiénes son los que vienen contigo.

—Dos amigos, Ava y Jeff, el otro señor es José, el chófer.

—Dulce, atiende a José y tú, Jenna, di a tus amigos que pasen. Ven, ven, pasa, pasa, por Dios, cuántos años, cuánta historia ha hecho el mundo en ese tiempo. Así que Servando no nos olvidó, nosotros tampoco le hemos olvidado. Hablas muy bien el español, ¿te lo enseñó él?

Jenna asiente y contempla el interior, el buen mobiliario, de calidad, pero bien escaso, solo lo necesario. Jaime toca una campanilla y otra muchacha, casi exacta a la primera aparece.

—María llama a todos, que vengan todos estén dónde estén. Tenemos visita de importancia histórica, ¡venga, mueve ese trasero! Ah, espera, di a tu madre que está aquí la nieta de Servando, venga, espabila y traed algo para beber o comer, lo que sea, venga, venga, no te entretengas.

Jenna sonríe al ver cómo se apresura en tratar de agasajarla. Respira con cierto alivio y la emoción amarra su garganta.

—Siéntate, por favor, qué barbaridad, después de tantos años saber algo de Servando, qué barbaridad. Ah, pasen, pasen. Me presento yo mismo, no te he dicho quién soy, Jenna, no sé si lo sabes. Aprovecho ahora que llegan tus amigos. Soy Jaime Arnáez, nieto del hermano de Servando, sobrino nieto pues de Servando, así que no sé exactamente cuál es nuestro parentesco, pero somos Arnáez, aún somos Arnáez y eso ya es suficiente. Encantado de conocerlos y bienvenidos a nuestra humilde casa.

Les ha dado la mano, mientras Jenna volvía a pronunciar sus nombres, y por primera vez ve Jenna un atisbo de emoción, más allá de la alegría, quizá recordando. Ella, aunque más tranquila, sigue emocionada. No ha llegado a tocar siquiera a su tío y es él quien ahora se acerca y le roza la mejilla.

—Te pareces a él, tengo su retrato en mi cuarto, a todos, los tengo a todos encima de la cómoda, ya solo quedan recuerdos y a veces hasta se pierden en mi memoria. Hoy hacemos historia los Arnáez, la hacemos sin duda alguna. Una prima americana, sí, eso somos, primos. Nuestros abuelos hermanos y, por tanto, somos primos sin duda alguna. Y eso significa que nos hemos expandido por el mundo. ¿Quién lo iba a decir?

Como por arte de magia ha comenzado a entrar gente, y antes de que dijeran su nombre, ella ya lo tenía en la mente, por las muchas veces que ha leído el artículo. Han servido vino, pan y unos fiambres. Doña Diega parece más joven de lo que ella suponía, un tanto rígida y menos jovial que Jaime que la insta a que cuente de Servando y lo hace a grandes rasgos. Toda la familia está ahora presente, incluidos los niños. Y ella hace un soberano esfuerzo al empezar a hablar, quiere decir solo lo justo y apropiado.

—El abuelo no logró en Cuba lo que él consideraba necesario para volver y recompensar a la familia el esfuerzo que hicieron para facilitarle el viaje. Pasó muchos años allí trabajando él mismo la tierra y después se fue a los Estados Unidos.

Jaime, que está situado junto a ella por el lado que oye bien, interviene.

—Sí, sí, eso lo sabemos, lo dijo en su última carta, las tengo todas. Temieron que le hubiera pasado algo, al no recibir más. Perdonad, puedo parecer un grosero, pero ¿lleváis cigarrillos? Me aficioné a ellos en la guerra y no he vuelto a fumarlos. Aquí es muy diferente el tabaco que podemos adquirir.

Jenna le ha dado el cigarrillo y le hace gesto de que se quede el paquete.

—Gracias, esto significa que tú también fumas. Coge uno, por favor.

Es ella la que le da fuego y él le retiene la mano. Observa el anillo y una gruesa lágrima aparece en su ojo, el otro lo lleva cubierto con un pequeño parche. Levanta su mano mostrando un anillo igual y ahora es Jenna la que aguanta como puede la emoción.

—Somos Arnáez, los varones de la familia siempre han llevado este anillo. Gracias por llevarlo, querida prima, haces honor a la familia. Pero sigue, sigue contando, estoy muy nervioso. Perdona.

—Yo también, bueno, en esa época en que llegó a los Estados Unidos, era difícil mantener correspondencia porque iba de un lado a otro, buscando hacer negocio y fortuna sin detenerse mucho tiempo en un lugar concreto. Iba con un amigo inglés, con idea de llegar al norte porque decían que había oro. Llegaron tras mucho, varios años les costó, y al principio nada era cierto. Tenía que trabajar y abrió un local con habitaciones, un pequeño hotel con comedor. Así se ganó la vida y se casó. Pasado el tiempo, unos encontraron oro y fueron muchos a buscarlo, él también, su mujer murió en en el camino. Fue muy duro todo, porque la temperatura era muy baja, con mucha nieve y grandes problemas. Al final se quedó solo luchando por sacar algo de oro y lo logró. Dejó mandado que yo viniera a traer la parte que había guardado para su familia, a eso he venido, para darles esto.

Jenna ha sacado de su bolso el cheque y se lo da. Jaime lo coge y lo observa detenidamente. Muy serio, la mira con su único ojo sano.

—Esto son dólares, es mucho dinero, ¿Jenna estás segura de que esto es para nosotros?

—Sí, señor, el abuelo rehizo su vida después, se volvió a casar, ya tenía bastantes años y mi abuela no era de mucha salud, supongo que eso le impidió volver, pero nunca se olvidó de cumplir su promesa. Espero que perdone el que yo la haya cumplido tan tarde. Él murió siendo yo pequeña.

—Nunca es tarde si la dicha es buena, Jenna, esto es un milagro para nosotros. Fuimos algo antes, ahora, nos queda el nombre, la propiedad ya ha vuelto a ser nuestra, gracias a Dios. Mi hermano, tengo un hermano en Barcelona, tiene una fábrica, estuvo a punto de perderla, por circunstancias que no vienen al caso comentar, tuvimos que buscar dinero y la única manera fue hipotecar la finca, se resolvió y no es lo que era, pero sigue activa la fábrica. Hemos pasado tiempo con los pagos sin dejarnos respirar tranquilos, porque son siglos los que habíamos hipotecado y con ellos nuestra historia. El año pasado acabamos de pagar, con el esfuerzo de todos hemos salido adelante. Todo va a mejor, ya tenemos esperanza de poder vivir más desahogados. Ahora vienes y nos das esta riqueza, qué puedo decir, salvo darte las gracias, miles de gracias, tantas como la fortuna que representa este dinero. Pero dime ¿a ti no te hace falta? Porque si es así...

Jenna engulle como puede la emoción que siente al ver que Jaime extiende el cheque hacia ella.

—No, no, el abuelo hizo un taller, construimos muebles, él los diseñaba y me enseñó a mí. No necesito nada, vivo bien. Eso es de ustedes, él nunca lo tocó, lo guardó en el banco y ha ido aumentando por los intereses.

—Me hablas como si fuera yo el abuelo, somos primos, tutéame, por favor. Contaba mi padre, supongo que se lo contaron, que Servando pasaba horas dibujando, aún guardo alguno de sus cuadernos, luego te los daré. Un taller de muebles, eso demuestra que supo emplear su talento. Nosotros no hemos hecho más que seguir con lo que hacíamos, está todo igual que cuando él vivía aquí. Esto va a mejorar en mucho nuestra vida y no sé cómo agradecerlo, qué puedo hacer por ti, dime.

—Nada, solo me gustaría ver el entorno, tener un poco la imagen del lugar en el que pasó la primera parte de su vida.

Jaime asiente y mira al mayor de sus hijos, vuelve su ojo hacia ella.

—¿Sabes montar a caballo? Dicen que allá sois todos vaqueros.

—No es así, pero sé montar.

—Bien, siento no poder acompañarte, ya ves cómo ando. Engracio, enséñale la finca. Mientras que preparen la comida y yo buscaré esos cuadernos de Servando, es lo único que tenemos de él y su foto, pero esa me la quedo yo, seguro que tú tienes alguna.

Montada a caballo junto a Engracio, poco hablador, ha ido recorriendo gran parte del valle, han llegado hasta la ladera del bosque, luego han cabalgado hasta donde está el ganado, que en efecto es un pedregal porque está en alto y apartado del bosque. Hay unos amplios cobertizos de piedra que, Engracio explica que allí se guarece el ganado de la nieve.

—En primavera bajamos el ganado hacia los pastos, pero ahora ya tiene que estar aquí, el pasto anda escaso por la sequía y hay que dejar que se regenere. De ese arroyo del fondo, subimos agua hasta aquí, mientras no hay nieve. Los alimentamos en invierno con el pienso que hemos podido guardar. Bajemos y verás la huerta, es poca, pero suficiente para la familia.

Ahora entiende más el que su abuelo apreciara tanto el lugar en donde tienen la casa, guarda cierto parecido con lo que está viendo, aunque aquí el terreno es más irregular, sube y baja con brusquedad y el monte surge a cada momento interrumpiendo los valles. A pesar de la sequía que dicen que hay, el color que predomina es el verde y el aire puro, tal como le gustaba respirarlo a su abuelo. El valle con esas subidas y bajadas, con varios riachuelos cruzando por él, es una auténtica maravilla. Engracio apenas habla, pero de vez en cuando ha sonreído al verla emocionada contemplando el paisaje.

La comida ha sido copiosa, una sopa que llaman migas de pastor con setas secas y tocino, chuletas de cordero a la brasa y un queso que ellos mismos elaboran y típico en la zona. Ella ha tratado de que Jaime contase algo de su vida, por evitar hablar más de su abuelo, y el buen hombre ha pasado la comida hablando de las dos guerras y su labor como espía. El resto comía, apenas han pronunciado cuatro palabras de compromiso, pero sonreían a cada momento, ofreciendo el pan o el vino, hasta Amelia ha tenido el gesto amable todo el tiempo, pero sin decir nada. Quizá porque Jaime ha acaparado la palabra. Y, en efecto, doña Diega no es una Arnáez, no ha sonreído en ningún momento.

—No creas que fui alguien, uno más, pero hice mi papel bastante bien en la primera, y eso que era un chaval. Cuando me llamaron en la segunda, creía yo que tenía las mismas fuerzas y no era así. Hacía labor de sabotaje y fueron varias las operaciones que salieron bien, pero en la última puse un artefacto para volar un tramo de vía, cuando estaba preparando el segundo, el tren ya venía y yo me puse nervioso y algo hice mal. Explotó antes de tiempo y no corrí lo suficiente. Suerte que mis compañeros tiraron de mí apartándome de allí y me llevaron a una granja, medio muerto, no me enteré de nada en los primeros momentos. Una suerte porque me operó un veterinario y sin anestesia. Allí me tuvieron hasta que me pude valer, lo poco que me valgo.

Ahí se acabó mi participación y mi energía voló con aquel explosivo. Pero la misión fue un éxito y a pesar de todo me felicitaron.

No ha reprimido las lágrimas al despedirse, ya cayendo la tarde. Les ha invitado a visitarla y ha prometido a Jaime mandarle cigarrillos.

—Querida prima Jenna, yo no podré ir a verte, por edad y por maltrecho. Pero quizá vaya algún hijo o nieto. Lo que sí me gustaría es que me escribieras, volver a tener cartas de un Arnáez, de una en tu caso, desde América. Será mantener viva la historia. ¿Lo harás?

—Sí, Jaime, te lo prometo.

—Cuando un Arnáez promete siempre lo cumple, pero no esperes tanto como Servando, por favor. Aquí tienes tu casa y tu familia, si quieres volver siempre serás bienvenida.

Si en la presentación todos le han dado la mano, ahora son abrazos, hasta de doña Diega que ha tenido un gesto especial, le ha cogido las manos entre las suyas y se las ha besado. Jaime ha sido el último en abrazarla y ha vuelto a acariciar su cara sin pronunciar una palabra, mientras por su único ojo el llanto no cesaba.

Lleva apretando contra su pecho los cuadernos de su abuelo. Ava trata de aliviar la emoción que tiene hablando de lo bien que han comido y lo amables que han sido todos. También José, que ha comido en la cocina, iba la mar de contento por la buena comida.

Esa noche tampoco duerme Jenna, la pasa junto a la lámpara admirando todos y cada uno de los dibujos de Servando. No son diseños de muebles, dibujos del entorno, paisaje, animales, flores…

En la mañana emprenden el regreso y tal y como estaba previsto, José les lleva a Belchite. Les va contando la historia, entusiasmado.

—Ya verán, en nada estamos allí, con este coche puede uno ir al fin del mundo en un abrir y cerrar de ojos. Mi padre era de allí, y allí se casaron, luego por el trabajo pararon en Roncal. Pero al irse a la guerra mi padre, allá que fuimos, mi madre, Paco, mi hermano, y yo. Un pueblo grande, no como los que han visto, todos los de por aquí son muy pequeños. Contaba los cinco mil habitantes. Y muy rico en historia, ya antes de Cristo había allí gente y los romanos también estuvieron y tuvo sus luchas en aquella época. Después, que si moros, judíos, por Belchite han pasado todos. Por eso tenía palacios, iglesias, casas de ricos, convento, de todo, un pueblo rico.

«La mala suerte ya le vino con los franceses, tuvieron una batalla grande y la ganaron ellos, tanto que pusieron el nombre en el Arco del Triunfo de París. Pero lo gordo vino con la guerra civil, los rojos atacaron con ganas y se ensañaron, acabaron luchando cuerpo a cuerpo por dentro del pueblo, lo bombardearon y fue una carnicería para todos. Un horror, un auténtico horror. Lo peor es pensar que lo hicieron los de mi padre, él estuvo en ese lado.

«Miren la estepa, esto es único de aquí, vamos como si llegaran ustedes a un desierto. Parece mentira que esté este terreno de esa manera, pero esto es natural, no por la guerra. Ya falta poco para llegar. El Caudillo, Franco, dijo que lo haría nuevo, luego lo han pensado mejor y lo han dejado ahí para recuerdo del horror. Ya estamos.

La desolación es lo que ven, avanzan siguiendo a José por lo que era la calle Mayor, bastante larga, y a un lado y otro todo es destrucción, la iglesia con las huellas de los destrozos por los bombardeos, las paredes con los impactos de las balas, los derrumbes por cualquier lado. Jenna mira a Ava y ve que va llorando, la coge del brazo y tira de ella para salir de allí. Jeff es el único que se queda junto a José.

Cuando vuelven, están las dos apoyadas en el coche fumando y de espaldas al pueblo. José limpiándose los ojos.

—¡Cago en Dios! Quería venir, llevo tiempo pensando en ello, y a qué mala hora. Ustedes perdonen, pero ver esto me ha movido el cuerpo, ahí murieron parientes míos, gente que conocía.

Jeff le ofrece un cigarro y poco a poco va tranquilizándose, se ponen en marcha y al momento vuelve a hablar.

—Cuentan que hay fantasmas, que si haces una foto a veces los ves y que oyen voces. Eso yo no me lo creo, pero ánimas seguro que andan por ahí, porque tanto horror no es justo para nadie, para nadie, y alguna habrá que no descansa en paz. Los muertos son polvo, pero las ánimas, qué son, qué pasa con ellas. ¿Ustedes lo saben?

—Hay quien piensa que van al cielo o al infierno. Yo, francamente, no pienso en nada de eso.

—Sí, señor, lo mejor es no pensar, vive uno lo que viva y punto. Para qué pensar, si piensas te vuelves loco. Ya me dirá usted para qué sirvió tanta muerte, ¡cago en diez! Ahora no podré dormir, con lo bien que lo he pasado con este viaje y he tenido que meter la pata al final. Pero, oigan, ustedes ni caso, este no es su malestar, a fin de cuentas están de vacaciones, no es su pueblo. Pronto pararemos para comer, a media tarde en Madrid y disfruten de la capital, hay mucho para ver.

Ya han llegado al hotel y Jeff le da una buena propina al chofer para que se quite el mal sabor de la visita al horror. Les ha dado las gracias una docena de veces. De nuevo la exquisitez de la cocina francesa es lo que les sirven en la cena y Ava bromea al respecto.

—No hemos ido a París, pero comemos como si estuviéramos allí. Qué plan tenemos ahora, Jenna.

—Ya que estamos aquí, veremos Madrid un poco y pasado mañana, si podemos, cogeremos un avión para ir a Roma.

—Qué día le dijiste a Max que llegaríamos.

—No dije día alguno, Jeff, quiero llegar

por sorpresa. Alquilaremos un coche, allí las distancias son menores y podremos apañarnos sin un chofer que nos lleve a ver desastres de la guerra. Me he sentido fatal viendo aquello y por el disgusto de ese pobre hombre. Veremos Roma y luego iremos a la Toscana.

—Se ha portado bien el hombre y pocas oportunidades debe de tener para ir y ha querido aprovechar la ocasión. Pero ha sido malo para él y nosotros no tanto, pero también. Las guerras son odiosas. Bien, de acuerdo, si nos perdemos no creo que pase nada. Compraremos un mapa y una brújula, con eso no creo que nos perdamos.

El hotel ha puesto a su disposición otro coche y un guía para visitar lo más emblemático, y sorprendidos quedan por ver un Madrid en plena ebullición. Solo han dedicado un día, y han querido entrar en el Museo del Prado, no es mucho lo que han visto, pero les ha encantado.

Jeff le ha dicho al guía que querían comer en un sitio típico con cocina española y les ha llevado al restaurante Botin, abierto en 1725. Su horno utiliza desde siempre madera de encina y no se ha apagado nunca, ni siquiera durante la guerra cerró. Han comido cochinillo asado. Ava ha sido la que más ha disfrutado con ello, Jenna no tanto, pero le ha encantado el vino y lo antiguo del local. Ha estado entusiasmada todo el tiempo al saber que estaban sentados en un lugar en el que Goya, según cuentan, trabajó en su juventud, cuando acababan de ver un buen número de sus obras, en uno de los mejores museos del mundo. Y han vuelto a sorprenderse cuando les han comentado que Hemingway solía comer allí cuando andaba por Madrid.

Al día siguiente tienen el vuelo para Roma y llegan al mediodía. Si Madrid les ha dejado buen sabor, Roma les cautiva. Hasta medianoche patean sin guía alguno, Jenna está por fin muy contenta. Todos sus recelos ante la visita con la familia han desaparecido. La buena acogida de Jaime, en realidad el que más le importaba, ha hecho que recobrara la paz. Y ahora en Roma resurge la Jenna curiosa por ver y arrastra a sus acompañantes que caen rendidos ante su energía.

—Ya, para Jenna, volvamos al hotel y descansemos, no me aguantan los pies.

—Te estás haciendo vieja Ava, pero de acuerdo, mañana seguiremos. Me fascina esta ciudad, es retroceder cientos y cientos de años en la historia, al tiempo tiene una vitalidad increíble. Me gustaría ir en una de esas motos, me encantan.

—Yo estoy abrumado, tienen una manera de conducir muy atropellada. Bien, vamos a dormir y mañana veremos de contratar un vehículo y comprar un mapa. Ya ves que el plano de la ciudad que nos han dado es muy útil, supongo que el mapa será por el estilo. Me siento más cómodo que en Madrid, la verdad sea dicha.

—Lo que ocurre es que allí nos han llevado de la mano, aquí nos movemos con toda libertad y por eso nos sentimos mejor.

Dos días han pasado pateando todo el centro de Roma y el Vaticano, hoy ya emprenden la marcha hacia la Toscana y al estudiar el mapa la sorpresa es mayúscula. Al ver que el pueblo de Paolo está junto al que vive Max, incluso se puede ir a pie. Jenna se queda mirando a Jeff que sonríe.

—No hay casualidades, Jenna, no las hay. Tenía que ser, ya ves qué fácil.

—Increíble, iremos directos a casa de Paolo, porque si no hay nadie de su familia tendremos que buscarlos, y para eso sí que nos vendrá bien que Max esté cerca. Dices que no hay casualidades, pero Jeff, esto será algo mágico si esta gente sigue viviendo en el mismo lugar.

—Pues pongámonos en marcha. Ava apenas hablas, ¿qué te pasa?

—Oh, Jeff, estoy como flotando por tanto avión y por todas las maravillas que hemos visto. Lo mejor que me ha pasado en la vida fue conocer a Servando y entrar a trabajar a su casa. Ahora, como volviendo del más allá, gracias a lo que su nieta hace en su nombre, estoy viviendo un sueño y no me parece real, floto, floto, estoy flotando.

Jeff la coge por los dos brazos y le da dos besos en las mejillas, dejándola con la boca abierta.

—No quiero que alces el vuelo sin despedirme de ti.

Jenna suelta una carcajada viendo la cara que pone Ava, y parten. Ella al volante de un Fiat 1900 y Jeff de copiloto mapa en mano. Se han detenido a comer y Jeff insiste en ir primero a casa de Max.

—No, quiero hacerlo tal y como he pensado, si los localizamos les doy el cheque y se acabó la historia. Es lo primero, luego podremos visitar algo de por aquí, ya ha sido demasiado quedarnos en Roma dos días, tendríamos que haberlo hecho a la vuelta. Pero, la verdad, es que me ha venido bien, me siento mucho mejor y estaré bien del todo cuando esté totalmente cumplida la promesa del abuelo. Bueno, sigamos viaje, ya es poco lo que falta, ¿no?

—Apenas nada, el pueblo no parece gran cosa, será fácil encontrarlos.

Y tan fácil ha sido, aunque han tenido que dejar el coche a la entrada del pueblo, un hombre les ha dicho que lo dejasen allí, porque la mayor parte de las calles son muy estrechas y no cabe un vehículo. Apenas se aleja cuando Jenna le dice a Jeff.

—Pregúntale si conoce a los Vitelli.

Pero el hombre ya andaba demasiado lejos y lo dejan marchar. El pueblo está sobre una colina, si de lejos les parecía un lugar encantado, ahora creen haber retrocedido en el túnel del tiempo, y solo falta ver aparecer a un caballero vestido con armadura y montado en un caballo dispuesto a la batalla. Es muy pequeño, todo medieval, fortificado. Debió de tener su importancia allá por el siglo XI, En efecto, las calles son muy estrechas y empedradas con amplias losas, las casas todas de piedra y de una o dos alturas. Andan por lo que parece la calle principal, pues casi todas dan a esa y se estrechan o retuercen al capricho de lo construido en lo que era el castillo.

En lugar de un noble caballero del Medievo, a quien encuentran es a una mujer ya anciana que está remendando ropa sentada a la puerta. Junto a ella, en un pequeño espacio cara al sol, un gato medio dormido no se molesta siquiera en mirar.

Es Ava la que se acerca muy decidida, al ver que la mujer les está mirando sin disimulo alguno. La saluda y le muestra la dirección, preguntando por la familia Vitelli, aclarando que un antepasado fue a América. La mujer responde de inmediato sin dudar y sin mirar el papel.

—Sí, pero no están aquí, ahora su casa está abajo, fuera del pueblo. Ese que se marchó era el abuelo, todos se fueron de aquí, solo queda uno, un nieto, y la familia que tiene. No hay pérdida, la casa es la que está al principio del camino a la izquierda. Allí lo encontrarán o en el viñedo que hay junto a ella.

Allí se dirigen a pie, ya que, apenas salen del recinto del pueblo, han divisado la casa que está al medio de un viñedo, muy cerca, al borde del inicio de la colina que recoge al más que pequeño pueblo de Montefioralle. Aunque no aprecian ningún movimiento, llaman a la puerta, nadie responde y por más que miran tampoco ven a nadie. Jenna se sienta en un muro de contención y enciende un cigarrillo sin más, dispuesta a esperar. Jeff anda de un lado a otro y Ava ha cogido un racimo de uva y está comiendo.

—Está aún fuerte, pero dulce, qué buena, ¿quieres probar?

—No, mira esta casa, Ava, no sé dónde vivirían antes, pero esto es deprimente. Cuánto daño les hizo el abuelo a esta gente, habrá tenido que emigrar la mayoría, pudiendo vivir en su tierra.

La casa es de una sola planta, de piedra como el resto, con pequeñas ventanas, rectangular y pequeña. El panorama hace que todo tenga un aspecto mejor, porque la vista es singular, a pesar de estar enclavada al pie de la colina. Las vides ascienden hasta lo alto y bajan en el otro lado por la loma, el sol declina y el colorido es espectacular. Hay diversos árboles frutales cercanos a la casa, una pequeña huerta y un pozo. Todo tiene aspecto de atendido, incluso está la tierra que rodea la entrada barrida y limpia de piedras. Jeff se acerca con una mujer y un hombre, por lo visto les ha encontrado. Jenna se levanta con la inquietud reflejada en su rostro.

La presentación no está falta de cierto recelo por parte de los recién llegados. No son jóvenes, pero tampoco viejos, visten ropa de trabajo remendada y unas zapatillas rotas la mujer y sandalias el hombre con los pies desnudos ambos y llenos de polvo. La mujer no abre la boca y el hombre con cierta brusquedad, dice.

—Usted dirá, señora, soy nieto de Paolo Vitelli. Me llamo como él, no es posible que usted conociera a mi abuelo, es usted muy joven.

Jeff aclara que le ha dicho que trae algo de parte de su abuelo, y él ha entendido que era el suyo.

Jenna les da la mano y no sabe cómo empezar, saca el pasaporte, la foto y la medalla de Paolo. El hombre rompe a llorar de manera escandalosa y ella se queda tan cortada que no sabe cómo seguir. Es la mujer la que reacciona viendo el sofoco de su marido.

—Pasen a la casa y podrán sentarse. Paolo cálmate, estás asustando a la señorita. No conoció a su abuelo, pero su abuela hablaba tanto de él que es como si lo hubiera conocido. ¿Quieren un poco de vino?

Responde Ava al ver los esfuerzos de la pobre mujer tratando de quitar de las destartaladas sillas alguna que otra cosa para que puedan sentarse.

—No se moleste, señora.

—No es molestia. ¡Paolo, calla ya! Deja que te cuenten lo que sea, si sigues llorando no pueden hacerlo.

Jenna no quiere alargar el asunto y saca el cheque, se lo da y el hombre lo mira sin entender nada.

—¿Qué es esto?

—Es la parte que le corresponde a su familia del oro que mi abuelo encontró gracias a la concesión que le dio el suyo. Él no pudo venir a dárselo y me dejó a mí el encargo. Prometió a su abuelo que lo haría.

Sorbiendo los mocos y restregándose los

ojos con un pañuelo deshilachado, la mira, muy fijo, y vuelve a mirar el papel.

—¿Esto es dinero?

—Sí, señor, en dólares, pero en el banco se lo darán en liras. Algo más de cien millones al cambio actual.

El hombre se deja caer en la silla con el rostro descompuesto, la respiración alterada y temblándole la mano en la que sostiene el cheque. La mujer deja sobre la mesa la botella de vino, se persigna y también se sienta, roja como la grana. Mirando a todos con los ojos muy abiertos. Durante unos momentos nadie dice nada, al cabo es Jeff el que habla, porque ve que Jenna no acierta a seguir.

—Verá, señor Vitelli, en su día, el abuelo de Jenna hubiera querido traer el dinero personalmente, pero no le fue posible. Por su mucha edad, las guerras también fueron un gran inconveniente. La cantidad no era para mandarla sin más. Él dejó el dinero en depósito en un banco para que su nieta lo trajera, no fue tanto lo logrado, pero en ese tiempo ha producido intereses y ahora la lira está muy devaluada, de ahí que la cantidad parezca mayor. Hasta ahora, Jenna no ha podido venir. Mañana mismo puede usted hacer efectivo el cheque, es de un banco central americano y no tendrá ningún problema. Si quiere que le acompañe, puedo hacerlo, soy el abogado de la familia.

El hombre se ha bebido el vino que su mujer ha puesto en su vaso. Carraspea repetidas veces, habla con la voz ronca y con el gesto muy fruncido, con clara evidencia de estar molesto.

—Tengo que creer lo que dicen, no sé leer. No pude ir a la escuela, mi madre y mi abuela me necesitaban. Mis primos se fueron, no sé ni dónde están. Mi padre y mis tíos murieron, dos en la primera gran guerra, el otro fusilado por los camisas negras. Esta casa y esta tierra no son mías, señor, solo tengo las manos, solo las manos. Trabajo cuidando lo de otro y me paga cuando cobra la cosecha. Mi familia, tengo cuatro hijos, dos ya trabajan de braceros entre semana y conmigo los domingos, los otros van a la escuela en Greve. Esa es nuestra vida, señor. Ahora vienen ustedes y dicen que me dan cien millones, que mi abuelo mandó que nos dieran... Lo acepto, claro que lo acepto, pero, por la Santísima, ¡¿por qué no vinieron antes?!

Es Jeff, de nuevo, el que responde tratando de apaciguarlo.

—Ya le he dicho los motivos y no podemos realmente remediar el pasado...

—Sí, sí claro, lo entiendo, ustedes han vivido bien, seguro que sí, y más estando tan lejos de las guerras. No tengo más que decir, no tengo más que decir.

Jenna se pone como un resorte en pie y sale sin decir ni una palabra. Jeff le deja una nota con la dirección en la que van a estar.

—Estaremos ahí, si necesita algo o tiene cualquier problema con el cobro, no dude en buscarme. Lo siento.

Han salido y Jenna ya está a medio camino, cuando llegan ya tiene el coche en marcha y sin decir nada ninguno de los tres, arranca alejándose del lugar mientras las lágrimas corren raudas por sus mejillas. Ha seguido las indicaciones de Jeff hasta llegar a la finca en la que Max está viviendo, apenas a media hora en el coche y porque Jeff se ha equivocado dos veces. No ha dejado de llorar en todo el trayecto. Cuando para frente a una villa preciosa, sigue llorando inclinada sobre el volante. Ava le hace un gesto a Jeff y los dos bajan. Antes de que llamen a la puerta se abre y Max abraza a Ava con alegría.

—Dónde está Jenna.

—Espera un poco Max, deja que se desahogue, hemos ido a entregar el dinero a esa pobre gente y no ha sido agradable.

—Pasad, por favor. Ah, tú eres Jeff, sin duda alguna, gracias por venir.

—¿No piensas presentarme?

—Sí, cómo no, este es Carlo, mi amigo, y el dueño de este lugar maravilloso, atiéndeles, por favor, voy a por Jenna.

Se acerca despacio al coche y ya junto a la puerta, la abre.

—¿Piensas regar la Toscana con tu llanto querida Jenna?

Abre los brazos y ella lo mira con los ojos inundados y la cara mojada. Sonríe a duras penas y sale del coche. Max la recoge entre sus brazos y la aprieta muy fuerte durante unos instantes, luego, seca su cara con el pañuelo y tras ello la besa en los labios con delicadeza.

—Estás bonita hasta con los ojos llorosos, eres más guapa aun que antes. No quiero verte llorar, ya has llorado bastante y yo también. Ven, vamos a brindar por teneros aquí, a cenar y a reír. No quiero llantos, Jenna, muestra tu sonrisa, he dicho mil veces que es la más preciosa que he visto en mi vida, no puedes dejarme mal.

Sin pronunciar palabra, se ha dejado llevar cogida por Max de la cintura y ya dentro es Carlo quien la recibe muy afectuoso y con una amplia sonrisa en los labios.

—Max había dicho que eras muy guapa, pero se ha quedado corto. Eres preciosa. Ven aquí, no debes estar triste, has hecho algo bueno y con el tiempo sabrán agradecerlo, seguro que sí.

—No pretendo que me agradezcan nada, tienen razón, eso es lo que me duele, que tienen razón. Es muy bonita tu casa.

—Ahora es tu casa también, ah, ahí llega Rita y eso significa que la cena está preparada.

Rita es quien se ocupa de la casa, prima de Carlo, ya casi de la edad de Ava, risueña y abierta. Ha abrazado a Jenna como si la conociera. Y la cena trascurre con toda cordialidad, aunque no tardan en acostarse tras contar su visita a España, Max quiere que Jenna se levante pronto para que vea amanecer.

Así lo hacen los dos y andan hasta un montículo para ver silenciosos la salida del sol, cuando ya les da plenamente en la cara, pasean despacio entre los viñedos. Jenna le cuenta a Max todo lo sentido en los últimos días. Y parte del resquemor que tiene hacia su abuelo.

—Lo temía, entiendes, pensaba que él debió hacer algo antes. Su familia también ha pasado por situaciones difíciles, aunque no tanto, y no sé si les ha sentado mal, no lo demostraron, quizá por respeto hacia mí. Pero este hombre, Paolo, pudo incluso decir más y hubiera tenido razón, la tiene toda. Ni siquiera fue a la escuela, cuando pudo ir a un buen colegio. Lleva la vida trabajando como un esclavo, siendo suyo todo ese dinero. Me cuesta mucho entender el comportamiento de mi abuelo, Max, mucho. Ha sido tan importante para mí toda mi vida, y ahora, es como un dios con los pies de barro y me siento perdida sin su apoyo. Siempre me apoyé en mis adentros en él. ¿Comprendes?

—Sí, Jenna, te comprendo porque yo tuve que perdonarme a mí mismo, al darme cuenta de que mi madre no era la buena persona que pensaba y, por tanto, yo solo un miserable que había explotado a mi hermano en mi beneficio. No puedes imaginar lo que he luchado en mi interior, más, mucho más que con todo lo que ha ido surgiendo en mi vida. Mira, contempla esta maravilla. Aquí he sentido la paz, la tuve en tu casa aquellos pocos días, y no la recobré del todo hasta llegar aquí. Cuando Carlo me dijo que volvía para hacerse cargo de la finca y vivir aquí, no lo pensé un minuto. Ya lo conocía, había estado un par de veces aquí con él, te hablé de ello en una de las cartas. Así que cogí los cuatro libros que tenía y la poca ropa y me vine. Buscando la paz, solo buscando la paz y la he encontrado. Respira este aire, mi querida Jenna, respira hondo y deja que te inunde, sentirás la paz y borrarás un pecado que tú no cometiste, así que no debes llorar por ello.

«Escribí a mi madre, contando que dejaba el trabajo y que me venía aquí. Ella sigue en lo que siempre ha sido. Ya cuando dejé el ejército me dijo de todo, no lo entendió y menos esto de ahora. No quiere saber más de mí, no puedo repetir todos los reproches que me ha hecho. Definitivamente, ha roto conmigo como lo hizo con Ted. Pienso que debí hacerlo yo hace tiempo. He sido también un dios con los pies de barro, espero que me perdones por ello y cuentes conmigo a pesar de todo.

Durante varios días Max les lleva a hacer turismo, han ido a Siena, a Florencia, han visitado varios pueblos de la zona, todos de una belleza ancestral. Y con todo ello, Jenna ha recobrado la paz y la alegría.

Pasean solos todos los días por los alrededores al salir el sol o al anochecer si están en casa. Max la lleva cogida de la mano, por los hombros o de la cintura y ella no solo se deja coger, también lo hace y ríe con cualquier broma que él le dice, en total armonía y familiaridad. Hoy, van caminando entre los viñedos cuando ven a Carlo haciendo gestos desde uno de los puntos altos de la zona. Avanzan hacia él a paso ligero.

—Tienes visita, Jenna.

—¿Una visita para mí?

—Sí, Paolo Vitelli quiere hablar contigo. Jeff dice que estés tranquila porque viene en son de paz.

—Vaya, bueno, siendo así, y aunque no lo fuera, merece mi respeto.

Paolo parece otro hombre, lleva ropa y zapatos nuevos, bien afeitado y el pelo cortado. Cuando Jenna se acerca, se levanta y le da la mano, luego le muestra que lleva la medalla de su abuelo colgada al cuello.

—Señorita Jenna...

—Solo Jenna, por favor.

—Lo que usted diga, antes que nada quiero que disculpe mi comportamiento, usted se ha portado bien, pudo no venir, quedarse con todo y no lo ha hecho. Eso ya merece que le dé las gracias.

—No, Paolo, usted tenía razón en lo que dijo. A mí me pesaba todo eso antes de venir y temía algún reproche, fue poco lo que dijo. Bien que no era yo, sino mi abuelo quien tenía que haber cumplido antes, estaba en su derecho por todo lo que ha tardado en recibir lo que le pertenecía.

—No, deje, ya está olvidado. He comprado la tierra y la casa en la que vivo, ahora podré hacerla más grande y pensar en el porvenir de mis hijos. Aún no es tarde. Pero hay algo que me recome y no me ha dejado dormir a pesar de todo. Eso era para la familia y no sé qué pensará usted de mí si me lo quedo todo. Como ya dije, no sé de ellos, llevo años sin saber.

—Verá, usted representa a la familia de Paolo, quiero decir de su abuelo, por tanto, que tenga el dinero es lo justo. Si algún día aparece algún pariente y quiere darle algo, es cuestión suya. Yo no puedo pensar mal de usted para nada. Ojalá lo hubiera disfrutado antes. Supongo que no ha tenido problema con el banco.

—No, qué va, casi me ponen una alfombra al salir, al entrar no, no sabían lo que llevaba en el bolsillo y hasta ahora poco o nada he podido yo entrar en un banco. Ya está lo que tenía que decir primero, ahora lo otro. Mi mujer quiere que vengan un día a comer a casa, tenemos sillas nuevas y una mesa grande. Y que vengan también sus amigos de aquí. Yo conocía al padre del señor Carlo, en alguna ocasión he hecho algún trabajo aquí en la finca. A él lo he visto poco, siempre andando por ahí, pero ha vuelto a las raíces y eso me hace pensar que quizá algún día vuelva alguno de los míos. Así que haré lo que hizo su abuelo, ya lo tengo hablado en el banco, y he apartado una cantidad para no tocarla. Si vuelven se la daré y sino que hagan mis hijos lo que quieran. ¿Quedamos de acuerdo en que vendrán? Si le parece el domingo, así estarán todos mis hijos, quieren conocerla.

—Sí, bien, iremos el domingo.

—Todos, eh, vengan todos, por favor. Ya está pues. Quiero comprarme un coche, pero no tengo carné, he de aprender a leer para tenerlo.

Le ven partir en la bicicleta y se quedan riendo, Jenna mira a Max que está con un gesto de espera frente a ella y nada dice, solo le besa levemente en los labios, mientras suspira viendo pedalear con fuerza a Paolo.

La mesa nueva está puesta en el frontal de la casa, al aire libre, no caben dentro, pero el tiempo acompaña. La comida es copiosa y el vino corre en abundancia. Paolo quiere saber de su abuelo y Jenna le cuenta casi todo lo que sabe.

—Gracias a él mi abuelo se sintió atraído por saber de esta tierra y hasta aprendió bien el italiano. Lo que no entendía mi abuelo y yo aún menos, es cómo siendo del campo, un agricultor se hizo marinero, al parecer le dijo que le venía de su tierra el serlo. Pero viendo que el único mar que tiene es de viñedos, no lo entiendo.

—Eso viene casi de familia. Sí, esta tierra es de navegantes aunque no lo parezca. América se llama así por Amerigo Vespucci, que nació aquí, aunque siempre han dicho que en Florencia. Pero si usted va al pueblo, verá en la calle principal una casa con escudo, gente noble, tiene una avispa, y la V, en esa casa nació Amerigo. Pero por su trabajo fue a parar a España y allí se hizo español y le cambiaron el nombre por Américo Vespuncio. Él fue quien dijo que el Nuevo Mundo era un nuevo continente y no las Indias como creyó Colón, que bien que lo había descubierto, pero estaba equivocado en lo que era.

Jeff brinda por Américo y todos lo hacen. Paolo les hace callar.

—Esperen, esperen que ahí no acaba la cosa. Porque de Greve Val di Chianti, era Giovanni da Verrazzano, otro navegante, y el primero que llegó a Nueva York cuando aún no era lo que es, claro. Él fue allí de orden del rey de Francia, si no recuerdo mal, le mandó a la India, iba a por especias y buscaba una nueva manera de llegar, pero al igual que Colón tropezó con América. Así que en esta pequeña zona tenemos dos grandes navegantes y un buen marinero, mi abuelo. Por él brindo y por el suyo, Jenna, que sin ser marinero también fue a América buscando fortuna.

—Para no haber ido a la escuela sabe usted mucha historia.

—Sí, eso me viene de mi abuela, señor Jeff, en lugar de cuentos me contaba historia de verdad, ella la aprendió en el convento, tampoco sabía leer. Trabajó muchos años allí de lavandera y uno de los monjes tenía la costumbre de leer historia en voz alta, mientras mi abuela lavaba la ropa.

La comida ha sido muy agradable, Paolo ha hablado, pero también su mujer y los hijos, a momentos todos a la vez. Sus rostros sonrientes, sus ropas nuevas, los gestos afectuosos hacia ellos que no han reprimido. Han sido el mejor bálsamo para Jenna que sonríe abiertamente.

Se han despedido ya como amigos y Jenna les invita a visitarla si algún día cruzan el charco. Paolo ríe con ganas.

—Tendría que aprender inglés y aún no sé escribir en italiano.

—No creo que eso importase, la primera vez que mi abuelo oyó hablar al suyo, creo recordar que usaba tres idiomas a la vez, pero los dos acabaron hablando bien el inglés y el italiano.

Le han saltado las lágrimas a Paolo y la ha abrazado, casi la ahoga.

Aún no amanece y ella ya está andando hacia la colina sola, quiere ver amanecer desde allí, la vista es inmejorable, pero sobre todo necesita saborear en silencio y cara al sol, lo bien que se siente. Una ligera niebla mitiga la luz que ya el sol quiere dar, el juego de colores es una maravilla, danzan entre esa leve bruma que surge del suelo, de su húmeda calidez. Se ha sentado sobre un tronco de olivo que parece puesto justo para disfrutar del panorama. Ya nota la caricia del sol en su rostro cuando un leve chasquido le hace girar la cabeza y sonríe. Max llega provisto de una cafetera y dos tazas. Se sienta a su lado sin decir nada, salvo rozar sus labios, dejando un suspiro en los de Jenna que coge la taza con las dos manos y bebe un poco.

—Echaré de menos este café. Ava ha comprado una cafetera, pero dudo que me sepa igual allí y menos este de ahora. Esto es el cielo y tú también eres un cielo. Gracias.

Sin mirarla, con la vista puesta en la irisada claridad que avanza plena de color, y la voz emocionada. Max comienza a hablar.

—Es pronto o tarde, no lo sé, pero no quiero que te marches sin decirte lo que siento por ti, supongo que ya lo sabes. Te quiero, Jenna, creo que te quise desde aquel día que llegué a tu casa y vi a mi hermano tan feliz, le envidié y te quise. Te he estado queriendo todo este tiempo.

«No fue mi novia la que rompió conmigo, fui yo. La dejé libre con el pretexto de la guerra, pero realmente ya no sentía nada por ella. Ni pensar podía en unir mi vida a alguien tan..., cómo era yo antes, sí, superficial, materialista, clasista y ridículo. No podía volver a ser aquel hombre. Dentro de mí creció un sentimiento hacia ti que me avergonzaba por lo intenso.

«Cuando ocurrió la desgracia, sentí el dolor de la pérdida de mi hermano, pero lloré más por ti, pensando en lo mal que estarías. Luego no me atrevía a escribirte, no podía dejar que supieras de mis sentimientos, como si le faltase a Ted de alguna manera. He tratado de ser tu amigo, de lograr por lo menos eso y creo que lo he logrado, lo cual es ya mucho para mí. No tengo derecho a que me quieras más allá de la amistad que tenemos, pero si en algún momento sientes un cambio en ese sentido, solo tienes que venir o decir que vaya. Me siento muy bien aquí, pero por ti, solo por ti, volveré, si algún día quieres que vuelva para ser algo más que un amigo.

Jenna no dice nada, solo su respiración algo alterada puede escuchar Max, que sigue en la misma posición. Ella se levanta y alarga la mano hacia él.

—Volvamos, ya es hora del desayuno.

Ni una palabra durante el regreso, no sabría qué contestar ni cómo, tiene que pensar en silencio. Nada dice ni Max tampoco. Es el último día que desayunan en la Toscana, en cuanto acaben saldrán hacia Roma, su vuelo sale mañana.

Volvieron a Roma sin que Jenna hiciera comentario alguno a lo que Max le había dicho, ni siquiera en su interior. Se despidió de él besándolo en los labios con la misma natural levedad que lo había hecho durante su estancia. Él le besó las manos y nada más dijo. Carlo les invitó a volver a su casa en primavera y Jeff fue el primero en responder que lo haría. Ava dijo que le gustaría y la única que no respondió fue Jenna.

11

Hace dos meses que volvieron, ha recibido carta de Max, pero sin ninguna alusión a su declaración. Le habla de lo que va viviendo y cómo se siente viendo los maravillosos colores del otoño toscano. También le cuenta que Paolo Vitelli y Carlo se han asociado, para producir el vino de sus tierras en la bodega de Carlo. Lo cual supone que estén en contacto con él que sigue en bicicleta, porque aún no puede sacarse el carné...

Ella responde de inmediato y con lo mismo, cuenta cómo está y lo que hace, sin aclarar que desde que ha vuelto no se lo quita de la cabeza y en muchos momentos se queda extasiada recordando su declaración palabra por palabra. Sintiéndose mal porque cree estar faltando a la memoria de Ted al pensar en Max.

Es sábado, Ava ha ido a cantar al coro, cuando va suele quedarse a tomar una copa, pero cena en casa. Ha llamado diciendo que volverá tarde, que cenaría en la ciudad.

Tras cenar, una vez más, Jenna coge la historia de su abuelo, aún siente que no ha aceptado del todo lo que hizo en su vida, quiere, a fuerza de volver a leer lo que tantas veces ha leído, llegar a comprender y verlo en lo que ella le veía, dejando a un lado lo oscuro de su pasado. Se acuesta casi amaneciendo y Ava no ha vuelto, lo que hace que a pesar de su cansancio no duerma. Cuando oye el coche, ya con el sol fuera, salta de la cama, baja corriendo y cuando la ve entrar pregunta.

—Qué te ha pasado.
—¿Ya estás levantada? Es domingo, Jenna deberías dormir un poco más.
—No sé cómo puedo dormir sin saber si estás bien o no, aunque, por tu aspecto parece que estás bien.
—Ve a ponerte la bata y las zapatillas, no es tiempo de andar con tan poca ropa ni descalza, mientras preparé el desayuno.

Jenna abre la boca para decir algo, pero viendo que Ava ya se ha dado la vuelta hacia la encimera, gira en redondo y sube a la habitación. Sigue durmiendo en la que era de su abuelo, ni siquiera ha intentado cambiar a la suya. Con el gesto fruncido se deja caer en la cama durante un rato, resopla varias veces y vuelve a bajar, se sienta a la mesa sin decir nada. Huevos revueltos con beicon crujiente hay para desayunar, el café y el zumo terminado de exprimir. Ella está con los brazos cruzados y su gesto enfurruñado. No puede entender la actitud de Ava y comienza a comer sin mirarla. De pronto la oye reír y la mira, está masticando al tiempo, pero no deja de reír.

—¿Qué es lo gracioso?

—Que yo soy la mayor y debería ser quien te riñera a ti por llegar tarde.

—Sigo sin verle la gracia.

—En estos momentos pocas cosas te podrían hacer gracia, estás con ese gesto de niña malcriada. Siempre lo has sido Jenna, por culpa de tu madre que era una madraza. Pero, bien, hoy tienes razón. Si hubiera sabido que iba a llegar tan tarde, te lo habría dicho, pero no lo sabía. No ha sido premeditado por mi parte el pasar la noche fuera, ni por parte de él tampoco. Ha venido la cosa así.

Con la boca cerrada masticando y los ojos de par en par, engulle rápido para poder hablar.

—¿Quieres decir que has pasado la noche con alguien?

—Sí, qué tiene de extraño, aún estoy de buen ver y respondo a los estímulos.

Jenna suelta la risa, una carcajada fuerte y fresca como en tiempos que no ha surgido de ella.

—Ava, cuánto me alegro. Perdona, lo siento, estaba preocupada porque nunca sueles... Oh, me alegro mucho. Dijiste, dijiste un día que hacía mucho que no, bueno, que no te gustaban los que surgían. Ese sí te ha gustado, por lo visto, porque la verdad es que estás estupenda, tienes muy buen aspecto.

—Nunca me ha sentado mal una buena sesión de sexo, es buena para el organismo y más aún para el cutis.

Jenna ríe sin parar y ahora come con más apetito.

—En serio, es estupendo. ¿Piensas volver a verle?

—Sí, lo veo a menudo, muy a menudo.

—Oye, eh, no sé cómo preguntarte, pero, sí, te lo pregunto. Has tenido sexo desde los trece años, ¿no? Ahora ya estás en los cincuenta y cinco. Cómo es.

—¿El qué?

—Eso, tener sexo a tu edad, supongo que será distinto a cuando tenías trece o veinte.

—¡Ay, Señor! Esto sí que no lo esperaba, dar educación sexual a estas horas de la mañana. Jenna, tu madre te dijo muchas cosas, ¿no te explicó eso?

—No, sabes que no. te lo contaba todo a ti. Mamá me hablaba en general y sí me dijo algo de cuando era joven y cómo se enamoró de papá, pero no de cómo lo hacían. Además, a papá le venía muy cuesta arriba oír nada de eso.

—Sí, pero ella no hablaba contigo delante de tu padre. Qué le vamos a hacer. Cuando eres joven todo es más rápido, más fogoso, por así decir. Conforme vas cumpliendo años y teniendo experiencia, te das cuenta de que el placer no es tanto en ir rápido cómo en llegar a tiempo. Si tienes veinte o treinta podrás hacerlo más veces seguidas, sobre todo por lo que acabo de decir. A mi edad no es importante el número ni lo que tardes, sino que lo primordial es sentir placer antes durante y después.

—¿Ya está? Poco has dicho.

—¿Poco? No creo que tenga que describirte el cómo. Mira Jenna, ya te dije que no lo hacía porque no me atraían. O sea, que con quien lo he hecho sí me atrae. Me gusta hablar con él, estoy bien a su lado, eso ya forma parte del juego. Si añades que llevo tiempo sintiendo afecto por él, pues un punto más para que tengas deseo y si despierta el deseo ya es parte del acto. Eso los jóvenes no lo tienen en cuenta, o bien poco. Pero el hecho de hablar, de ir seduciendo uno a otro en momentos previos, incluso el día antes de llegar al acto en sí, es como ir dando forma y cuando llega el momento puede ser mágico, más incluso que a tu edad.

Jenna sigue mirándola como si esperara mayor explicación. Ava se levanta y saca el vino.

—Me apetece una copa y creo que a ti también. Me temo que tengo que emplear un lenguaje más directo, porque parece que aún no lo has entendido. Puedes tener un coito, no más, porque quizá la fuerza no acompañe y no hay que arriesgarse a un fracaso que siempre puede ser frustrante. Pero las caricias se hacen tan importantes o más y ahí ya te dejo que imagines lo que quieras porque todo vale. Y, mi querida niña malcriada, te aseguro que puedes llegar al placer tan intenso o mayor porque ya no te limita la fuerza. Y en medio de todo ello, hay que ser capaces de hablar, de expresar lo que sientes, con ello completas la armonía y la buena relación. Por eso no puedo hacerlo con cualquiera a mi edad, si realmente quiero sentirme bien. Para tener solo un coito podría coger al cartero y me llevaría nada de empezar y acabar. ¿Qué obtengo con eso? Nada. ¿Lo has entendido ahora?

—¿Quién es él?

—Eso de momento no te lo voy a decir.

Jenna está mirándola a través de la copa de vino y ríe por lo bajo.

—Eso significa que lo conozco. Y si pienso en cuántos hombres ves con frecuencia y puedes sentir afecto por ellos, la lista se reduce a unos pocos. Podría ser el señor Todd, Curtis que se desvive por servirte el vino que más te gusta. James, el cartero, no ese no, está casado...

Jenna sigue dando nombres y Ava la contempla muy divertida. Ya ha nombrado a siete y se detiene.

—¿Has terminado? No son muchos, desde luego.

—Falta el principal y me apuesto lo que quieras que acierto, Jeff.

Ava disimula riendo y bebiendo un poco de vino, pero Jenna insiste.

—Tendría que estar ciega para no ver que desde que volvimos de Europa, Jeff está más pendiente de ti que de mí. Sé que me quiere mucho, pero no tengo ninguna duda de que también te quiere a ti y de forma muy diferente. Y tú, mi querida Ava, llevas tiempo diciéndome cuánto te gusta y el afecto que sientes por él. ¿Estoy en lo cierto?

—Absolutamente.

—¡Vaya! Es estupendo, Ava, de verdad que me alegro mucho por los dos. ¿Ha sido la primera vez?

—No creo que deba contestar a eso.

—Bueno, no contestes si no quieres, pero dime si vas a seguir viéndolo en ese plan.

Ahora está seria como meditando la respuesta.

—El viaje influyó y no poco. Tú ibas a pasear con Max y él y yo pasábamos muchos ratos a solas. Jeff es un caballero, siempre lo ha sido, y no dijo nada entonces. Pero cada vez nos mirábamos más y lo supe, supe entonces que sentía por él lo que no había sentido nunca y que algo así le pasaba a él. Por suerte pude disimular, hubo momentos en que me hubiera gustado hablar abiertamente de ello con él, incluso contigo. Me hice la cuenta de que era aquel ambiente, el aire de La Toscana que lo embrujaba todo. Luego volvimos y al poco tiempo lo vi en la iglesia. Ese primer día dijo que pasaba por allí y se había acordado de que era mi hora de cantar. Ha estado viniendo todos los días que he ido a cantar. Tomábamos una copa y cada cual a su casa. En los conciertos, no se ha perdido uno, la cosa era distinta porque siempre vamos con más gente. Anoche cenamos y luego nos vinimos y acabamos en su apartamento. Me ha pedido que me case con él.

Con la boca abierta se ha quedado Jenna, no acierta a decir nada y Ava ríe despacio mientras vuelve a poner vino en las copas.

—Puede que hoy acabemos borrachas las dos. ¿No vas a decir nada?

—Sí, claro que sí, me parece maravilloso. Eso merece un brindis, porque supongo que le habrás dicho que sí.

—No, Jenna, no he aceptado. Sí que podemos seguir como estamos, si él quiere, pero no voy a casarme con él.

—Pero por qué. No lo entiendo, te gusta, qué digo, le quieres y él a ti. Lo conoces hace muchos años, sabes lo estupendo que es y hasta te ha ido bien en la cama. Qué problema tienes en aceptarlo. Ava has pasado la vida sola, bueno, con alguno por ahí, pero después de aquel horrible marido que tuviste, has estado sola. Jeff es perfecto, di, por qué le has dicho que no.

—No voy a casarme, cariño, estoy bien así y no hay más que hablar de este asunto. Voy a cambiarme de ropa y me pondré a la tarea.

—Siéntate Ava, es domingo, y aunque no lo fuera, esto es más importante. Qué te impide casarte con Jeff. No me parece que eso que has dicho sea razón suficiente. Estás bien así, claro que estás bien, pero puedes estar mejor si compartes tu vida con quien quieres. ¿Tienes miedo de que no salga bien?

—Jenna, quién soy yo. Eh, di, soy una

criada. Jeff es un hombre de posición, abogado, con un despacho con empleados, con unos estudios, con unas amistades de su misma condición. Ve poco a sus parientes, muy de tarde en tarde, pero todos ellos están a su altura. Sé quien soy y donde estoy, y estar aquí, en vuestra casa, es lo mejor que me ha pasado en la vida, porque siempre me habéis tratado como si fuera igual que vosotros, pero yo sé quien soy.

—No, Ava, no lo sabes, crees que eres el trabajo que haces. Es tu trabajo como el mío es ahora dirigir el taller, pero ni yo soy una pieza del taller ni tú eres un mueble de esta casa. Somos personas con nuestras virtudes y nuestros defectos. Y tus virtudes superan en mucho a tus defectos. Eso es lo único que Jeff ve y eso es lo único que vio mi abuelo en ti. Que trabajes de criada es solo un trabajo, ni una virtud ni un defecto como persona.

—¡Ay, Señor! Esa manera de razonar la has heredado de tu abuelo. Bendito sea allá dónde esté, estoy segura de que es en el cielo. Él pudo ver que mis defectos eran más que mis virtudes y, sin embargo, me dio trabajo. Nunca se lo agradeceré bastante.

—Se hubiera casado contigo de haber sido más joven, estaba enamorado de ti. Te quería, Ava, y le importaba un comino tu trabajo de criada o que hubieras cedido tu cuerpo para sobrevivir, te quería. Y estoy segura de que como persona, no eras ni la mitad de lo que eres ahora.

Paralizada está, parece que ni respira.

—¿Qué, lo sabías?

Coge aire y niega con la cabeza.

—Cómo podía saber yo eso, tu abuelo era un caballero, todo un señor. Jamás, jamás, te lo juro Jenna, nunca me dijo nada ni con la mirada. Ni yo me hubiera atrevido a pensarlo, después de entrar en esta casa. ¿Cómo lo sabes?

—Lo escribió, está en el libro.

—¿Por eso te sentías tú mal?

—No, claro que no. Es mucho lo que ha escrito. Eso no era malo y lo que quiero que comprendas es que él te valoró como persona y mujer, no por tu trabajo, que también era positivo para él tu manera de trabajar. No es razón tu trabajo para rechazar a Jeff, siempre te ha conocido haciéndolo, por tanto, si a él no le importa, no lo hagas tú. Si dejamos a un lado eso, que hay que dejarlo. ¿Existe algún otro motivo para rechazarlo?

—Tú eres lo más importante para mí, no pienso dejarte sola Jenna, ni por Jeff ni por nadie. Eres mi niña, cariño, sufrí mucho esos meses que no pude quedarme a tu lado. Tú no dormías, pero yo tampoco pensando cómo estarías. Tengo una buena vida a tu lado y vivo en una buena casa. Si él quiere, puedo completar mi bienestar tal y como hice anoche, una cena y algo más después. Gracias a ti nos vemos muy a menudo, si lo sumas todo, no me falta nada, mi vida es perfecta. Solo lo sería más si la tuya también lo fuera. Ese es mi único malestar.

—Sí, es posible que acabemos borrachas, pon un poco más, por favor. No sé qué decir, Ava, salvo que te quiero.

Con lágrimas en los ojos y la sonrisa en la boca levanta su copa y Ava la imita en todo.

—¡Ay, Señor! Creo que ya estamos un poco borrachas. Me has dejado de piedra con eso de tu abuelo, quererme a mí que le maldije. No quiero pensarlo.

—¿Qué explicación le diste a Jeff?

—¿A qué te refieres?

—Cuando le dijiste que no.

—Fue un momento, no sé, me sorprendió y me reí. No, no pienses que lo hice fuerte ni nada de eso, pero algo sí me reí, de nerviosa que me puso. Cómo iba a esperar yo que dijera eso. Una cosa es estar juntos así y otra muy distinta el matrimonio. Solo le dije que lo dejáramos tal cual y él no insistió, sabes lo prudente que es.

—Sí, lo es, pero cuando Jeff tiene algo en mente, no lo deja sin más, insistirá, ya lo verás. Y yo no quiero ser un obstáculo en tu vida, ya te dije que sin condiciones, para nada. Si fueras mi madre te diría lo mismo.

—Pues si tú fueras mi hija, también te diría lo que he dicho, y ya está bien de hablar de esto. Estamos dando vueltas a lo mismo tontamente. Si insiste ya veré cómo respondo.

—Si no tuvieras que dejarme sola, ¿le aceptarías?

Ava se levanta y comienza a retirar lo

que hay en la mesa, tarda en responder y lo hace poniéndose en jarras.

—Jenna, dejemos el tema. Esta es mi casa y tú, seas o no mi hija, mi prioridad, esa es la situación y me gusta mi vida tal y como la vivo. Y va siendo hora de que te vistas o hagas lo que quieras, pero no le des más vueltas a este asunto. Voy a quitarme esta ropa.

Cuando Ava vuelve a la cocina ve que Jenna está sentada en el prado cara al sol, suspira y moviendo la cabeza comienza a ordenar la cocina. De momento a momento mira afuera y ve que allí sigue, lo cual la inquieta sobremanera y la acelera en su quehacer. Tiene ya la comida hecha y sale para llamarla.

—¡Jenna! La comida ya está, haz el favor de entrar y vístete, no quiero verte en la mesa en pijama.

Ha obedecido y sube directa, cuando baja ya la está esperando sentada a la mesa y las dos comienzan a comer en silencio. Pero Ava sabe que algo ha estado pensando y está nerviosa por no saber de qué se trata. Nada dicen en toda la comida, ya con el postre estalla.

—Mira, Jenna no me cabrees con esa actitud. Sabes que me pone nerviosa que no hables, así que di algo, lo que sea.

Levanta la mirada y sonríe un tanto burlona.

—Está buena la compota.

—¡Ay, Señor! La paciencia que tengo que

tener contigo. Si aún fueras una niña te daría un par de cachetes, te los mereces.

—Ya preparo yo el café, no te levantes.

—Si piensas seguir así toda la tarde me iré a tomar el fresco.

—¿Al apartamento de Jeff? Tiene una buena terraza.

—Di ahora mismo qué es lo que hay en esa cabeza, y no me sueltes más impertinencias.

—De acuerdo, te lo diré, tengo la solución y es una muy buena, perfecta diría yo. O como tú dices, absolutamente.

—Suéltalo.

—Vivir aquí, cásate y vive aquí con Jeff, es tu casa, tu misma lo has dicho. Y siendo yo tu prioridad, no puedo ser un estorbo. Es perfecto. ¿Qué?

—Creo que te ha dado demasiado el sol.

—¿Qué tiene de malo? Es una solución perfecta y estoy segura de que Jeff aceptará. Le encanta la casa, te quiere y me quiere. ¿Qué problema ves ahora?

—Pero a qué viene ese empeño. Estás loca si crees que voy a aceptar. ¡Jenna, por favor!

—No digas una palabra, pero piénsalo y verás que es lo mejor para los tres. Voy a leer y no quiero que me digas nada en toda la tarde. Yo ya no voy a dar vueltas al tema, ahora te toca a ti girar la peonza. Hablaremos en la cena si tienes algo que decir.

En todos los años que lleva en la casa, Ava jamás se ha sentado en el prado tal y como hacía Servando o como lo hace Jenna. Sí ha estado muchas veces tomando el sol junto con Kate, hablando de todo porque de todo hablaban. Pero hoy, apenas se ha ido Jenna al taller, se sienta sola, cara al sol, con los ojos cerrados y tratando de acallar su mente para poder meditar sobre lo hablado ayer y todo lo que ha estado pensando en la noche.

No quiso volver a tocar el tema, cuando cenaron ni después. Por primera vez lo hicieron en total silencio y no se sintió incómoda, apenas terminaron se fue a la cama sin pronunciar palabra. Tampoco Jenna dijo nada, ni hoy ha dicho cuando han desayunado. Como si de un acuerdo tácito se tratara, las dos han permanecido calladas.

Durante la noche, que ha pasado en un duermevela inquieto a momentos, en otros sosegado, ha hecho un repaso de su vida, tan vivida junto a la familia Arnáez. Tan cierto es su gran afecto y su respeto por Servando, como que jamás pudo apreciar un mínimo gesto que le hiciera pensar en que él sintiera alguna atracción por ella. Rebuscando en sus recuerdos, nada ha percibido que la haga cambiar de opinión.

Que un hombre como Servando fuese capaz de amarla, conociendo todo su pasado, y que incluso se hubiera planteado, si quiera por un instante, la posibilidad de casarse con ella. Y que ahora, un hombre como Jeff, al que ella tiene en alta consideración, la quiera y desee que sea su mujer. La ha llevado a pensar que ella se aprecia menos de lo que los demás lo hacen.

Lo ha justificado ante sí misma por su pasado. Ese tiempo vivido en la indignidad que imponía su marido y después de él muerto, fue una losa durante años. Le costó dejarlo atrás, muy al fondo de su pensamiento. Se esforzó para salir de eso haciendo todo lo que no había hecho antes y logró sentirse bien. Pero quizá aún le resta algo de todo aquello que la impide valorarse en la justa medida.

Desde que llegó a la casa su vida dio un cambio radical a mejor día tras día. Pero no solo en el tiempo que pasaba allí. Cuenta con amistades hechas en el coro, en el club de lectura y entre los asiduos a los conciertos. Haciendo un repaso de todos los que considera amigos, la mayoría son personas de mejor posición, con trabajos diversos, algunos con formación superior, otros similar a la de ella. Es una más en su entorno. En eso entorno está Jeff desde hace muchos años. Él y su mujer solían asistir a los conciertos y coincidían con frecuencia, juntos iban después con un pequeño grupo a tomar algo. Ya fallecida su mujer, siguieron en la costumbre. Su relación con Jeff, no es solo fruto de su convivencia con los Arnáez, aunque sí lo es más en los últimos tiempos por tener ambos afán por estar cerca de Jenna y darle su apoyo.

Las horas han pasado sin que Ava fuese consciente del tiempo, se ha dormido recostada en la hierba y así la encuentra Jenna cuando regresa. Se sienta a su lado, coge una brizna de hierba y la desliza por su rostro. Ava, sin abrir los ojos, mueve su mano como espantando una mosca y Jenna ríe en tono bajo, lo que la despierta y mira sorprendida. Se incorpora con cierta alarma en el gesto.

—¿Qué ocurre, por qué has vuelto?

Jenna suelta una carcajada.

—Te has dormido, es hora de comer. ¿Desde cuándo estás aquí?

Se levanta atropellada y dando suspiros.

—¡Ay, Señor! No me puedo creer que me haya pasado esto, ¡qué locura! Vamos, no sé lo que comeremos, no tengo hecho nada, ni siquiera las camas. ¡Señor! No te rías, no tiene gracia.

Entre las dos han preparado lo necesario sin que Jenna dejase de reír ni ella de suspirar. Sus miradas se cruzan constantemente y viendo el gesto burlón de Jenna la reprende.

—Deja ya de burlarte. Sí, me he sentado cara al sol, igual que haces tú. No he podido dormir esta noche pensando, dando vueltas, y quería aclararme. Pero ya ves el resultado, lo único que he conseguido es no hacer mi tarea.

—Es cuestión de tiempo, te falta práctica, si persistes, puede que sigan las camas sin hacer, pero seguro que te aclaras. Ten paciencia, da tiempo a que la mente se serene y será tu corazón el que decida. Ah, esta noche no cenaré en casa, he quedado con Brenda para ir al cine. Me detendré un momento para cambiarme y saldré pitando. Así que puedes hacer el plan que quieras.

—Ya lo hago, no pienso salir.

No es de mentir, nunca lo hace salvo como en esta ocasión, por no dar explicación de lo que realmente va a hacer. Con quien ha quedado para cenar es con Jeff. Se ha puesto un discreto, en el corte, pero bonito vestido. Jeff es de gustos muy arraigados y suele cenar en el mismo restaurante en la ciudad, lleva haciéndolo media vida y sin ser de lujo, requiere un cierto detalle. Ava la mira un tanto extrañada al verla así vestida.

—Te has puesto elegante para ir al cine.

—Tanto como elegante no creo, Brenda quiere ir a tomar una copa después, va a presentarme a su amigo.

—¿Aún siguen?

—Sí, parece que esta vez es algo más serio.

—Brenda no es de casarse.

—El tiempo lo dirá, el tiempo lo dirá todo. Te quiero.

Se ha acercado y deja dos sonoros besos en sus mejillas. Ava sonríe, le coge la mano y le hace dar la vuelta, así lo hacía su madre también.

—Estás preciosa, cariño, di a Brenda que te presente a alguien más que a su amigo.

—¿Crees que necesito ayuda para buscar a alguien?

—No la necesitarías si salieras más por ahí. No tienes edad de estar metida en casa y ya sería hora.

—Tiempo, querida Ava, dame tiempo, por favor. No sé a qué hora vendré, no me esperes levantada.

No va hacia la ciudad, él sabe que no le gusta conducir por la noche y dijo que la esperaría en el puerto. Sonríe al verlo en el aparcamiento, se detiene a su lado y baja.

Jeff le hace una reverencia, ella le da un beso riendo.

—¡Qué maravilla! Con vestido y tacones, tendría que lucirte y no es ese el plan que tengo, pero si quieres lo cambio.

—Vaya, pensaba que me llevarías a tu restaurante. ¿Cuál es el plan?

—Deja que te sorprenda.

La coge de la mano y tira de ella hacia el puerto. Han embarcado y durante un buen rato navegan en silencio. No está lejos el lugar, pero no es conocido por Jenna. Se trata de un pequeño restaurante junto a un muelle. Sin decir palabra y muy sonriente, Jeff la coge de la mano. Ella se sorprende al ver lo escaso del local y el encanto que tiene.

—Hace poco que lo abrieron, mira, las mesas y sillas son de tu taller. Me sorprendió el día que lo vi y estaba queriendo traerte. Esto era la vivienda de un viejo lobo de mar, tu padre también lo conocía, en ocasiones nos deteníamos aquí y tomábamos una cerveza charlando un rato. Murió hace un par de años, estaba casado con una mexicana y su hijo, que no vivía aquí, ahora resulta que ha vuelto y lo ha convertido en lo que ves, es cocina mexicana lo que sirven. ¿Qué te parece?

—Es una maravilla, muy acogedor.

Se han sentado al lado de una de las ventanas, al fondo la Montaña, así suelen llamar al inmenso monte Rainier, son más de cuatro mil metros de altura, impone contemplarlo.

Les han llenado la mesa de platos y Jenna ríe viendo la variedad.

—¿No es mucha comida?

—Lo hacen así, la verdad es que sin darte cuenta te lo comes. Ten cuidado, eso pica bastante. Dime, cariño, qué es eso tan importante de lo que tenemos que hablar.

—Uff, es verdad que pica, pero está bueno. Antes creo que eres tú quien tiene que decirme algo, ¿no?

Jeff se aclara la garganta con la cerveza, sonríe moviendo la cabeza.

—Te lo ha contado, dudaba de que lo hiciera. ¿Qué te parece?

—¿Qué me va a parecer? Es estupendo para lo dos, os merecéis lo mejor y pienso que puede ser muy bueno para ambos.

—Sí, pero Ava no está por... Jenna, hace tiempo que hablamos de mi vida en ese aspecto. No he estado con ninguna mujer desde que me quedé solo. He vivido acoplado a la circunstancia y distraído con mis aficiones, la pesca, la música, la lectura y el trabajo que no deja de ser también una afición, me gusta. Sabes que mi mejor amigo era tu padre y siempre me he sentido acogido en vuestra familia. Solo me sentía solo por la noche, pero también eso lo fui superando en gran parte. Todo lo pasado ha contribuido a que Ava y yo nos acercáramos. Y no sabría decirte exacto el momento, lo bien cierto es que, desde que volvimos del viaje, algo había cambiado entre ella y yo, o por lo menos así lo sentía y traté de acercarme más. Y ya resuelto, claro mi sentimiento hacia ella, anoche me decidí.

Jenna sigue comiendo con buen apetito y en silencio. Jeff hace una pequeña pausa que ella no interrumpe.

—No creas que me ha sido fácil, tenía miedo de parecer ridículo, de... En fin, de no estar a la altura del momento. Nos fue bien y la vi feliz. Si no hubiera ido bien, me hubiera callado. Me rechazó, no en cuanto a tener relación, pero sí a mi proposición de matrimonio. Y lo entiendo, Jenna, sé que lleva su vida y lo importante que eres tú para ella. Lo seguiré intentando, aunque sabes cuán resuelta es para todo y dudo que si ha dicho que no, cambie de opinión. Es lo que hay, cariño.

—Come o me lo acabaré yo todo. Jeff, yo me he tomado la libertad de dar a Ava una solución, pienso que es perfecta, por lo menos desde mi punto de vista. Y si bien dijo no en un principio, ahora está pensando en ello. Hoy se ha sentado en el prado cara al sol y cuando he vuelto a casa estaba allí dormida y ni siquiera tenía la comida hecha.

Los dos ríen a coro.

—Estoy segura de que es bueno para los dos y más para mí. Lo que he pensado es que os caséis y viváis en casa conmigo o yo con vosotros.

Jeff se ha apoyado en el respaldo de la silla con la mirada clavada en ella. Su gesto relajado, como es habitual en él, tiene ahora una expresión feliz.

—¿Crees que aceptará?

—¿Lo harías tú? Es cosa de los dos, pero si tú estás de acuerdo, será más fácil convencerla, vencer cualquier oposición que tenga. Podríamos unir nuestras fuerzas y ya tendría más difícil negarse. ¿Qué me dices?

—¡Qué puedo decir! Un millón de veces sí, cariño, si eso fuese posible sería doblemente feliz.

Chocan sus manos, ambos ríen y siguen comiendo como si ya fuese una realidad.

Lo ha sido, tres meses después, Jeff y Ava se han casado y salen de viaje en el barco. No lo han hecho antes esperando que hiciera mejor tiempo para navegar. Jenna no se ha quedado sola, sí por las noches, durante el día Ava ha contratado a una mujer para que se ocupe de la limpieza habitualmente y de todo durante su ausencia, Jeff se lo sugirió.

Esta noche ha escrito una larga carta a Max contando todo y comunicándole que irá al mes que viene, sola. Nadie lo sabe aún, tomó la decisión ayer por la mañana sentada cara al sol. Ninguna alusión ha hecho a lo que siente, no quiere escribirlo, quiere hablarlo directamente con él. Ya tiene muy claro lo que siente por Max y que nunca podrá olvidar a Ted, pero ello no le impide amar, como no se lo impidió a su abuelo el gran amor que sintió.

Al alba, la vista desde el prado es un sin fin de tonalidades, capaces de llenar el alma de belleza y paz. Jenna cierra los ojos por unos instantes, respira profundamente varias veces, los abre y sonríe cara al sol. Luego enciende una cerilla y prende fuego al montón de papeles que ha sacado del arcón de su abuelo, incluido el dietario con su historia. Se sienta junto al fuego y deja que el llanto fluya sin dolor, solo con un sentimiento que segura está que nunca dejará de sentir. Se desnuda y, a pesar del fresco reinante, baja al río y nada durante unos minutos, regresa y se viste con la ropa, tibia por el calor de las llamas cercanas. Ve las llamas ya decreciendo, se gira cara al sol, y musita: "te quiero, abuelo, te quiero".

Victoria Roch
(La Pobla de Vallbona, Valencia,1953)
Es autora de las siguiente novelas
que puedes encontrar
en Amazon

Alexandra Rey de Suecia
Tango
La Casa Maldita
Jubilada
Locura del Vivir
Liliana y Da Vinci
Cuéntamelo
Conversando
Sin Nombre
Mi Deuda con Senegal
La Saga de los Aura
Mirando al Mar
Lazos de Latón
Perdiendo el Tiempo
Atila
Las Modistillas
Lucubraciones de un solitario
en una noche de insomnio
Justicia Maggie
¿Cuándo duermen las Hormigas?
La reina de la noche romana
Golondrinas Verdes
Jacaranda
El Pianista
Secretos de Familia
El Caballero del Mar
Puñalada por la espalda
Una Mera Sutileza

Dos Mujeres
El Sacrificio del amante
En el Umbral de la puerta
La Caja de Zapatos